시(詩)창작과 등단에 대한 말랑한 이야기

# 아직도 시를 배우지 못하였느냐?

김신영 지음

# 아직도 시를 배우지 못하였느냐?

**초판 1쇄 발행** 2020년 3월 30일

**지 은 이** 김신영
**발 행 인** 권선복
**편    집** 유수정
**디 자 인** 서보미
**전 자 책** 서보미
**발 행 처** 도서출판 행복에너지
**출판등록** 제315-2011-000035호
**주    소** (07679) 서울특별시 강서구 화곡로 232
**전    화** 0505-613-6133
**팩    스** 0303-0799-1560
**홈페이지** www.happybook.or.kr
**이 메 일** ksbdata@daum.net

값 20,000원
ISBN  979-11-5602-797-3  13800

좋은 시를 쓰고 싶은 당신에게,

아직도 낡은 비유와 관습적 상징으로 시를 쓰고 계십니까?
이제 새로운 비유와 상징으로 시를 쓰지 않으시렵니까?

본 책은 시인이라면 반드시 알아야 하는
시창작의 기본교양에서부터 시작하여 등단의 과정까지
말랑말랑한 길잡이 역할을 할 것이다.

### 시(詩)창작과 등단에 대한 말랑한 이야기

# 아직도 시를
# 배우지 못하였느냐?

김신영 지음

도서
출판 행복에너지

* 일러두기 : 이 책에서는 차별을 의미하는 용어는 가급적 사용을 하지 않았으며, 그러
한 용어의 인용 또한 필자가 수정하여 사용하였다.

(예 : 그녀→그, 여류→여성, 여자→여성, 계집→여성, 남녀→양성 등)

좋은 시를
쓰고 싶은
당신에게

아직도
낡은 비유와 관습적 상징으로
시를 쓰고 계십니까?
이제
새로운 비유와 상징으로
시를 쓰지 않으시렵니까?

본 책은
시인이라면 반드시 알아야 하는
시창작의 기본교양에서부터 시작하여
등단의 과정까지
말랑말랑한 길잡이 역할을 할 것이다.

## 작가란 매몰된 일상에서 빠져나와 비로소 존재하는 자

- 김신영

여기 하나의 자취를 남긴다. 하얗게 눈이 온 뒤에 걸어간 발자국을 남기듯이 작가가 되기 위해 한걸음 내딛는 사람들을 위해 그 진부한 발자국을 여기에 담는다. 이 정성이 가득한 시인의 발자국에는 삶이 담겨있고 웃음과 눈물이 담겨있다.

글을 쓰면서 인간은 일상에서 빠져나온다. 일상에 매몰되어 퇴락한 삶을 살았으나 이제는 비로소 존재하는 것을 느낀다. 글을 쓰는 것은 존재하는 모습의 일환이다. 존재한다는 것은 하이데거에 의하면 일상에서 빠져나오는 것이며 의미와 가치로 전환하는 것이다. 이는 인간의 존재와 의미에 대한 고찰로 자신의 의미를 재고하게 한다.

현존재로 명명된 우리는 일상 속에서 퇴락한 삶을 살고 있다. 이는 존재한다고 말하기 곤란한 지경이다. 그러나 자신의 존재 가능성을 이해하고 미래를 향해 자신을 의탁하는 것은 바로 존재하는 형태다. 즉 도구와 타인에 대해 배려하면서 '관심'을 갖고 '죽음'을 의식하는 것이다.

보통의 사람인 우리는 평균적 일상성으로 도피한다고 하이데거는 말한다. 적나라한 세계 안의 존재로 되돌아가 자신의 현존재와 미래를 감당하지 못한 채 퇴락한 삶을 사는 것이다. 퇴락이란 건물 따위가 한창 성하던 시기를 지나 쇠퇴하여 허물어지는 것을 의미한다. 즉 지위나 수준이 뒤떨어지는 것이다.

본래의 존재로 살아가는 것은 어쩐지 불안하고 마음이 편치 않아 퇴락으로 도피하여 세상 속으로 숨어들어가 대개 무책임하고 안락한 삶의 방식을 선택하고 있다는 것이다. 하이데거는 이를 비본래성이라고 불렀다.

사람들은 누구나 죽는다. 이 죽음에 대한 인식이 바로 본래적인 존재로의 가능성에 가장 깊이 관련된다. 자신이 죽음을 향하여 가는 존재라는 사실을 받아들이기를 회피하며 일상에 매몰되어 살아간다. 이러한 퇴락에서 벗어나는 것은 결의성이다. 즉 본래적인 존재로 살아가기로 결단하는 것이다.

작가로 살아가기로 결심한다는 것은 결심 이전의 삶과는 다른 삶을 살겠다는 의지이다. 이는 존재하는 것이며 인생과 삶에 대한 깊은 사고를 동반하는 일이다. 일상은 각성을 어렵게 하지만 존재는 각성을 한다. 글을 쓴다는 것은 각성을 한다는 뜻이기도 하다.

존재하기 위하여 오늘도 하찮은 이파리 속에 담긴 우주적 질서를 들여다본다. 그 위대한 목소리를 듣는다. 거기에 각성이 있고 존재가 있으며 인식이 있다. 드디어 작가가 된 사람들은 그 점을 바라보기 시작한다. 존재로의 인생 여정이 시작된 것이다.

2020년 3월 명서헌 우거에서

# 16부 ‖ 등단 활동에 대하여

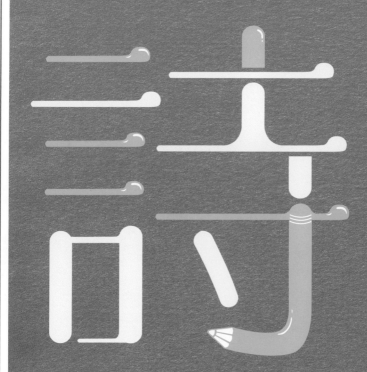

# 1부

시의 왕기초 1

비유란 지속적으로 그 수명을 다해서 죽어 간다.
보통의 시인은 그렇듯
죽어 간 비유를 자기도 모른 사이에 사용하고 있고,
훌륭한 시인은 끊임없이
신선한 생명을 가진 비유를 발견하고 창조한다.

– T.E. 흄(T.E. Hulme)

# 시사무사(詩思無邪)

지금부터 약 2천5백 년 전에 공자(BC 551-479)가 한 말로 詩사무사(思無邪)란 말이 있다. 시는 사악함이 없다는 말로 순수하다는 것을 의미한다. 순수란 정제된 것이다. 불순물을 제거하여 순도가 높은 물질을 우리는 순수하다고 말한다. 다시 말해서 잡스럽지 않은 것이다.

이는 숭고하다는 것과 일맥상통하는 바가 있다. 좀 더 높은 정신의 상태를 요구하는 것이 숭고하다는 것인데 특히 종교성이 그러하다. 지금의 현 상태에 머물지 않고 정진하며 나아가는 것, 현재에 만족하지 않고 더 나은 상태를 지향하는 것, 자신의 나약하거나 불순한 처지에서 고양된 정신세계로 나가는 것 등이 숭고한 의미라 할 것이다.

시는 이러한 순수와 정제된 형태를 추구하며 숭고한 것을 지향한다. 시에서 통렬한 비판이 나오는 것도 순수하지 못한 현실에 대한 비판이라고 할 것이며 숭고하지 못한 정신세계를 꼬집는 것이다. 시는 이러한 정신을 지향하는 것이 특징이며 이를 위해 여러 장치를 배치한다.

# 주관의 객관화

시는 객관적인가 아니면 주관적인가? 진부한 물음이지만 많은 시인들과 초보 시인들이 이 부분을 혼동하고 있다. 가장 기초이지만 몰라서 잘못 표현하는 시들이 많은 것이다.

시는 지극히 주관적인 장르이다. 그러나 그것이 주관에만 머물러 있다면 독자에게 감동을 주지 못한다. 따라서 자신만의 주관적 감정이지만 이를 객관화하여야 한다. 다른 사람들도 동일한 감정을 느낄 수 있도록 표현하여야 한다. 이를 '주관의 객관화'라고 한다. 즉 자신의 감정을 다른 사람들도 공감할 수 있는 형태로 이끌어 표현해야 한다는 것이다.

주관의 객관화는 자신의 감정을 다른 사람들에게 어떻게 전달할 수 있을까를 고민하는 지점에서부터 출발한다. 감정이란 우리가 다 똑같이 느낄 수는 없지만 비슷하게 느낄 수는 있다. 또한 공감능력이라는 것이 있어서 우리는 다른 사람이 느낀 감정을 함께 공유할 수 있다. 따라서 시적 표현을 통해서 이를 실현할 수 있을 것이다.

아직도 시를 배우지 못하였느냐?

# 시의 진정성

시는 왜 진정성을 담보로 해야 하는가, 진정성이란 무엇인가? 우리는 시를 쓰면서 감정을 도구로 하여 비유와 상징을 사용한다. 더불어 미사여구를 넣고 여기에서 한 걸음 더 나아가 진정성을 표현해야 한다. 그렇지 않다면 진정성이 떨어져 감정을 표현하는 수사와 기교는 현란하나 뼈대가 없어 허물어지는 시를 만나게 될 것이다.

시에 진정성이 겸비되지 않고 현란한 수식으로만 쓴다면 잘 쓴 시라 하지 않는다. 마치 멋진 옷을 입은 사람과 같다. 옷은 멋지지만 속은 비어 있는 경우 말이다. 옷을 멋지게 차려입었으면 교양이나 예절 수준도 그와 같아야 한다. 쉽게 말하면 그 사람이 존중받을 수 있는 상태가 진정성이라 할 것이다.

드라마에서 어떤 연기자의 연기가 진정성이 있다고 말하는가? 연기임에도 불구하고 연기하고자 하는 사람의 처지에서 나오는 것과 같은 연기를 할 때 우리는 진정성 있는 연기를 한다고 말한다. 연기 잘하는 배우들을 자세히 살펴본다면 그 의미를 이해할 수 있다.

또 하나의 진정성으로 품위를 들 수 있다. 이는 뒤에서 더 자세하게 다루기로 한다.

# 사실이냐 진실이냐

시를 두고 '일기냐 일지냐'라고 논할 수는 없지만 굳이 쉽게 비유하자면 일지보다는 일기가 시에 가깝다고 하겠다. 먼저 일지를 예로 들어 보자. 일지는 시간과 장소마다 어떤 일이 있었는지 지극히 사실적인 것만을 기록한다.

여기서 사실과 진실이라는 것의 의미 또한 구별하여야 한다. '사실'이란 자신이 본 상태나 일이 일어난 그 상황을 그대로 기록하는 것이다. 여기에 자신의 감정이나 느낀 점이나 그 외에 어떤 주관적이거나 객관적인 판단을 써서는 안 된다. 일지는 철저히 감정이 배제된 것이며 나열적이다. 또한 일지의 나열은 그들 사이에 연관성이 없다는 점이다. 인과가 없는 나열, 그것이 일지다.

일기는 사실의 나열과 더불어 자신의 느낀 점을 쓴다. 여기에서 느낀 점은 깨달은 점까지를 포함하고 있으며, 때로는 반성과 성찰이라는 지점으로까지 나아간다. 따라서 일지보다는 일기가 시에 가깝다. 시는 사실의 나열이 아니라 어떤 일에 대한 철학적인 깨달음 또는 반성과 성찰을 감정과 함께 쓰는 것이다. 그렇다고 하여 일기가 시라는 뜻은 아니다.

일기는 명백히 구분하자면 수필이다. 다시 말해 사실의 기록이다.

아직도 시를 배우지 못하였느냐?

사실의 기록은 시의 함축성과는 반대되는 풀어쓰는 문장이다. 그러므로 일기를 시라 할 수는 없다. 다만 일기의 마지막에 등장하는 느낀 점, 깨달음, 반성과 성찰은 시에서 중요한 의미를 차지하는 요소라 할 것이다.

그런데 여기에서 깨달음이란 '남보다는 좀 뛰어난 것'이라야 시로서의 생명을 얻는다. 남들과 똑같은 생각을 한다면 그것은 독자에게 의미를 주지 못한다. 그날의 깨달음이 철학자의 사유처럼 깊지는 못할지라도 남들이 들어도 괜찮은 생각, 일반적인 것보다는 좀 더 가치 있는 생각들이 시의 재료가 된다.

# 시를 움직이는 네 개의 축

시에서 가장 중요한 것은 함축이라고 할 것이다. 시를 시답게 하는 이 장치들은 시를 움직이는 가장 중요한 요소이다. 이 함축은 여러 의미를 동반하는데 함축과 함께 응축, 농축, 압축이 그것이다.

먼저 함축(含蓄)이란 사전적인 뜻을 살펴보면 '속에 지니어 드러나지 아니하다. 말이나 글에 풍부한 내용이나 깊은 뜻이 들어 있다.'고 나와 있다. 다시 말해서 문맥을 통하여 표현하고자 하는 어떤 것을 암시하거나 내포하는 일이다. 여기에서 주목해야 하는 단어가 '암시'와 '내포'다. 즉 겉으로 드러내지 않는다는 의미다. 시 작품에서 의미가 겉으로 훤히 드러난다면 그것은 진술에 가까우며 상투성을 버리지 못한 글의 한 형식일 뿐 시라고 하기 어려운 경우가 많다.

응축(凝縮)은 과학적 용어로 흔히 여름에 주전자에 차가운 물이 있을 때 주전자 겉면에 물이 생기는 현상을 말한다. '물질이 한데 엉기어 굳어서 줄어든 형태, 내용이 한곳에 집중되어 쌓임, 기체가 액체로 변하는 일' 등이 사전적 의미다. 이를 좀 더 쉽게 풀어 보면 부피나 양이 훨씬 줄어들어 있는 상태인 것이다.

아직도 시를 배우지 못하였느냐?

농축(濃縮)의 경우를 살펴보겠다. '액체를 진하게 바짝 졸이다. 어떤 물질의 농도가 높아지는 현상'이란 의미로 쓰이는 농축은 시의 형태를 잘 설명하고 있다. 풀어져 설명하는 것이 아니라 농축의 상태, 진국, 진하게 바짝 졸아든 상태가 시이다.

압축(壓縮)은 '물질 따위에 압력을 가하여 부피를 줄임. 둘 이상의 뜻을 중복시킴.'의 의미로 부피가 대폭 줄어드는 현상이다. 흔히 풍선을 예로 들 수 있다. 풍선은 부피가 넓은 공기들로 가득 차 있다. 여기에 압력을 가하면 부피가 현격히 줄어든다. 이는 하나의 단어나 구절에 뜻이 중복되는 현상을 말한다. 중첩되는 내용이 많을수록 압축이 많은 것이다.

이 네 가지 축은 어떤 언어를 부려 쓰느냐에 따라 실현할 수 있다. 흔히 말하는 비유와 상징이 그 용법에 해당한다.

# 백 줄의 산문과 한 줄의 시

폴 발레리는 시란 백 줄의 산문을 한 줄로 압축하는 것이라고 말하였다. 그만큼 시는 압축을 많이 하는 장르다. 그것이 시가 타 장르와 구별되는 가장 큰 특징이다. 타 장르는 대체로 풀어서 설명하는 형태에 속한다. 그러나 시는 풀어서 쓰면 안 된다. 시는 오히려 압축에 압축을 거듭하여 의미를 표현하여야 한다.

한 줄 쓰기 전에 백 줄을 읽을 것을 권한다. 먼저 읽고 나서 써야 자신의 언어가 주관을 넘어설 수 있다. 또한 자신의 세계를 확장할 수 있다. 스스로가 가진 자산이 풍부해서 시를 잘 쓸 수 있는 경우는 거의 없다. 그러므로 많이 읽고 나서 써야 한다.

자신의 빈약한 경험만으로 시를 쓴다는 것은 아무에게도 감동을 줄 수 없을뿐더러 스스로의 감정의 덩어리를 쏟아 놓는 일에 불과할 것이기 때문이다. 감정의 덩어리를 함축 없이 그대로 쏟아 놓으면 그것은 진술이다. 시적 장치로 함축을 한 연후에 내어놓을 일이다.

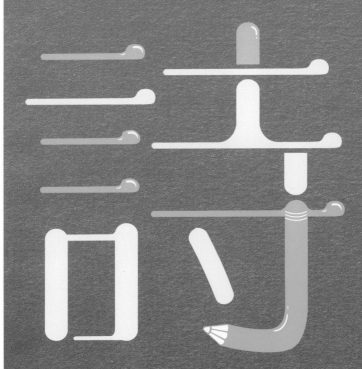

# 2부

시의 왕기초 2

작가는 감정적으로나 육체적으로 건강해야 한다.

-가브리엘 가르시아 마르케스

# 시의 화법

시는 간접화법(間接話法)이다. 직접 말하지 않는다. 예를 들어 '당신을 사랑한다'라는 마음을 표현하고 싶을 때도, '전나무 가지 끝에도 당신이 있다.'라고 쓰는 것이다. '실패하다, 실연당하다'를 쓰고 싶을 때 '흔들리지 않고 피는 꽃이 어디 있으랴.'라고 쓰는 것이다.

판소리소설 「흥부전」을 예로 든다면 이런 것이다. 이 작품이 독자들에게 전하고자 하는 주제는 '형제간의 우애'다. 그렇다고 해서 소설 속에서 형제가 우애 있게 지내야 한다는 진술이 직접적으로 언급되지 않는다. 대신 어떤 장면과 서사를 제시하고 보여 줄 뿐이다. 사건들의 연속성을 통해 우애 있는 관계가 어떤 것인지 독자들에게 넌지시 알려 주기만 한다. 간단히 '우애 있게 지내라'라고 하면 될 것을 어째서 「흥부전」이라는 긴 소설의 형식을 빌려 말하는 것일까.

사람들은 긴 소설이나 시의 문장을 읽으며 작품 속 인물에게 감정을 이입한다. 작품 속의 상황을 자신에게 적용하여 구체화한다. 바로 이때에야 비로소 교훈을 구체적으로 받아들이게 된다. 감동은 그때에야 비로소 생겨난다.

직접 화법은 화를 돋우는 방법이다. 우리의 일상에서는 서로 부대끼고 뒤채이므로 화를 돋우든 말든 직접 대고 말해야 한다. 하지만 문학은 예술작품의 영역이다. 따라서 승화된 상태로 표현하여야 한다. 그래야만 비로소 독자들은 작품을 음미하며 감동할 수 있다.

즉 직접 말하지 않고 돌려 가며 말해야 그 진심이 이해되고 마음속에 각인이 된다. 직접 말하면 한 귀로 듣고 한 귀로 흘리는 경우가 대부분이다.

문학은 간접화법이다. 소설 「운수좋은 날」은 반어를 통해서 전하고자 하는 바를 전달하지 않는가? 그날 아내가 죽었다. 그래서 재수 없는 날이라고 한다면 얼마나 재미가 없겠는가? 그것이 문학이 형상화된 상태인 것이다.

아직도 시를 배우지 못하였느냐?

# 시의 품격

　시는 고품격의 문학형식이다. 소설이나 수필, 희곡과 같은 다른 어느 장르보다 고품격의 형식이라 할 것이다. 예를 들어 소설은 천박한 것도 묘사하기를 서슴지 않는다. 오히려 가장 천박한 상태를 묘사하여 얻는 효과도 있다. 그러나 시는 품위를 지킨다. 즉, 시는 대체로 소설보다는 훨씬 품위가 있는 문학이다. 간혹 그렇지 못할 때도 있으나 그런 시는 오래가지 못한다. 시는 천박하지 않으며 고급스러운 언어를 우아하게 부려서 활용하는 문학이기 때문이다.

　고품격은 진실과 진정성이 없다면 불가한 것이다. 사실보다는 진리와 진실을 추구하여야 한다. 사실적인 것을 나열하게 된다면 수필에 가까운 형태가 되어 이를 시라 하기 어려울 수 있다. 소설 역시 사실적인 형태의 것이 대단히 많다. 이와는 다르게 시는 사실에서 출발하나 소설이나 수필보다는 훨씬 더 문장을 압축하고 비유와 상징으로 표현한다.

# 시의 통찰력

시는 통찰력을 지녀야 한다. 사물을 바라볼 때 그저 보아서는 안된다. 사물에 내재된 속성과 특성을 파악하여 그것으로 시를 써야한다. 사물을 통찰할 수 있다면 문학의 경지에 이른 것이라 할 수 있다. 문학은 세상에 존재하는 모든 것들에 상상력을 입히고 통찰력을 가미하여 작품으로 탄생시키기 때문이다.

또한 자신을 들여다보는 습관이 필요하다. 자신을 들여다보는 것은 여러 가지가 있겠으나 가장 먼저 혼자 떠나는 여행을 추천한다. 여행을 하고 나서 혹은 책을 읽고 나서는 깊은 생각을 해야 한다.

◀ 영화 「트루먼쇼」의 한 장면

아직도 시를 배우지 못하였느냐?

통찰력을 위해서나 깊은 생각을 위해서나 단순히 책을 읽은 것으로 끝나지 않도록 해야 한다.

영화나 책을 통해 무엇을 얻은 것인지, 왜 그러하였는지, 얻은 것은 무엇인지 등을 깊이 생각해 보아야 한다. 책은 인성의 보고이며 영양덩어리이다. 영화「트루먼쇼」에 등장하던 배우 짐 캐리의 연기는 무엇을 말하고자 한 것일까 등 세계와 나에 대한 자각이 필요하다.

# 1차 언어와 2차 언어

사람들이 흔히 쓰는 언어를 1차 언어, 즉 일반(一般)언어라 한다. 이는 일대일로 대칭되는 언어로 해석할 필요가 거의 없다. 듣는 대로 이해하면 된다. 예를 들어서 밥은 그대로 우리가 먹는 밥이다. 사랑은 우리가 아는 사랑의 의미이다. 꿈이나 일도 마찬가지이다. 이러한 일차 언어는 거기에 더 다른 의미가 부여되지 않는다.

반면 이차 언어는 문학적인 언어로 대표적인 것이 시적(詩的)언어다. 문학적 언어인 이차 언어는 은유와 상징이 들어 있어 해석이 필요하다. 다시 말해서 하나의 단어에 하나의 의미만 들어 있는 것이 아니므로 해설 또는 해석이 필요한 것이다.

이청준의 소설 『당신들의 천국』을 예로 들어 보자. 이 소설은 제목 안에도 많은 의미가 내포되어 있다. 작품에 등장하는 중심화두인 '당신'과 '천국'은 상징화되어 있다. 여기서 말하는 '당신'은 '나'와 '너'가 아닌 제3자를 의미하고 있다. 존중을 해야 하는 의미의 '당신'을 말하는 것도 아니다. 또한 천국은 우리가 알고 있는 하늘나라가 아니다. '소록도'라는 공간을 제시하고 있다. 그곳이 나와 너의 천국이 아니라 당신들을 위한 천국이라는 통렬한 비판이 담겨 있다. 이 두 단어의 조합인 당신들의 천국은 사람들에게 치열한 반성과 성찰을

아직도 시를 배우지 못하였느냐?

요구하는 형식이다.

『입 속의 검은 잎』을 쓴 기형도의 경우 우리의 입에서 자라는 것이 검은 잎이라는 암울한 상징을 표현하고 있다. 우리가 사는 시대가 이만큼 우울하고 비민주적이었으며 쏟아 내는 말들이 검었다는 은유다.

하나만 더 예로 든다면 조세희의 『난쟁이가 쏘아 올린 작은 공』에서는 난쟁이와 작은 공이 등장하고 있다. 난쟁이라는 불구인 사람이 주인공인데 이는 많은 사회적 약자를 대변하는 인물이다. 또한 그가 쏘아 올린 작은 공은 그의 작은 희망을 상징한다. 그러나 그 희망은 실현되지 않는다는 점에서 산업사회의 어두운 면을 부각시키고 있다.

# 보이는 것이 전부가 아니다

아래는 플라톤의 동굴론을 적용하여 그린 삽화다. 동굴 속에는 많은 죄수가 살고 있다. 죄수들은 어릴 때부터 이 동굴에서 살았고 신체가 구속돼 있어서 어떤 부위도 자유롭게 움직일 수가 없다. 그리고 오직 동굴 벽만 바라볼 수 있다. 그들 뒤에 사람 모형과 동물 모형 상들이 있고, 그 뒤로는 불이, 그 뒤로는 동굴 입구가 자리 잡고 있다. 이러한 상황에서 죄수들이 볼 수 있는 것은 벽에 비친 모형들의 그림자뿐이다. 그들은 그림자를 실제로 인식하고 있었다.

◀ 플라톤의 동굴론

아직도 시를 배우지 못하였느냐?

사물을 인식한다는 것은 동굴이라는 일상을 벗어나 동굴 밖으로 나가는 일이다. 그곳은 이제껏 보아 왔던 것이 다가 아니라는 사실을 극명하게 알려 준다. 진정 아름다운 세상은 동굴 바깥에 있다는 것이다. 그것을 알고는 친구들에게 그 진실을 전하려 하나 아무도 듣지 않는다.

 그런데 중요한 것은 우리는 그 아름다운 동굴 바깥의 세상인 문학이라는 진실을 발견했다는 것이다. 발견하였으니 이제는 '이전의 나'가 아니다. 문학을 본 이상, 시를 쓰기로 한 이상 그것은 동굴 바깥에 있는 아름다운 진실을 마주한 것이다.

 우리는 그 진실을 목도하고 놀라고 감탄했다. 진실에게 반한 것이다. 그리하여 더 이상 예전에 살던 동굴에서 그대로 그림자를 진실이라고 말하면서 살지는 않을 것이다. 다시는 동굴로 돌아가지 않을 것이다.

 시를 만나고 시를 쓰는 이상 더 이상 동굴 속에 살던 '예전의 나'가 아니다.

# 시인의 창(窓)

황진이는 시인의 창으로 세상을 볼 줄 아는 사람이다. 그의 창으로 열려 있는 세계는 온 우주의 조화와 신비와 아름다움이었다. 조선을 통틀어 이렇게 아름다운 비유와 상징의 절정을 가진 시인이 있을까? 그를 만나러 가 보자.

誰斷崑山玉 (수단곤산옥) 누가 곤륜산의 옥을 잘라

裁成織女梳 (재성직녀소) 직녀의 빗을 만들어 주었던고

牽牛離別後 (견우이별후) 견우님 떠나신 뒤에

愁擲壁空虛 (수척벽공허) 시름하며 허공에 던져 놓았네

- 황진이, 「반달」

우선 그의 시는 정제미가 있다. 아주 잘 걸러진 막걸리처럼 군더더기 하나 없이 정제되어 있다. 또한 어지럽지가 않다. 단아함과 질서정연미가 느껴진다. 게다가 구도까지 완벽한 형태를 이루고 있다. 먼저 곤륜산의 옥이 등장하여 천상의 것이 하강을 한다. 그것으로

아직도 시를 배우지 못하였느냐?

인간을 정결하고 단아하게 하는 빗으로 삼았다는데, 사랑하는 견우님이 떠나자 다시 허공으로 그 귀한 보물을 던져 버렸다는 위트 넘치고 놀라운 묘사가 등장한다.

▲ 드라마 「황진이」(송혜교 분)

이처럼 황진이의 시에는 미를 추구하는 정신과 더불어 진실을 추구하는 정신이 정갈한 언어와 맵시 있는 표현으로 등장하고 있다. 또한 다의적인 표현과 뛰어난 상징이 나타난다. 이에 황진이를 높이 평가하지 않을 수 없다. 그의 시를 만나는 일이 즐겁다.

# 작가의 조건

『자기만의 방』을 쓴 소설가 버지니아 울프(Adeline Virginia Woolf, 1982-1941)는 1920년대부터 왕성하게 활동하였다. 그때 그는 이런 말을 썼다.

> "만일 한 여자가 글을 쓴다면, 그는 가족 누구나가 사용하는 공동의 거실에서 써야 할 것이다. 그리고 나이팅게일이 그렇듯 격렬하게 '여자들은 그들 자신만의 것이라 부를 수 있는 시간을 반 시간도 가지지 못한다'고 불평하였듯이, 그는 글 쓰는 도중에 끊임없이 누군가의 방해를 받게 될 것이다."

그로부터 100년이 흐른 지금도 글을 쓰는 사람들은 자신만의 공간을 갖지 못한 채 글을 쓰는 경우가 흔하다. 그러니 전문적인 글이 나오겠는가? 독자가 읽고 감동할 만한 글이 나오겠는가 말이다.

버지니아 울프는, "한 여자가 소설을 쓰고자 한다면, 약간의 돈과 자기만의 방을 소유하는 것은 필수적이다."라고 말하면서 필수 자금으로 한 달에 오백 파운드를 제시하였다. 그 당시에 여자들이 허드렛일과 임시 잡일을 통해서 벌 수 있는 돈이었다.

버지니아 울프의 말을 다시 정리해 본다면 여성이건 남성이건 작가는 우선 자기만의 방이 있어야 한다. 그리고 다음으로는 약간의 돈이 있어야 한다. 글을 쓰는 데 필요한 돈을 의미한다. 그 돈은 소외되거나 품위를 잃지 않고 활동하는 데 필요한 최소한의 액수다.

작가들은 가난하다. 그로 인하여 겪는 정신적 고통이 심하다. 자신의 능력에 못 미치는 일로 번 푼돈으로 고용주에 대한 증오를 키우게 될 것이며 너무 힘들게 얻어지는 물질로 정신적인 자유를 상실하게 된다.

또한 비물질적인 자유의 형태인 내적인 평화와 고도의 열정을 만들지 못하게 되어 그 작품들은 빛을 보지 못한다. '5백 파운드의 수입과 자기만의 방'은 작가들의 필수 요소이다. 자기만의 방을 마련할 수가 없다면 도서관의 구석진 자리를 마련하여 자기만의 방을 삼을 일이다.

자기만의 방, 방해받지 않는 시간, 개념과 상상의 날개를 마음껏 펼치면서 발전하는 것, 그것은 여성들에게 사치였던 것이다. 제인 오스틴이나 샬롯 브론테는 최소한의 공간도 갖지 못한 채 돈을 조금씩 모아서 종이를 구입하고 몰래 소설을 썼다.

"정신적인 자유가 외적인 것에 지배되지 않도록" 자기만의 방을 가져야 하는 것이다.

마그리트 뒤라스는 혼자 있는 시간을 이렇게 말한 바 있다.

*"그들이 떠나간 뒤에 이어지곤 하던 식의 침묵을 나는 기억하고 있다. 그 침묵 속으로 돌아가는 것은 바닷속으로 돌아가*

*는 것과 같았다. 그것은 행복이기도 한 동시에 생성에 대한 사유에 잠기는 매우 명확한 상태였다."*

시인이 되려는 사람들에게 다시 권한다. 자기만의 방과 약간의 품위를 유지할 수 있는 돈을 확보하고 글을 쓰라고 말이다.

이 세상의 소리가 들리지 않는
이 세상의 냄새가 들어오지 않는
은밀한 골방을 그대는 가졌는가?
그대는 님 맞으러 어디 갔던가?
네거리 어디인가?

님은 티끌을 싫어해
네 거리로는 아니 오시네
그대는 님 어디다 영접하려나?
화려한 응접실엔가?
님은 손 노릇을 좋아하지 않아
응접실에는 아니 오시네

님은 부끄럼이 많으신 님
남이 보는 줄 아시면
얼굴을 붉히고 고개를 숙여
말씀을 아니 하신다네

아직도 시를 배우지 못하였느냐?

님은 시앗이 강하신 님

다른 친구 또 있는 줄 아시면

애를 태우고 또 눈물 흘려

노여워 도망을 하신다네


님은 은밀한 곳에만 오시는 지극한 님

사람 안 보는 그윽한 곳에서

귀에다 입을 대고 있는 말을 다 하시며

목을 끌어안고 입을 맞추자 하신다네


그대는 님이 좋아하시는 골방 어디다 차리려나?

깊은 산엔가 거친 들엔가?

껌껌한 지붕 밑엔가?

또 그렇지 않으면 지하실엔가?


님이 좋아하시는 골방

깊은 산도 아니요 거친 들도 아니요

지붕 밑도 지하실도 아니요

오직 그대의 맘 은밀한 속에 있네


그대 맘의 네 문 은밀히 닫고

세상 소리와 냄새 다 끊어버린 후

맑은 등잔 하나 가만히 밝혀 놓으면

극진하신 님의 꿈같은 속삭임을 들을 수 있네

- 함석헌, 「그대는 골방을 가졌는가」

함석헌(1901~1989)은 평북 용천에서 출생하여 3.1운동에 가담하고 정주의 오산학교에 입학하여 안창호, 이승훈, 조만식으로부터 교육을 받았으며 일본 동경고등사범학교를 졸업하였다. 이때 무교회주의자 우치무라의 사상에 영향을 받아 김교신, 송두용, 정상훈 등과 무교회주의 신앙클럽을 결성하였으며 1927년 성서조선이라는 동인지에 참여하였다. 사상가, 민권운동가 겸 문필가로 활동하였으며 '폭력에 대한 거부', '권위에 대한 저항' 등 평생 일관된 사상과 신념을 바탕으로 항일, 반독재에 앞장섰다.

이 시에서는 골방의 중요성을 피력하며 때로 세상과 떨어져서 일상에 매몰된 퇴락의 상태에서 벗어나 존재의 본질을 묻는 상황에 처해야 한다는 것을 강조한다. 이는 반드시 물리적인 공간만을 의미하는 것은 아니며 자신을 마주하는 공간으로 마음의 공간까지를 포함한다. 인생의 의미에 대하여 깊은 생각을 하는 태도는 시를 창작하는 사람이라면 그 의미에 대해 숙고할 일이다. 존재한다는 것은 일상의 매몰에서 빠져나와야 가능하기 때문이다.

아직도 시를 배우지 못하였느냐?

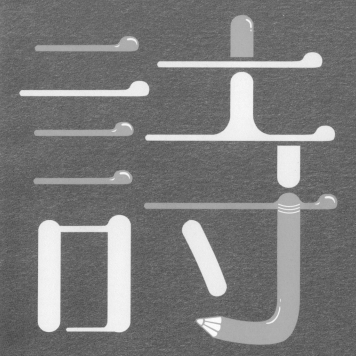

# 3부

# 아리스토텔레스의 시학

詩學

합리적으로 대응하기 위해서는 우선 감동해야만 하는 것이다.
무관심과 냉소는 지성의 표시가 아니라
이해력 결핍의 명백한 징후다.


- 한나 아렌트

# 시학(詩學)

　『시학(詩學)』이라는 책은 스승 플라톤의 『국가론』에서 시인추방론을 내세운 것을 보고 아리스토텔레스가 제시한 시인옹호론의 논리이다. 예술인과 시인이라면 반드시 알고 넘어가야 하는 경전 중에 경전이라고 할 수 있다.

　『시학(詩學)』은 말 그대로 시를 어떻게 써야 할까에 대한 이론이다. 원제는 peri poiētikēs인데, '시작(詩作)에 관하여'라는 뜻이다. 여기서 하나 짚고 넘어가야 할 것은 아리스토텔레스가 시라고 부르는 것들이 종류가 다양하다는 점이다. 이는 그 당시의 사회가 장르의 구분이 없는 사회였기 때문이다. 따라서 『시학』을 문학이론이라 하면 무리가 없다. 서정시, 서사시, 비극, 드라마 등이 모두 포함된 고대 그리스에서의 시적인 이론, 특히 서사적인 이론이다. 고대 그리스에서 시(poiein)는 제작(Making)을 의미하기도 하였다.

　아리스토텔레스는 비극(悲劇) (또는 연극)을 문학의 최고 형식으로 생각하였다. 여기서 아리스토텔레스는 예술 활동 전반이 인간의 모방 본능에 뿌리박고 있다는 유명한 모방설을 펼쳐 낸다. 모방, 즉 '미메시스'는 인간은 원래 모방적 존재이며, 인간에게는 현실을 재현하

거나 반영하려는 강한 욕구가 있으며 모방을 통해 강렬한 쾌감을 느
낀다고 하였다.

　그는 모방의 수단·대상·방법에 의하여 예술의 장르가 나누어지
는 것을 설명하고, 여기에 따라서 연극의 정의를 내린다. 이어 비극
과 희극의 구별, 이들에 대한 기원을 설명하고 제6장에서는 앞의 말
한 내용을 정리하여 비극의 정의를 내리는데, 유명한 '정화설(淨化說:
카타르시스)'은 이 정의의 일부를 이룬다.

　아리스토텔레스는 우선 목소리와 언어를 수단으로 삼는 시문학에
관심을 갖고 시문학 중에서도 지체 높은 인간을 모방의 대상으로 삼
았을 때는 비극으로, 저급한 인간을 모방의 대상으로 삼으면 희극으
로 명명하였다.


　그는 비극(悲劇)은 관중의 마음에 두려움과 연민의 감정을 유발시
키고, 이러한 감정에 의하여 같은 종류의 감정을 정화시키는 효과
가 있다고 해석한다. 이 부분은 현대에 들어 인간의 소외현상과
맞물려 있다. 또한 정신의학이 발달하면서 대단히 각광을 받는 분
야가 되었다. 그의 책 중『니코마코스 윤리학』에는 관객의 연민과
공포를 자아내는 소재 열두 가지가 열거되어 있다. 죽음, 육체공격
이나 학대, 늙음과 질병, 먹을 것 없는 세상, 친구 없음, 추한 외모,
나약함, 신체장애, 소망이 이루어지지 않아 낙담하는 것, 좋은 일이
너무 늦게 일어나는 것, 아무 좋은 일이 일어나지 않는 것, 그 좋은
일을 즐길 수 없는 것 등이다. 이들을 자세히 살펴보면 인간 삶에 대
한 고뇌와 불안이 다 들어 있다. 이것은 인간의 원초적인 비극성으

로 반영되는 것들이다.

플라톤은 시와 시인에 대해 부정적이다. 그의 국가론에서 시인추방론을 주장하며 자신의 이데아론에 입각하여 예술가들은 진실인 이데아를 모방하는 것이 아니라 그 모상 또는 영상을 모방하므로 가장 위험한 존재라고 매도한다. 플라톤이 시를 공격하는 또 다른 이유는 시는 우리의 자제력을 강화시켜 주는 것이 아니라 우리의 감정(感情)의 고삐를 풀어 준다는 것이다. 이는 '우리가 마땅히 시들어야 할 것에 물을 대어 주는' 역할을 하기 때문에 적절치 못하며, 플라톤에게 있어 감정은 제거되어야 할 잡초와 같은 것으로 간주된다.

# 미메시스(mimesis)

모방(模倣), 모사(模寫), 모의(模擬)는 '흉내 내다'라는 의미를 복합적으로 담고 있는 용어다. 시인의 모방은 아무런 통일성도 없는 사건의 복합을 사진사처럼 복사하는 것이 아니라 그 자체로 하나의 유기적인 통일을 이루고 있는 사건을 필연적인 인과관계(因果關係)의 테두리 내에서 재현함을 의미한다. 즉 시인은 어떤 보편적인 진리를 말하는 단순한 모방자라기보다 일종의 '창작자'이다. 모방을 통해 창작이 이루어진다고 보는 것이다.

이러한 미메시스(mimesis)의 정의는 예술의 기원이 되는 것으로, 시극의 기원을 인간의 본능적인 모방에서 찾으려 하고 있다. 이를 예술가의 '모방본능'이라고 하며 훌륭한 모방으로 인식하는데, 본능적으로 느끼는 즐거움, 화음과 리듬에서 느끼는 감각적 즐거움 등으로 해석한다. 특히 아리스토텔레스는 억제한다는 것의 위험성을 제시하였으며 연민과 공포를 통해 카타르시스를 유발하여 가장 자연스럽고 평온한 영혼의 평형상태에 도달하는 것이 비극의 목적이라고 하였다.

시는 도덕적 가치가 없다는 플라톤의 견해에 대해 아리스토텔레스는 계속해서 감정을 억압할 경우 언젠가는 위험하게 폭발할 수도

아직도 시를 배우지 못하였느냐?

있다고 하였고 따라서 감정을 안전하게, 관례적으로 그리고 일정한 간격을 두고 배출시키는 일, 즉 카타르시스에 도덕적 기능을 부여하여 그 중요성을 강조하고 있다.

# 카타르시스 (katharsis)

카타르시스란 아리스토텔레스의 『시학(詩學)』 제6장 비극의 정의 (定義) 가운데에 나오는 가장 핵심적인 용어다. '정화(淨化)'라는 단어 는 종교적 의미로 사용되는 한편, 몸 안의 불순물을 배설한다는 의 학적 술어로도 쓰인다. 비극이 그리는 주인공의 비참한 운명에 의해 서 관중의 마음에 '두려움'과 '연민'의 감정이 격렬하게 유발되고, 그 과정에서 이들 인간적 정념이 어떠한 형태로든 순화된다고 하는 일 종의 정신적 승화작용(昇華作用)으로 해석한다.

아리스토텔레스는 비극의 목적은 특정한 카타르시스(감정의 정화(淨 化) 환희(歡喜) 분출(噴出))를 산출하는 데 있다고 말한다. 이런 의미에서 그는 문학에 심미적 가치를 부여한 최초의 문예비평가이다. 아리스 토텔레스가 도덕철학적 입장에서 말하고 있는 바에 의하면 카타르 시스 그 자체는 선한 것도 악한 것도 아니며 그것은 아무 방해도 받 지 않고 순조롭게 전개되는 활동에 자연적으로 수반되는 정신 상태 다. 비극이 제공하는 특정한 카타르시스는 우리의 감정을 좋은 의미 에서 대리만족, 대리 발산해 주는 선한 활동에 수반되는 카타르시스 이다. 그렇지 않다면 우리의 감정은 위험하게 폭발할 수도 있을 것 이기 때문이다.

아직도 시를 배우지 못하였느냐?

이로써 인간의 감정은 불안한 상태에서 벗어나 안전하게 유지될 수 있다.

비참한 운명의 주인공으로 인하여 관중은 '두려움'과 '연민'의 격렬한 감정을 간접경험함으로써 자신의 두려움과 슬픔을 해소하고, 그 과정에서 정신이 깨끗하여진다. 이것은 정신적 승화작용(昇華作用)이다. 불안한 상태에 놓여 있지 않고 마음이 안정을 찾는 것, 즉 억압된 감정의 응어리나 상처를 언어나 행동을 통해 외부로 드러내어 강박 관념을 없애고 안정을 찾는 형식이다.

우리가 비극에서 얻는 카타르시스는 위험 부담을 남에게 전가(대리만족)하고 얻는 것이다. 그러므로 일상생활에서 우리자신이나 이웃에 불행과 고통을 주지 않고 배출할 수 없는 격렬한 감정을 비극이라는 안전판에서 마음껏 즐길 수 있게 된다.

일 년에 한두 번씩 아테나 인들이 디오니소스 제전(祭典) 때에 비극을 관람하면서 자신의 감정을 좋은 방향으로 억제할 수 있었듯이 사람들은 혼돈의 감정을 컨트롤할 수 있어야 한다. 시를 쓰거나 영화를 보거나 노래를 하거나 말이다. 이 부분은 오늘날 심리학과 정신분석학에서도 많이 적용하고 있다. 흔히 콧바람을 쐬는 일은 감정의 정화를 가져오는 효과가 있다. 일상에서 벗어나 낯선 세계로 가는 것은 자신의 감정을 좋은 방향으로 분출하는 행동이다.

# 발견, 급전, 파토스

아리스토텔레스의 시학에서 비극의 3요소로 드는 것이 발견(發見), 급전(急傳), 파토스(pathos)다. 급전이란 예상치도 못하게 사태가 180도 반대방향으로 돌아가는 것을 말하며, 발견이란 급전을 통하여 자신의 비극적 운명을 깨닫게 되는 것이다.

파토스란 거기서 느껴지는 감정의 고조를 말하는데, 본래는 청중의 감성에 호소하는 것을 의미하였다. 그리스어로 '고통', '경험'을 뜻하는 단어에서 파생된 파토스는 수사적 도구로서 은유나 이야기하기를 통해 전달되는 총체적인 열정, 그리고 전반적인 감정과 화자의 공감으로 이루어진, 외부로부터의 사물에 의해 수동적으로 흔들리게 된 일시적인 쾌고(快苦)의 감정을 수반하는 감정적 흥분과 격정을 말한다. 이지적이거나 로고스적인 것의 반대라 할 수 있다. 오늘에 와서는 일시적 감정의 흥분 외에 무엇인가에 대한 지속되는 정열, 정념 등을 의미한다.

# 하마르티아(Hamartia)
## - 오이디푸스 왕을 중심으로

    비극의 요소에서 파생되는 개념 중의 하나인 하마르티아는 자신의 어떤 결함에 의해서 스스로 불행을 초래하는 것으로 주인공이 어떤 악의 때문이 아니라 판단 착오(hamartia)에 의해 불행을 맞는 것을 일컫는다. 이러한 도덕적 결함은 반향을 일으키며 주인공의 운명을 비극으로 끌고 간다. 하마르티아는 과오, 약점, 비극적 결함을 포함하는 의미다.

    세상에서 가장 어렵다고 하는, 아무도 풀 수 없다는 스핑크스의 수수께끼를 풀고 테바이의 왕이 된 오이디푸스는 도시가 기근과 역병에 시달리자, 처남 크레온을 통해 알게 된 신탁대로 선대 왕 라이오스의 살해범을 밝혀내기 위해 백방으로 노력한다. 그는 크레온을 의심하나, 눈먼 예언자인 테이레시아스의 예언과 아내 이오카스테의 이야기를 듣고 점차 자신에 대한 의혹이 깊어진다. 오이디푸스의 집요하고 성급한 성격은 이 작품에서 중요한 하마르티아다. 즉 오이디푸스의 장점이면서도 단점이 되어 그의 운명을 완성하는 긴밀한 역할을 하는 것이다.

    결국 오이디푸스에게 내려진 불행한 신탁, 즉 아비를 죽이고 어미와 결혼한다는 저주가 자신이 해결하려고 든 사건과 뒤얽혀 실현되었음이 드러나고야 만다. 그의 생모이자 아내인 이오카스테는 절규하며 목숨을 끊고, 처절한 예언과 신탁으로 인한 운명의 고통에 오이디푸스는 몸부림친다. 이어서 그는 이오카스테의 옷에 달린 브로치를 뽑아 자신의 눈을 찌른다.

이후 자신의 두 딸과 함께 테바이를 떠나 키타이론 산에서 목숨이 끊어질 때까지 떠돌아다니며 살게 할 것을 크레온에게 청한다. 이 이야기는 소포클레스의 가장 대표적인 작품으로 '나는 누구인가.' 그리고 '인간이란 무엇인가.'라고 하는 근원적 질문을 담고 있다.

여기에서 오이디푸스의 '성급하고 집요한 성격'은 중요한 하마르티아이다. 가만히 있었으면 자신의 엄청난 운명과 마주치지 않아도 될 것을, 집요하고 성급한 성격으로 명명백백히 밝혀내다가 마침내 자신의 과오를 발견하게 되고야 만다. 예언의 신탁자가 그렇게 말리고 말렸는데도 멈추지 않고 철저하게 범죄자를 추적했던 것이다.

여기에서 오이디푸스는 섬뜩한 신탁을 피하기 위해 부단히 애썼으나 그 희생양이 된 자다. 그는 테바이의 왕이며 왕비 이오카스테와의 사이에 아들 둘과 딸 둘을 두고 있다. 문제는 오이디푸스가 나라의 환란을 해결하려는 과정에서, 불의의 사고로 비명횡사한 선왕 라이오스 얘기를 들으면서 시작된다.

즉, 그의 행동의 시발점은 '라이오스를 죽인 자는 누구인가?'라는 물음이다.


*"그가 전에 가졌던 왕권도, / 그의 침상과 씨 뿌릴 아내도 이*

아직도 시를 배우지 못하였느냐?

어받았으니 / (중략) 그러니 나는 이것을 위해, 마치 내 아버지의 일인 양 싸워 나갈 것이고, 그 살인을 저지른 자를 / 잡고자 찾으며 모든 곳을 뒤질 것이오."

극이 진행되면서 '설마 그 살인자가 나인가?'라는 물음이 대두되고 그것은 이내 '나는 과연 누구인가?'라는 치명적인 물음을 낳는다. 오이디푸스가 라이오스의 살인자를 밝히는 과정은 곧, 그가 자신의 정체와 더불어 신탁의 실현 여부를 알아 가는 과정이기도 하다.

"테이레시아스 내 그대에게 이르노니, 그대가 진작부터 라이오스의 살해자라 선언하고 위협하며 찾는 그 사람이 바로 여기에 있소. 그는 명목상으로는 이방 출신의 거주자이지만, 나중에는 태생부터 테바이 사람임이 드러날 테고, 그 행운에 즐거워하지 않을 것이오. 그는 눈 뜬 자에서 장님이 되고, 부자에서 거지가 되어 이국땅을 향해 지팡이로 앞을 더듬으며 가게 될 것이오. 또 그는 자기 자식들의 형제이자 아버지로서 함께 살고 있으며, 자신을 낳은 여인의 아들이자 남편이고, 자기 아버지와 함께 씨 뿌린 자이자 그의 살해자임이 드러날 것이오."

오이디푸스는 예언자의 말이 너무나 두려워 그것을 처남인 동시에 외숙부인 크레온의 정치적 음모로 돌리지만 이오카스테, 코린토스의 사자, 라이오스의 갓난 아들의 '처리'를 맡았던 목부(牧夫) 등의 입을 통해 하나하나 축적되는 말은 모두 동일한 진실을 겨냥한다. 죄악을 피하고자 행한 일들이 역설적으로 신탁의 완성에 기여한 셈이다.

> 아아, 아아, 모든 것이 이뤄질 수밖에 없었구나, 명백하게!
> 오, 빛이여, 이제 내가 너를 보는 게 마지막 되기를!
> 태어나서는 안 될 사람들에게서 태어나서, 어울려서는 안
> 될 사람들과 어울렸고, 죽여서는 안 될 사람을 죽인 자라는 게
> 드러났으니!

소포클레스의 「오이디푸스 왕」에서 '무지'에서 '앎'으로의 이월, '발견과 급전', 또한 그 과정에서 야기되는 '연민과 공포'의 크기는 대단하다. 그는 "악덕과 악행 때문이 아니라 어떤 과오 때문에 불행에 빠지는 사람", 서사시의 영웅과는 달리 "덕과 정의감이 특별히 뛰어나지는" 않으나 보통보다 더 나은 "고상한 인물"로 형상화된 '인간'의 전형이다.

즉, 스핑크스를 무찌른 영웅이자 나라의 역병을 퇴치하기 위해 노력한 훌륭한 왕이며 왕비의 옷에 브로치를 꽂아 주던 자상한 남편이자 파국 앞에서 자식들의 미래를 걱정하는 자상한 아버지이다. 이런 그의 운명을 '행복'에서 '불행'으로 바꿔 놓은 '과오', 즉 하마르티아란 무엇인가.

세 갈래 길에서 마주친 행인을 말다툼 끝에 살해한 것과 남편을 잃은 왕비를 그 나라와 함께 취한 것은 모두 '무지'에서 비롯됐다. 아

아직도 시를 배우지 못하였느냐?

비인 줄 모르고 살해했으며 역시 어미인 줄 모르고 동침했다. 오이디푸스는 그가 인간인 이상 피해 갈 수 없는 성질의 잘못을 저지른 것이다. 신탁이 예언한 과오를 피하기 위해, 고향과 부모를 떠나 오랜 세월 방랑의 길을 걸었으나, 결국 그 운명의 덫에 여지없이, 그것도 멋지게 걸려든 셈이다.

코로스 오, 조국 테바이의 거주자들이여, 보라, 이 사람이 오이디푸스로다. 그는 그 유명한 수수께끼를 알았고, 가장 강한 자였으니 시민들 중 그의 행운을 부러움으로 바라보지 않은 자 누구였던가? 하지만 보라, 그가 무서운 재난의 얼마나 큰 파도 속으로 쓸려 들어갔는지. 그러니 필멸의 인간은 저 마지막 날을 보려고 기다리는 동안에는 누구도 행복하다 할 수 없도다. 아무 고통도 겪지 않고서 삶의 경계를 넘어서기 전에는.

두 눈에 피를 줄줄 흘리며 무대 위에 나타난 그의 모습에 관객은 숭고미의 절정을 맛본다. 죄악을 비껴가려는 인간의 처절한 몸부림, 그것을 무참히 조롱하는 변덕스럽고 야비한 운명의 폭력, 그럴수록 더욱더 거세지는 앎과 자유를 향한 열망, 끝으로 크나큰 죄악 앞에서 행해진 잔혹한 자기 단죄……. 인간 삶의 이 비극적인 아이러니 앞에서 어찌 연민과 고통을, 나아가 카타르시스를 느끼지 않을 수 있겠는가.[1]

---

1 소포클레스, 「오이디푸스 왕」, 강대진 역, 민음사, 2009

사람마다 성격이 다르고 태생이 다르며 생김이 다르다. 이를 개성이라고 하는데 그로 인하여 인생에서 장단점이 생긴다. 오이디푸스처럼 큰 결함이 아니더라도 자신이 어쩔 수 없는 하마르티아와 마주치게 된다. 이를 운명이라고 한다면 자신의 과오를 뉘우치기 위해 호박브로치로 두 눈을 찌르는 단죄는 얼마나 숭고한가? 자신의 태생이나 단점으로 인한 어쩔 수 없는 죄를 격하고 처절하게 단죄할 수 있는가?

인간은 이처럼 크고 작은 사건 속에서 태생적인 성격과 현재의 상황으로 인한 문제에 철저히 마주서야 한다. 위대성과 숭고성은 여기에서 나올 것이기 때문이다.

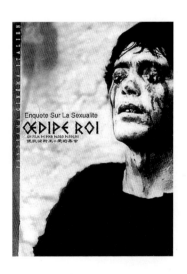

아직도 시를 배우지 못하였느냐?

습하고 무더운 시간이
열대가 되는 저녁
땀방울이 구슬이 되어 엮인다

여름날의 땀방울 구슬은
가지고 놀 수가 없다
열심히 구슬을 꿰던 시절은
먼 모래 속에 묻혀 있고
이제는 에어컨 찬바람 속에
두 손이 묶여 있다

저녁이면 땀내를 풍기면서
집으로 들어서던 어머니 아버지
나와 동생들의 다정한 그림도
에어컨 바람에 갇혀 있다
쌀 한 말에 땀이 한 섬인데
하루를 땀으로 짜내면 한 섬이라던
그 땀 같은 것으로는
더 엮일 일이 없는 시간이여

더위를 피해서 에어컨 아래에 서면

방울방울 땀방울이 숨어들어간다

구슬로 꿰지 못해도 그리워지는 구슬

데일 것 같은 햇살아래 만났던 뜨거운 연민


수, 수많은

억, 억 창(窓)이

무너지던 날을 헤어본다

그 오래된 땀방울 구슬은

다 어디로 갔을까?


- 『열린시학』, 「땀이 한 섬이던 저녁」 2018 겨울호

아직도 시를 배우지 못하였느냐?

## 해변의 묘지, 폴 발레리

그대는

아는가, 녹음의 가짜 포로여,

이 여윈 철책을 먹어드는 만(灣)이여,

내 감겨진 눈 위에 반짝이는 눈부신 비밀이여,

어떤 육체가 그 나태한 종말로 나를 끌어넣으며,

무슨 이마가 이 백골의 땅에 육체를 끌어당기는가를?

여기서 하나의 번득임이 나의 부재자들을 생각한다.


여기에 이르면, 미래는 나태이다.

정결한 곤충은 건조함을 긁어대고,

만상은 불타고 해체되어, 대기 속

그 어떤 알지 못할 엄숙한 정기에 흡수된다……

삶은 부재에 취해 있어 가이 없고,

고통은 감미로우며, 정신은 맑도다.

……(중략)……

사자들은 두터운 부재 속에 용해되었고,

붉은 진흙은 하얀 종족을 삼켜버렸으며,

살아가는 천부의 힘은 꽃 속으로 옮겨갔도다!

어디 있는가 사자들의 그 친밀한 언어들은,

고유한 기술은, 특이한 혼은?

눈물이 솟아나던 곳에서 애벌레가 기어간다.

……(중략)……

바람이 인다!……나도 한 번 살아봐야겠다!

대기는 내 책을 펼쳤다가 다시 닫고,

분말로 부서진 파도는 바위에서 용솟음친다.

날아 가거라, 온통 눈부신 책장들이여!

부숴라, 파도여! 부숴 버려라 네 희열의 물살로

삼각돛배들 모이 쪼던 저 조용한 지붕을!

……(중략)……


대단히 긴 이 시는 '바람이 분다. 나도 한 번 살아내야겠다'로 유명하다. 또한 상징성이 뛰어난 이 시는 프랑스 시의 최고봉으로 불린다. 공동묘지에 내 존재와 부재의 의미를, 삶과 죽음의 성찰로 이끌어내 유동과 부동이 공론하는 실존의 경지를 표현하였다. 발레리의 방대하고 깊은 사유와 철학이 드러난다.

아직도 시를 배우지 못하였느냐?

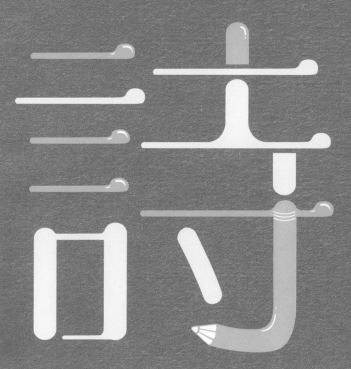

4부

등단시의 출력

자연은 말을 하고 경험은 통역을 한다.

-장 폴 사르트르

# 등단시의 출력

○○가 아니면 시가 아니다.

시에서는 무엇이 가장 중요할까? 예를 들어 수필은 진솔한 것, 소설은 스토리라면 시는 무엇을 말할까? 단연 '비유'라 하겠다. 시를 가장 시답게 만들어 주는 것이 비유라는 말이다. 비유가 없다면 시적 의미나 구성이 좀 떨어진다 할 것이다. 따라서 시에는 비유가 있어야 한다. 만약 어떤 글이 시라고 하면서 사실을 나열하였다면 그것은 시가 아니라 수필이다.

등단시는 일반적인 시보다 출력이 더 세야 한다. 예를 들어 자동차가 출발하려고 할 때 출력 RPM이 2500~3000kw이다. 일반적으로 계속 달리고 있을 때의 힘보다 1000kw 정도는 더 커야 한다. 그만큼 시동을 걸 때에는 힘이 더 들어간다고 할 수 있다. 시를 쓰는 것도 마찬가지이다. 등단을 하려면 2500kw 이상의 출력으로 작품을 선별하여야 한다.

# 꼰대의 말로 시를 쓰지 말자

　시도 발전하고 진화하고 있다. 그런 줄도 모르고 고등학교 시절에 쓰던 풍으로 시를 쓰려는 사람들이 많다.

　자신은 이미 오랜 세월을 지나면서 여러 모양으로 변신을 거듭하였을 텐데 옛 시를 써놓고 잘 쓴 줄 아는 시인들도 있다. 휴대폰으로 진화의 의미를 따져 본다면 몇 세대가 지나갔는지 헤아려 보아야 할 정도다. 전자기기라고는 TV가 전부였던 시대를 지나 스마트휴대폰과 AI까지 나타난 지금도 옛 방법으로 시를 쓴다면 고루한 말이 될 것이다. 더 이상 꼰대의 말로 시를 쓰지 말고 변화된 방법으로 시를 써야 한다는 것을 잊지 말자.

　시는 어느 방향으로 발전하고 있는가? 이것이 우리가 가장 관심 있는 분야다. 쉽게 말해서 시의 트렌드가 있느냐는 것이다. 이에 시는 우선 발전하고 진화한다는 것을 든다. 또한 최근의 시는 산문화 경향을 갖고 있으며 이미지즘의 표현이 두드러지고 있다.

　특히 이미지즘은 과거 30년대의 목가적이고 낭만적인 이미지즘이 아니다. 이미 도시화되고 길어진 형태의 이미지즘으로 나타나고 있다. 이미지즘의 시를 '보여 주기 기법(Showing기법)'이라고 한다. 이 부분도 뒤에서 자세히 설명하고 있다.

# 시는 한 컷의 사진

시는 한 컷의 사진과 같다. 단편소설은 하나의 화소(話素)로 된 이야기이고, 장편 소설은 인생 전체(총체성)를 표현한다. 그러나 시는 한 장의 사진에서 이 모든 것을 나타내야 한다. 시는 희곡의 형식과 많은 부분이 닮아 있다.

희곡에서도 현재성을 동반한 표현으로 압축하여 대사가 진행된다. 또한 희곡은 제약이 많은데 시 역시 제약이 많다. 압축된 표현을 사용하여야 함은 물론 길이나 행이나 연 등에서 다양한 제약이 나타난다.

# 시의 '현재화'와 '여기'


지금 : 과거의 감정을 시로 나타내더라도 시에서는 되도록 현재화
하여 표현하여야 한다. 지금이라는 시간은 현재와 밀접한
관련을 갖기 때문이다.


여기 : 시의 장소성은 여기로 대표된다. 시의 공간은 여기로 표현
하는 것이 좋다. 남미의 어느 도시가 지금, 여기로 재현되
어야 시의 미학적 거리가 가까워져 실재인 듯이 감정이 살
아난다는 말이다.


아직도 시를 배우지 못하였느냐?

# 등단시의 자격

    등단시는 너무 짧아도 길어도 선정되는 데에 문제가 생긴다. 적당한 길이로는 16~20행 내외를 본다. 등단시는 사상적으로 치우쳐서도 안 된다. 등단시는 뛰어난 비유가 있는 경우가 많다. 창의적인 독특한 비유를 사용하는 것은 신선한 시적 매력이라고 하겠다. 고어나 사어, 음담패설이나 욕설 금기어 같은 것도 등위 안에 들 수가 없다. 등단시의 품위를 위해 고려되는 사항이다.

    1차적 언어로 이루어진 시는 등단시가 되기 어렵다. 1차 언어는 누구나 쓸 수 있는 언어로 감동을 주지 못하기 때문이다. 또한 비유가 상투적인 것은 등단시로서의 자격이 떨어진다. 이런 시들은 그 상투성으로 인하여 제외대상이 된다.

    작품이 되는가 안 되는가를 스스로 판단할 수 있어야 한다. 판단이 가능하도록 필사와 다독은 필수다. 더욱이 등단이 현격한 작품의 질적 향상을 주지는 않는다. 등단 후에도 지속적인 노력이 필요하다. 어느 시인은 예전에는 몇 작품이 훌륭하면 그것으로 평생 시인이었는데 요즈음에는 항상 치열한 청년의 시를 써야 한다고 토로하였다. 그만큼 노력이 필요한 시대인 것이다.

# 지금은 동인시대

지금은 동인시대다. 시인들이 너무 많아진 탓도 있고 문예지가 많아진 탓도 있다. 다수의 문예지가 해마다 배출하는 시인들이 몇백 명에 이른다. 그래서 요즘은 동인들끼리 먼저 서로 좋은 교류를 해야 한다. 같은 분야에서 시를 쓰는 사람들끼리의 대화는 훨씬 소통이 되며 편안하다. 시인들과 소통하는 즐거움으로 지역문학의 활성화와 동인문학의 활성화가 기대된다.

# 시인을 상징하는
# 새는?

신천옹이라고도 불리는 알바트로스다. 지상에서는 역동적이지 않으나 높은 하늘에서는 활강을 하며 3000km를 난다. 멸종위기 동물로 지정되어 있다.

날개가 커서 먼 거리를 활공으로 비행할 수 있는 조류. 알바트로스는 몇 안 되는 장수 조류에 속한다. 지금은 멸종 위기에 있다. 알바트로스는 조류 중 가장 활공을 잘한다.

알바트로스는 바람 부는 날, 날갯짓을 하지 않고도 수 시간 동안 떠 있을 수 있다. 해수를 마시며, 보통 오징어를 먹지만 배에서 버린 잡어를 먹기도 한다. 반면 알바트로스는 육지에서는 온순하고 멍청하며 뒤뚱거린다. 그래서 이름이 몰리모크(mollymawk : 독일어로 '바보갈매기'라는 뜻)로 불리기도 한다.

시의 표현 예시
........................

[ 계간 문학과 사람, 2018년 겨울호 ]


눈이 와 / 흰 벌판 한 가운데 / 물로 만든 척추처럼 / 개울이 흘렀다

- 김혜순, 「레시피 동지」 중에서


새가 나를 오린다 / 햇빛이 그림자를 오리듯

- 김혜순, 「고잉 고잉 곤」 중에서


눈을 감지 않아도 속눈썹은 / 내 얼굴에 글씨를 쓴다

- 김혜순, 「Korean Zen」 중에서


나에게 죽음을 바치는 매우 미끄럽고 깊고 어두운 액체들

- 최문자, 「공유」 중에서

아직도 시를 배우지 못하였느냐?

[ 월간 창조문예 2017년 2월, 3월, 국민일보 2017년 ]

산 위의 작은 생명과 / 산 아래 사람들 함께 / 머리 숙이는 교회당

- 임백령, 「초롱꽃」 중에서


높아서 하늘이 아니라 / 품어서 하늘이다 / 아름다워서 꽃이 아니라 / 웃어서 꽃이다 / 위대해서 사람이 아니라 / 사랑해서 사람이다

- 홍성원, 「길을 걷다가」 중에서


어릴 적 어둑한 논둑길에서 두려움을 쫓던 / 휘파람소리와 함께 가슴을 졸이고 나오는 눈물이었다 // 울음의 반전은 기도였으므로 // 오래된 울음이…가슴으로 번지고 있다

- 이진환, 「오래된 울음」 중에서


의식의 바다에 누가 무의식의 소금을 굽는가

- 무명, 「소금」 중에서


오지도 않는 이를 기다리다 / 홀로 늙어버린 빈 의자 /…/ 아무도 찾아오지 않아 / 더 늙어 보이는 빈 의자

- 이재창, 「빈 의자」 중에서

# 우리시대의 역설

제프 딕슨

건물은 높아졌지만 인격은 더 낮아졌다.

고속도로는 넓어졌지만 시야는 더 좁아졌다.

소비는 많아졌지만 더 가난해지고

더 많은 물건을 사지만 기쁨은 줄어들었다.

집은 커졌지만 가족은 더 적어졌다.

더 편리해졌지만 시간은 더 없다.

학력은 높아졌지만 상식은 부족하고

지식은 많아졌지만 판단력은 모자란다.

전문가들은 많아졌지만 문제는 더 많아졌고

약은 많아졌지만 건강은 더 나빠졌다.

기술은 고도로 발전했지만

그 기술을 건강하고 지혜롭게 사용할 만큼의

도덕적 기반과 철학들.

그것들을 바탕으로 한 인품은

성숙하고 발전하기보다는

오히려 후퇴하고 있다.

아직도 시를 배우지 못하였느냐?

너무 분별없이 소비하고

너무 적게 웃고

너무 빨리 운전하고

너무 성급히 화를 낸다.

너무 많이 마시고 너무 많이 피우며

너무 늦게까지 깨어있고

너무 지쳐서 일어나며

너무 적게 생각하고

너무 과하게 분노한다.


가진 것은 몇 배가 되었지만

가치는 더 줄어들었고

말은 많아졌지만

그 속에 사랑은 줄어들었으며

알맹이 없고 거짓은 많아졌다.

생활비를 버는 법은 배웠지만

어떻게 살 것인가는 잊어버렸고

인생을 사는 시간은 늘어났지만

시간 속에 삶의 의미를 넣는 법은 상실했다.


우주공간 건너 달까지 갔다 왔지만

길 건너 이웃을 만나기는 더 힘들어졌다.

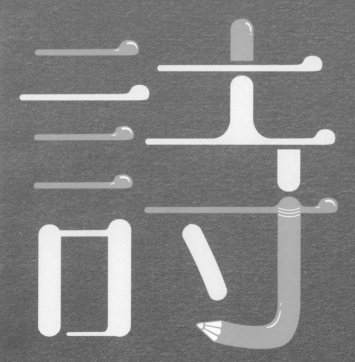

# 5부

# 비유와 상징

글쓰기는 누구에게도 할 수 없는 말을
아무에게도 하지 않으면서
동시에 모두에게 하는 행위다.


- 리베카 솔닛

# 시의 언어

앞서 언급한 바 있지만 시의 언어는 함축과 비유적 언어다. 시어와 일반어가 구분이 있다는 말이다. 시를 처음 배우는 사람들은 아직 시어에 대한 훈련이 부족한 탓인지 일상어를 그대로 시에 담아 쓰는 경우가 많다. 다시 말하지만 일상어와 시어를 구분하여 사용하여야 한다. 문학성과 문학적 성취는 비유와 상징과 함축적 언어를 살려 쓸수록 높아진다.

### 생명(生命)의 서/유치환

나의 지식이 독한 회의(懷疑)를 구하지 못하고,
내 또한 삶의 애증(愛憎)을 다 짐지지 못하여
병든 나무처럼 생명이 부대낄 때,
저 머나먼 아라비아의 사막(沙漠)으로 나는 가자.

거기는 한 번 뜬 백일이 불사신같이 작열하고
일체가 모래 속에 사멸한 영겁의 허적에
오직 알라의 신(神)만이
밤마다 고민하고 방황하는 열사(熱沙)의 끝.

그 열렬한 고독(孤獨) 가운데
옷자락을 나부끼고 호올로 서면
운명처럼 반드시 '나'와 대면(對面)케 될지니.
하여 '나'란, 나의 생명이란
그 원시의 본연한 자태를 배우지 못하거든
차라리 나는 어느 사구(沙丘)에 회한 없는 백골을 쪼이리라.

# 시인의 분류

　시인을 분류하는 것은 여러 면에서 어려움이 따른다. 하지만 나름 대로 한번 분류해 보겠다. 아리스토텔레스는 시학에서 저열한 예술 가, 서사 시인, 근엄한 시인과 경박한 시인을 나누어 설명하기도 하 였다. 이외에도 풍자시, 서사시, 찬양시 등으로 시를 나누고 있다. 시학에 의거하여 본다면 시인을 고귀한 행위와 지체 높은 행위를 모 방하는 대상으로 삼는 시인과 천박한 사람들의 행위를 모방하는 시 인을 들 수 있다.

　문학사적으로 분류를 해 본다면 자연을 노래하는 시인, 세태를 풍 자하는 시인, 민중에 대해 표현하는 민중시인, 사실에 근거하는 사 실주의 시인, 낭만주의 시인, 서정주의 시인 등을 들겠다. 더 나아가 내용적으로 분류해 본다면 서사시인, 역사시인, 풍자시인, 서정시인 으로 나눌 수 있겠다. 이는 어디까지나 필자의 주관으로 분류한 것 이다.

　　　　　　　　　　　　　　아직도 시를 배우지 못하였느냐?

# 독자의 분류

　버지니아 울프는 그의 평론집 『보통의 독자』에서 보통의 독자에 대해 '특별한 문학 훈련을 받지 않은 독자'라고 말한 바 있다. 사실 대부분의 독자는 보통의 독자다.

　나름대로 독자를 세분하여 일반 독자, 고급독자, 전문가 독자로 나누어 본다. 일반 독자는 우리나라의 경우에 버지니아 울프의 말보다 더 훈련이 안 된 독자다. 다시 말해서 우리나라의 경우 문학적 훈련이 절대적으로 부족하다는 말이다. 서구에서는 문학적 훈련이 지속되어 왔고 독서를 통한 토론 문화가 있으나 우리는 입시위주의 교육과 경제 성장의 목표 아래 독자의 그룹이 전문적이지 않다.

　고급독자는 독서를 적극적으로 할 뿐만 아니라 그에 따른 토론이나 강좌 등을 활용하며 자신도 글을 쓰기도 하는 독자다.

　전문가 독자는 그 분야에 전문가이면서 독자인 경우다. 이 경우 도서에 대한 비평과 평론과 평가까지 겸비한다. 시를 쓰는 시인들은 일반 독자그룹에 속해 있거나 고급독자그룹에 속한다. 이에 자신의 독자 수준을 고려하여 더 나은 독자가 될 필요가 있다. '아는 만큼 보인다'는 말처럼 '읽을 줄 아는 만큼 읽힐 것이'기 때문이다.

# 심상과 비유법

## (1) 심상과 직유법

시정신이 들어 있는 시와 일반적인 시의 구분 - 시정신이 들어 있는 시는 인간의 의식과 인식에 관련한 정신을 담고 있는 시다. 일반적인 시는 누구나 쓸 수 있는 시로 행갈이를 한 산문적인 것이 대부분이다. 일반인도 쓸 수 있는 형식과 언어로 이루어진 것을 말한다. 누구나 쉽게 쓸 수 있는 일반적인 시를 쓰는 사람들을 일컬어 등단했다거나 시인이라는 명칭을 붙이지 않는다.

등단이라는 절차를 거쳤거나 좀 더 전문적인, 시정신이 들어 있는 시를 쓰는 사람들을 일컬어 '시인(詩人)'이라는 전문가적 칭호로 부른다. 이 명명은 시인과 일반인을 가르는 기준이며 이에 따라 시인이 사회와 사물과 시대를 바라보는 눈도 남다르게 될 것이다.

감각적 심상에는 대표적으로 시각, 청각, 미각, 후각, 촉각, 공감각, 복합감각 등이 있다. 특히 시각적 심상은 현대시의 유행으로서 앞으로도 지속적으로 창작될 것이다. 이는 앞서 말한 보여 주기 기법과 연관이 있다. 현대라는 사회 자체가 시각적 이미지화의 시대로, 모든 것이 보는 것 중심으로 형성되고 있어 주목할 필요가 있다.

아직도 시를 배우지 못하였느냐?

최근에 다른 감각들은 대개 부차적으로 사용되고 있는 편이다.

직유법으로는 '~처럼', '~같이', '~듯이'가 있다. 비유법 중에 가장 쉬운 방법에 속한다.

## (2) 은유법

은유법은 논리적 비약이라고 할 수 있는데 '바람은 구름이다'의 형식이다. 예를 들어 '내 마음은 호수요.' '구름은 사자다.' '비는 사랑이다'처럼 A=B의 형식으로 무엇을 통하지 않고 바로 들이대는 방식이다. 이 은유법은 유사성이 있을 때 효과적이기도 하지만 전혀 엉뚱한 사물과 사물의 대입에서도 효과를 나타낸다.

은유법은 시에서 매우 중요한 비유법이다. 어떤 비유보다 은유법이 압축력이 뛰어나기 때문이다. 강력한 압축기제는 시의 수준을 높여줄 것이다.

## (3) 의인법

의인법은 사람이 아닌 무생물이나 생물을 사람처럼 쓰는 것으로서 사물시에서 가장 많이 응용하고 있는 기법이다. 삼라만상 오만 것을 의인화로 쓰다 보면 그 속에서 통찰력이 길러지고 그 사물의 의미를 찾게 된다. 그러므로 오만 것을 시로 쓸 때 쓰기가 어렵다면 가장 먼저 의인화를 해 보면 된다. 그러면 시 쓰기가 훨씬 쉬워질 것이다.

## (4) 활유법

활유법은 무생물을 살아 있는 것으로 쓰는 것이다. 의인법과 거의 비슷하다. 다른 점은 의인법은 사람처럼 쓰는 것이라면 활유법은 사람이 아닌 살아있는 것으로 쓰는 것을 말한다. 활유법의 대표적인 예가 이육사의 「광야」라는 시다. '산맥들이 바다를 연모해 휘달리는' 것은 활유법이다. 또한 '부지런한 계절이 피어선' 졌다는 표현도 활유법에 속한다.


모든 산맥(山脈)들이

바다를 연모(戀慕)해 휘달릴 때도

차마 이곳을 범(犯)하던 못하였으리라.


끊임없는 광음(光陰)을

부지런한 계절이 피어선 지고

큰 강(江)물이 비로소 길을 열었다.

-이육사, 「광야」 중에서


## (5) 풍유법

풍유법은 주로 속담이나 격언 같은 명구나 숙어처럼 쓰이는 구절을 망라한다. 따라서 풍유법에는 그 민족의 생활과 문화가 들어 있는 경우가 많다. 민족의식이나 풍속을 표현하는 데 유리하다.

　　　　　　　　　　　아직도 시를 배우지 못하였느냐?

- 맑은 여울에 코를 빠뜨리고 *(졸시, 「시의 옹립」)*

- 산 입에 거미줄을 치고 있나 *(졸시, 「시의 옹립」)*


## (6) 대유법

대유법은 대표적으로 표현하는 비유법으로 빵, 칼, 펜 등은 각각 음식이나 식량, 무력, 필력 등을 대표한다. 필자는 가끔 '대머리 독수리'를 대유법으로 쓰는데 이는 미국을 비판적으로 쓸 때 사용한다.

- 대머리 독수리는 폭풍을 쏘아 우주까지 제압하였다 *(졸시,*

   *「시의 옹립」)*

# 상징에 대하여

상징은 원형적 상징과 전통적 상징, 개인적 상징으로 나뉜다. 원형적 상징은 인류나 민족의 무의식 속에 내재되어 면면이 이어져 내려오는 보편적인 상징. 시대를 초월하여 반복성과 동일성을 지니고, 모든 인간에게 유사한 의미를 환기시킨다는 특징이 있다. 산(자연의 굴곡이나 솟아 있는 것들), 불(소멸, 정화, 진노, 밝음, 희생, 재앙, 열기), 밤(어둠, 일제강점기, 고통스럽고 열악한 상태), 바람(시련, 고난, 고통, 영향, 원인, 흐름), 물(재생, 정화, 순환, 널리 있는 존재, 깨끗해짐), 별(희망, 내일, 순수, 반짝이는 것, 우주에서의 표지-별자리) 등이다.

전통적 상징은 우리나라와 민족을 뜻하거나 민속적인 것 등으로 흰옷, 동방, 한반도, 백의민족, 진달래꽃(애이불비), 국기, 태극, 12동물, 육십갑자, 한복, 기와, 해태, 곰, 호랑이, 봉황, 매·난·국·죽, 소나무, 물고기(풍요) 등이다.

개인적 상징은 윤동주의 십자가(민족에 대한 희생적 자세), 김광섭의 성북동 비둘기(소외된 현대인), 화려한 망사버섯의 정원(자아의 세계), 맨발의 99만 보(인생의 지속적 여정), 해가 지지 않는 쟁기질(아버지의 노동, 헌신) 등이 있다.

아직도 시를 배우지 못하였느냐?

# 원관념과 보조관념

비유법을 쓰게 되면 원관념과 보조관념이 생긴다. 본래 표현하고자 했던 대상이 원관념이며 빗대어 표현된 다른 대상이 보조관념이다. 박남수의 「아침 이미지」를 통해 이를 설명하고자 한다. 이 시는 활유법, 의인법, 은유법 등 수사가 화려하면서도 아침이라는 이미지의 역동성을 잘 나타내고 있는 시다. 특히 '무거운 어깨를 털고 물상들은 몸을 움직이어'라는 부분에서 보면 몸을 움직이고자 하는 것은 아침이다. 아침은 원관념에 해당하며 무거운 어깨를 털고 움직이는 것은 보조관념에 해당한다. 아침이라는 시간이 시작되는 모습을 대단히 역동적으로 그리고 있다.

어둠은 새를 낳고, 돌을
낳고, 꽃을 낳는다.
아침이면,
어둠은 온갖 물상을 돌려주지만
스스로는 땅 위에 굴복한다.

무거운 어깨를 털고

물상들은 몸을 움직이어
노동의 시간을 즐기고 있다.
즐거운 지상의 잔치에
금으로 타는 태양의 즐거운 울림.
아침이면,
세상은 개벽을 한다.

- 박남수, 「아침 이미지」 중에서

---

**아침** = 무거운 어깨를 털고 물상들은 움직이어

원관념        보조관념

---

착한 노루가 제 맨발을
벗어주고 갔구나
노루발풀꽃

둥그스름 초록색 잎사귀에
조롱조롱 새하얀 꽃

아직도 시를 배우지 못하였느냐?

흔들면 노루 발자국 소리

들릴까

새하얀 방울 소리

들릴까

- 나태주, 「노루발풀꽃」 중에서


자세히 보아야 아름답다

오래 보아야 사랑스럽다

- 나태주, 「풀꽃」 중에서


　나태주의 시에서도 원관념과 보조관념을 활용하여 뛰어난 비유적
표현을 쓰고 있다. 「노루발풀꽃」은 꽃의 이름에서 노루발의 모습을
발견하고 재치있게 표현하였다. 「풀꽃」에서도 풀꽃의 의미를 '본
다'라는 의미로 구체화하고 있다.

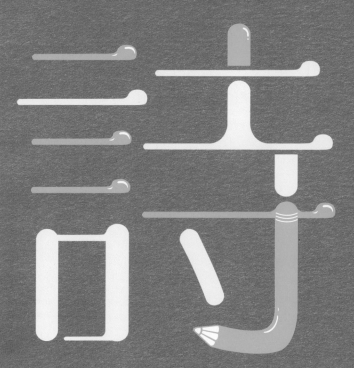

6부

시의 미적 정서

글쓰기의 결정적 기술은
글쓴이가 자기 노출을 절묘하게 통제하는 데 있다.

- 웬디 레서

# 시어로 환기하는 정서

시의 미적 정서란 어떤 사물이나 상황에 부딪쳐 일어나는 모든 감정과 상념 또는 그러한 감정을 불러일으키는 기분이나 분위기를 의미한다. 즉 정서(emotion)는 시어에 의해 환기되는 심리 및 정서적 감동으로 시의 본질적 특성이라 할 수 있다. 시는 미를 추구하는 특성이 있기 때문이다.

문학에서 다루는 정서는 미적 정서이다. 미적 정서는 강렬한 충동을 절제하고 걸러냄으로써 질서 잡힌 미적인 구조를 통해 생겨나는 것을 뜻한다. 미적 정서는 기본적으로 아름다운 것들에 대한 상상이라고 할 수가 있는데 그렇다고 해서 아름다운 것만을 뜻하지는 않으며 희(喜), 노(怒), 애(愛), 락(樂), 애(哀), 오(惡), 욕(欲), 미(美), 추(醜), 혐(嫌)이라는 감정을 아우르는 폭넓은 정서를 말한다. 그 밖에 안타까움, 안도감, 그리움, 아쉬움, 기다림, 예찬, 기원, 숭고, 비장, 우아 등으로 나타나는데 이러한 정서들은 처음 느낀 정서를 그대로 드러내는 형태는 아니다.

# 승화, 우화, 순화, 정화, 극복

## 승화(昇化)

  고난이나 시련을 견디어 작품으로 형상화하는 승화는 어떤 현상이 한 단계 더 높은 영역으로 발전하는 상태로 고난이나 시련이 그 상태에 그대로 머무는 것이 아니라 더 고양된 상태인 '견딤'과 '극복'의 과정으로 나아간다. 이로써 이전보다 더 나은 상태에 이르게 되는 것이다. 프로이드의 정신분석학에서 승화는 사회적으로 인정되지 않는 충동이나 욕구를 예술 활동이나 종교 활동 등의 사회적, 정신적 가치가 있는 것으로 치환하여 충족시키는 것을 말한다. 따라서 고뇌의 승화는 작품을 짓는 중요한 소재가 된다.


## 우화(羽化)

  우화는 번데기가 고치가 되고 다시 나비가 되는 것을 의미하는데 본래의 생긴 것과는 다르게 대단히 극적으로 변하는 상태다. 또한 우화등선(羽化登仙)의 준말이기도 하다. 우화등선은 사람의 몸에 날개가 돋아 신선이 되어 하늘로 올라간다는 것으로 이전의 상태에서는 상상할 수 없을 만큼 상승하여 본래의 모습을 찾을 수 없을 정도로 변화되는 것이다.

아직도 시를 배우지 못하였느냐?

## 순화(純化)

순화는 불순한 것을 제거하여 순수하게 되는 것으로 복잡한 것을 단순하게 한다는 의미가 들어 있다. 국어순화의 경우 저속하고 규범에 어긋나는 말을 바로잡고 외래적인 요소를 제거하는 일 등을 가리킨다. 특히 국어순화는 일제강점기의 잔재인 일본어계통의 단어를 우리말로 바꿈으로써 국어의 순수성을 높이는 것으로, 국어를 오염시키는 저속한 비속어와 더불어 막강한 힘으로 밀려온 외래어라는 인식이 컸기 때문이다.

## 정화(淨化)

아리스토텔레스가 주창한 카타르시스가 여기에 해당한다. 단순하게 한자를 보면 사물의 더러운 것을 없애 깨끗하게 하는 것이다. 비극에 등장하는 인물들의 비참한 운명을 보고 간접경험을 하여 자신의 두려움과 슬픔이 해소되고 마음이 깨끗해지며 감정이 안전하게 지속되는 것이다. 심리학에서는 마음속에 억압된 감정의 응어리나 상처를 언어나 행동을 통해 외부로 드러냄으로써 강박 관념을 없애고 정신의 안정을 찾는 것으로 본다.

이는 단순히 세속적이거나 일상적인 상태에서 벗어나기 위한 의식이기도 하며, 이를 전통적인 정서에서 찾아보면 물을 뿌리거나 씻는 것, 피나 진흙 같은 여러 가지 물질로 문지르는 것처럼 단순한 방법에서 죄를 고백하거나 분향을 하는 것 등에 이르기까지 다양하게 나타난다.

집단적인 정화의식으로는 제사를 지내거나 음식을 주변에 나누는 것도 이에 포함된다. 집단의 더러움을 씻기 위해 마을 주변을 도는 의식들이 많이 발달해 있는데 그것도 여기에 속한다.

## 극복(克服)

순화, 우화, 정화 등의 의미가 극복의 의미를 포함하고 있다. 극복은 악조건이나 고생 따위를 이겨 내는 것으로 어렵고 힘들거나 바람직하지 않은 상태를 노력으로 없애거나 좋아지게 만드는 것이다. 저항시인인 이육사 시인과 윤동주 시인은 일제강점기하에서 암울한 현실을 극복하기 위한 의지를 시로 썼다. 아래의 시는 좁은 골목길에 사는 화자의 심정을 건반이라는 악기로 승화시켜 표현하고 있다.

> 웅성거리는 건반이
> 사이좋게 꼭꼭 들어찬 동네
> 차가워진 겨울 저녁을 따스히
> 두드리는 건반들이 저녁을 먹는다
> 밤이면 모두 서로의 기슭이 되어
> 서로의 창이 되어
> 뚫려있는 가슴을 채우는 곳
>
> - 졸시² 「건반이 궁금해지는 저녁」 중에서

--------------------

2 골목길에 사는 사람들의 고난 극복을 시로 표현하고 있다

아직도 시를 배우지 못하였느냐?

# 반어(Irony)와 역설(Paradox)의 정서

　반어(反語)란 표현된 것과 속뜻(의도)이 상반되는 표현법이다. 실제와 반대되는 표현을 통해 본래의 뜻이나 상태를 강조하려는 표현으로 뒤에 숨은 뜻을 강조하는 말이다.

　김소월(金素月, 1902~1934)의 「진달래꽃」은 반어법을 구사한 대표적인 시이다.


　　　나보기가

　　　역겨워

　　　가실 때에는

　　　말없이 고이 보내 드리오리다.


　　　영변(寧邊)에 약산(藥山)

　　　진달래꽃,

　　　아름 따다 가실 길에 뿌리오리다.

가시는 걸음 걸음

놓인 그 꽃을

사뿐히 즈려밟고 가시옵소서.


나보기가 역겨워

가실 때에는

죽어도 아니 눈물 흘리오리다

- 김소월, 「진달래꽃」


속으로 몹시 슬퍼하면서도 고이 보내 드리겠다는 상반된 표현이다. 김소월의 시적 정서는 애이불비(哀而不悲)로 대표되는 반어다. 슬프기는 하되 겉으로 슬픔을 나타내지 않는 인고의 모습으로 한국 사람의 전통적 태도와 정서를 드러낸다.

역설(Paradox)이란 모순된 표현 속에 어떤 진실을 품은 표현이다. 자체의 주장이나 이론을 스스로 거역하기도 하며, 일반적으로 옳다고 생각되는 것에 반대되는 표현이며, 논리적으로 자기모순에 빠져 있는 듯 보인다. 더 높은 진리에 도달하기 위한 암시적인 표현으로 사용되는 경우가 많다. 대립되는 시어를 맞세운 표현이 주로 쓰이기도 한다. 흔히 역설의 대가로 불리는 한용운 시인의 시 '님의 침묵'을 살펴보자.

아직도 시를 배우지 못하였느냐?

님은 갔습니다. 아아, 사랑하는 나의 님은 갔습니다.

푸른 산빛을 깨치고 단풍나무 숲을 향하야 난 적은 길을 걸어서 참어 떨치고 갔습니다.

황금의 꽃같이 굳고 빛나든 옛 맹서는 차디찬 티끌이 되야서 한숨의 미풍에 날어 갔습니다.

날카로운 첫 키스의 추억은 나의 운명의 지침을 돌려놓고 뒷걸음 쳐서 사러졌습니다.

나는 향기로운 님의 말소리에 귀먹고, 꽃다운 님의 얼굴에 눈멀 었습니다.

사랑도 사람의 일이라, 만날 때에 미리 떠날 것을 염려하고 경계 하지 아니한 것은 아니지만, 이별은 뜻밖의 일이 되고, 놀란 가슴 은 새로운 슬픔에 터집니다.

그러나, 이별을 쓸데없는 눈물의 원천을 만들고 마는 것은 스스 로 사랑을 깨치는 것인 줄 아는 까닭에,

걷잡을 수 없는 슬픔의 힘을 옮겨서 새 희망의 정수박이에 들이 부었습니다.

우리는 만날 때에 떠날 것을 염려하는 것과 같이, 떠날 때에 다시 만날 것을 믿습니다.

아아, 님은 갔지마는 나는 님을 보내지 아니하였습니다.

제 곡조를 못이기는 사랑의 노래는 님의 침묵을 휩싸고 돕니다.

- 한용운, 「님의 침묵」

님의 침묵은 역설법을 활용하여 이별의 슬픔에도 절망하지 않는 의지적인 태도를 드러낸다. 오히려 이별을 다시 만날 것이라는 희망으로 역전시킨다. 슬픔을 희망으로 역전시키는 위대한 힘이 역설을 통하여 실현되고 있다.


넣을 것 없어
걱정이던
호주머니는

겨울만 되면
주먹 두 개
갑북갑북

- 윤동주, 「호주머니」


윤동주의 이 짧은 시에 긍정적인 역설이 들어 있다. 가난한 호주머니에 넣을 것이 없어 걱정이었는데 겨울에는 꽉 찬다는 이 발상 역시 역설이다. 역설을 통해서 긍정적인 웃음을 생산하고 있는 시이다.

시대적인 현실을 적용해 본다면 일제강점기에 혹독하게 힘든 가난한 현실이지만 호주머니 속의 두 주먹을 불끈 쥐고 힘을 내라는 위로와 긍정을 선물하고 있다. '갑북갑북'은 '가득'을 뜻하는 평안도 사투리인데 주머니가 꽉 찬 모양을 뜻하는 단어다.

날씨는 너무 춥지만 어린아이는 호주머니에 주먹을 넣고 흡족해

하는 모습이 그려진다. 어려움 속에서 두 주먹을 쥐고 씩씩하게 살아가라는 시구가 사람들을 위무하고 희망을 준다.

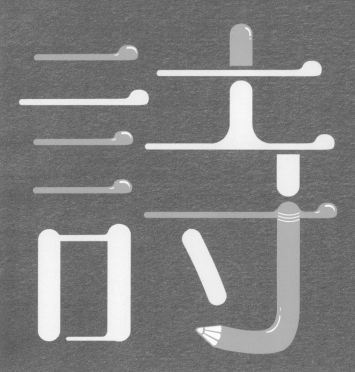

# 7부

가슴에 넣고 다녀야 할 열 가지 레시피

이 장은 테드 휴즈의 詩作법을 최근의 현실에 맞게 변형, 적용하였다.

자기 글을 보여 주고 싶은 점증하는 욕망은
결국 완성을 위한 모터가 될 것이다.

- 발터 벤야민

# 동물, 식물, 곤충, 꽃

　동물, 식물, 곤충, 꽃의 이름을 가슴 깊이 넣고 다녀야 한다. 특히 작고 약한 것들에 관심을 갖고 그들의 생태를 들여다보아야 한다. 아무리 미물이라도 삶이 있으며 좋은 삶을 위하여 부단히 노력하고 있다. 우주가 팽창하듯이 우리도 팽창을 꿈꾸고 있으며 모든 살아있는 것들은 팽창하기를 원한다. 그들의 정서를 시로 써야 한다. 우선 그들의 이름부터 알아야 한다.

　아래의 표를 흔하거나 이미 많이 쓰인 것이 아닌 시적인 이름으로 5개 이상 채우라.

| | |
|---|---|
| 꽃 | |
| 곤충류 | |
| 나무 | |
| 구름 | |
| 바위 | |
| 물 | |
| 산 | |
| 패류 | |
| 조류 | |
| 어류 | |
| 풀 | |
| 바다 | |
| 나물 | |

# 날씨와 친해지기

날씨와 친해져야 한다. 날씨 변화는 사람들의 마음까지 움직이고 정서에 민감한 반응을 하게 한다. 또한 시의 내용을 풍부하고 구체화하여 시각화하는 데 도움이 된다. 특히 안개와 바람, 폭풍과 비는 시에 영양을 가득 주는 재료다. 에너지가 폭렬하는 날씨를 활용하여 시에도 에너지가 넘치게 해야 한다.

특히 바람의 경우는 더욱 귀를 기울여야 한다. 바람이 불면 세상이 흔들리고 지구가 흔들린다. 바람이 불면 마음이 흔들리고 머리카락이 날리고 영화 「위대한 쇼맨」에서처럼 푸르디푸른 긴 스카프가 날린다. 바람이 불면 파도가 치고 파랑이 일며 폭풍이 일어나기도 한다. 변화무쌍한 날씨 속에서 무수한 바람을 만나야 한다.

아직도 시를 배우지 못하였느냐?

# 기후, 계절에 대해

기후와 계절의 변화에 민감해져야 한다. 기후와 계절은 사람들의 생활과 감정에 밀접한 영향을 끼친다. 이 변화에 민감하게 반응해야 천변만화하는 사람들에 관해 묘사하기가 좋다. 기후와 계절은 일상에서 지대한 영향을 미칠 뿐 아니라 우리의 문화와 유행, 취향까지 바꾼다.

어느 겨울에 겨울다운 눈이 오지 않자 사람들은 눈 구경을 하기 위해 해외로 떠났다. 어떤 사진작가는 눈 사진을 찍지 못해 옛날에 찍어 두었던 눈 사진을 꺼내어 향수를 달랬다. 하물며 우리는 시를 쓰는 사람이 아닌가? 오로라를 보러 노르웨이에 가고 별자리를 보러 몽골초원에 간다. 그렇게 해서라도 경관을 두 눈으로 보고 싶은 것이다.

몽골의 초원에서 무수한 별을 만나는 순간, 우리 마음속에도 무수한 별이 살아날 것이다.

# 그리운 이름 부르기

김소월은 「초혼」에서 '부르다가 내가 죽을 이름이여'라고 하면서 처절하게 사랑하는 사람의 이름을 부른다. 살아서 고백하지 못한 말, 사랑한다는 말을 그 사람의 이름을 애타게 부르면서 이제는 늦어 버린 자신의 사랑을 고백하면서 호소하고 있다.

사람의 이름은 고유명사다. 고유명사란 그 사람만이 갖는 아우라를 갖고 있다는 것이며 이는 그 사람의 이름을 부르면서 동반되어 나타난다. 우리는 다른 사람을 통해서 자신을 볼 수 있다. 다른 사람의 이름을 부르면 그 속에 자신의 취향과 자신의 의미가 살아나 존재를 발견할 수 있다.

# 상황 뒤집기 - 발상의 전환

발상의 전환은 지금까지의 사고와는 전혀 다른 생각을 하여 새로운 결과를 얻어 내는 것이다. 역사적인 사건들 속에서 발상의 전환으로 역사의 방향을 바꾼 일이 많다. 고정관념을 깨는 것이 중요하다. 그중 코페르니쿠스적 발상이란 말이 있다. 코페르니쿠스는 연구를 통하여 지동설을 알아내어 사후에 발간된 책에서 이를 밝혀 전 세계의 천동설에 엄청난 영향을 미쳤고 이 책은 악마의 책이라 불렀다. 콜롬버스의 달걀 일화도 발상의 전환의 결과다.

발상의 전환은 기존의 상황을 뒤집을 때 잘 일어난다. 태양과 달을 바꾸거나, 얼음과 불을 바꾸거나, 남자를 여자로, 여자를 남자로 바꾼다든지, 나무가 걸어 다니고 춤을 춘다든지, 유기물을 무기물로, 추상을 구상으로 구상을 추상으로 바꾸어 보는 것이다.

천재 건축가로 불리는 가우디의 건축물은 발상의 전환이다. 피카소의 그림 역시 발상의 전환이다. 에릭 요한슨의 사진도 발상의 전환이다.

▲ 가우디의 건축물 까사 밀라

　이러한 발상의 전환은 넌센스와 알레고리의 미학이며 역설과 상
징과 은유에 접근하는 지름길이다.

▲ 에릭 요한슨의 사진

　　　　　　　　　　　　아직도 시를 배우지 못하였느냐?

# 경험 만들기

자신만의 경험으로 다른 사람을 감동시키는 일은 쉽지 않다. 수많은 사건사고들 중에 시가 될 만한 것을 자신의 것으로 끌어들여야 한다. 직접 경험을 할 수 있다면 좋겠지만 모든 것을 경험한다는 것은 불가능한 일이다. 그러니 다른 사람의 경험을 끌어들여야 한다.

간접경험의 대표가 독서와 영화이다. 최근 한국의 영화들은 파격적이며 스피디하고 역동적이다. 또한 이슈 없이 만들지 않는다. 이슈를 중점적으로 들여다보고 그 간접경험을 시로 써 보는 것이다. 그러면 시에 훨씬 생명력이 붙게 될 것이다.

소설가 김훈의 문장은 시적이다. 시를 쓰는 사람으로서 웅장하고 광대하며 힘이 있으면서도 미적 정서를 간직한 문체라고 여겨진다. 많은 것을 느낄 수 있는 문체다. 다른 사람의 시집에서도 간접경험을 많이 한다. 이렇게 표현했구나, 나라면 어떻게 쓸 수 있을까? 이런 생각으로 그 작품을 환골탈태하여 자신의 작품을 만들면 된다.

# 문제의식

시를 쓰는 정신은 대개 문제의식에서 출발한다. 문제의식은 자신을 성장시키며 사회를 성장시킨다. 사물을 대할 때, 어떤 생각을 할 때는 물론 정치와 경제·사회와 문화적 현상을 접할 때 문제의식을 갖고 사고하는 습관이 필요하다. 이것이 시정신이며 작가정신이 되어 시에 뼈대를 형성하여 줄 것이다.

우리는 살면서 크고 작은 문제에 끊임없이 부딪친다. 문제 없이 살아가는 사람은 없다. 문제란 자신이 기대하고 도달하고자 하는 것에 도달하지 못했을 때, 기대하는 욕구나 가치에 못 미칠 때 발생한다. 이를 해결하려는 정신이 문제의식이다.

문제의식이 있어야 문제가 발견된다. 문제를 발견해야 문제를 해결할 수 있고, 문제를 제기할 수 있다. 또한 문제를 제기해야 문제가 해결된다. 단순히 비판을 위한 문제의식이 아니다. 더 나은 미래를 위해 사고하는 것이다.

영화 「82년생 김지영」은 그간 우리 사회에서 무관심하고 아무도 관심 갖지 않았던 디테일한 차별의 영역을 드러냈다. 이 영화는 차별이라 생각하지 않았던 것들이 차별이라는 것을 표현하고 있다. 여성이기에 그냥 참고 살아온 것들이 차별인 것이 많다. 관습적 성차

아직도 시를 배우지 못하였느냐?

별은 물론 제도적인 성차별과 가정에서의 성차별, 직장에서의 성차별 등 여성이 되어 보지 않으면 알 수 없는 차별을 문제로 제시한 수작이다.

# 생명체에 대한 존경과 애착

세상의 모든 것들, 눈에 보이지 않는 것들까지 존경하고 애착을 가져야 한다. 세상의 모든 생명은 아름답다. '도꼬마리' 하나를 만나도 존재가 얼마나 소중하고 아름다운지, 그 가시를 만지면서 생명이 무엇인지 느낀다. 가을날 산길을 걷다가 옷에 따라온 도꼬마리, '고집', '애교'의 꽃말을 가진 여름에 보랏빛으로 피어나는 작은 꽃, 살충효과 성분이 있는 생존의 욕구처럼 느껴지는 독성, 우리가 같은 마당에서 서로 기생할 수 있을까?

마치 손으로 만지는 것처럼, 눈으로 보는 것처럼 모든 것에 애착을 가져야 한다. 이 우주 만물 그리고 지상 위의 모든 사물과 생명체들은 다 눈과 귀, 입과 코가 달려 있으며, 뚫려 있다. 나뭇잎에도 이목구비가 있다. 우주 안의 모든 것이 생명체인 것이다. 사물에 대한 애착은 시의 감성을 풍부하게 이끌어 준다.

▲ 도꼬마리 열매

# 문장훈련

문체와 문장에 자신이 없더라도 배우면 된다. 유튜브에 수많은 강의가 넘쳐나고 있다. 겁먹을 필요가 없다. 문장훈련은 작가가 갖추어야 할 기본적인 역량이다. 최근 인터넷시대가 되어 문장이 엉망이 된 사람이 많다. 꾸준한 문장훈련이 필요하다. 어떤 시대가 도래한다고 해도 문장은 필요하다.

문장을 익숙하게 표현할 수 있어야 한다. 표현을 못 한다면 자꾸 써 보고 고치는 작업을 되풀이할 필요가 있다. 쉬운 문장으로 쓰고 점점 차원을 높여 가는 것이 좋다. 좋은 문장 훈련을 해야 좋은 문장이 나온다. 따라서 좋은 시를 필사하는 것은 당연한 것이다. 인터넷상에 문법에 관한 것, 좋은 시, 좋은 수필들이 있으니 연습하고 또 연습하면 그 안에서 어떻게 해야 하는지 터득하게 될 것이다.

아직도 시를 배우지 못하였느냐?

# 고독과 친해지기

고독은 혼자라고 느끼는 외로움이다. 정호승 시인은 '울지 마라 외로우니까 사람이다'라고 말한다. 특히 시인에게 외로움과 고독은 필수불가결한 요소다. 외로움과 고독은 시의 본향이다. 시를 쓰는 자양분이다. 혼자 있기를 즐겨야 한다. 외로워야 좋은 창작을 할 수가 있다. 고독은 시와 소설을 창작하기 위한 최고의 환경이다.

혼자 있는 것을 두려워하지 말고 즐기는 태도가 필요하다. 외로움은 알아서 저절로 찾아온다. 고독은 조금 다르다. 고독은 자신이 스스로 만들어 내는 것이다. 고독을 즐기는 것은 여유를 갖는 것이며 성찰하는 것이다.

폴 틸리히는 외로움이란 혼자 있는 고통을 뜻하고, 고독은 혼자 있는 즐거움을 뜻한다고 했다. 또한 고독은 어떤 일에 몰입할 때 도움이 된다. 자신의 가치와 독립을 이해하고 자신의 목표와 욕망에 대해 깊은 생각을 갖게 한다. 자유와 자기실현에 대해서 묵상하게 한다.

- 반어의 시인 :

- 역설의 시인 :

- 의지의 시인(2인) :

- 언어조탁의 시인 :

- 풍속과 방랑의 시인:

- 사슴의 시인:

- 풀의 시인:

- 껍데기를 노래한 시인 :

- 순서대로 : 김소월, 한용운, 이육사, 윤동주, 김영랑, 백석, 노천명, 김수영, 신동엽

# 절정

이육사

매운 계절의 채찍에 갈겨
마침내 북방으로 휩쓸려 오다

하늘도 그만 지쳐 끝난 고원
서릿발 칼날 진 그 위에 서다

어데다 무릎을 꿇어야 하나
한발 재겨 디딜 곳조차 없다

이러매 눈 감아 생각해 볼밖에
겨울은 강철로 된 무지갠가 보다

꽃

해오라비난, 봄까치꽃, 꽃다지, 매발톱, 노루발풀꽃, 박주가리, 사두오이꽃, 꽃무지, 붓꽃, 찔레꽃, 노루귀, 시계꽃, 싸리꽃, 유채꽃, 수선화, 접시꽃, 제라늄, 밥풀꽃, 조팝, 이팝, 밥태기꽃, 나리

곤충류

가시개미, 흰점박이, 지렁이, 거미, 파리, 매미, 늑대거미, 불가사리, 말미잘, 벌, 진드기, 나비, 응애, 바구미

나무

당단풍, 편백, 주목, 버드나무, 측백나무, 느릅나무, 예덕나무, 밥태기나무, 명자나무, 싸리나무, 산딸나무, 작살나무, 십리나무, 감탕나무, 오리나무, 국수나무, 숨비기나무, 은사시나무, 말채나무, 메타세콰이어, 느티나무, 개암나무, 헛개나무, 물푸레나무, 맹그로브나무, 엄나무

구름

밑턱구름, 뜬구름, 렌즈구름, 비구름, 매지구름, 먹장구름, 약대구름, 매지구름, 비늘구름, 버섯구름, 새털구름, 애기구름, 비행운, 거인구름

## 바위

소년바우, 바구, 구매바위, 요강바위, 갑바위, 독수리바위, 거북바위, 촛대바위, 고래바위, 외바위

## 물

한탄강, 섬진강, 비단강, 무지개강, 또랑, 냇가, 천변, 둔치, 편지를 나르는 섬진강, 두꺼비나루, 개울, 시내, 맹물, 안개, 이슬, 서리, 눈물, 콧물, 땀, 피, 폭포수, 샘물, 옹달샘, 빗물, 철물, 녹물, 진물, 핏물, 논물, 도랑물, 한강, 양수

## 산

수리산, 지리산, 돌산, 무지개산, 대머리산, 오매산, 구름 쓴 산, 별을 인 산, 호구산, 구름산, 누운산, 야산, 한반도섬, 오미산, 장미산, 팔봉산, 병풍산, 유달산, 도봉산, 개골산, 지리산, 삼각산, 뒷산, 북악산, 인왕산

## 패류

백합, 모시조개, 가리비, 대합, 키조개, 따개비, 거북손, 오분자기, 고동(보말), 조가비, 소라, 진주패, 채첩, 홍합, 삿갓조개, 앵무조개, 바지락, 소라게, 석화, 칼조개, 섭국, 명주조개

## 조류

해오라비, 휘파람새, 동박새, 딱새, 개개비, 직박구리, 도요새, 곤줄박이, 후투티, 상사조, 웃음호반새, 소쩍새, 벌새, 고니, 물총새, 뜸북이, 어치, 자고새, 가마우지, 동고비, 오목이, 댕기물떼새, 종다리

## 어류

갈겨니, 모래무지, 꺽지, 물텀벙이, 구피, 피라미, 쉬리, 연어, 흰동가리, 빙어, 은어, 홍어, 대눈갱이, 구피

## 풀

쇠비름, 질경이, 쓴풀, 자주쓴풀, 봄달비, 망초, 바랭이, 소리쟁이, 쏙새, 족도 리풀, 달구풀, 수크령

## 바다

먼 바다, 거친바다, 침몰바다, 무심한 바다, 깊은 바다, 검은 바다, 잔잔한 바 다, 여름바다, 겨울바다, 밤바다, 몽돌바다, 파묵칼레

## 나물

취나물, 깨나물, 계피나물, 씀바귀, 돈나물, 두릅나물, 머위, 명이, 곰취, 곰달 비, 다래, 냉이, 다래순, 취

## 동굴

수정동굴, 옛동굴, 통천굴, 플라톤의 동굴, 보물동굴, 알리바바동굴, 죽음의 동굴, 온달동굴, 단군동굴

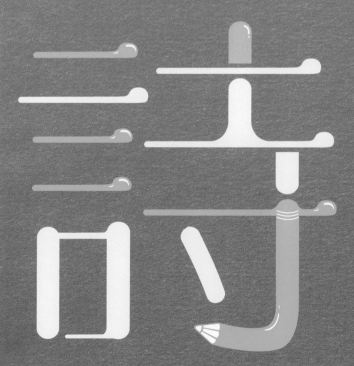

# 8부

# 사물시 연습

퇴고는 자신의 주관에 갇혀 있는 글을
객관화하는 작업이다.

— 김신영

# 시인은 마법사

　시를 어떻게 끄집어낼까? 시인이 물결이 난다고 하면 물결이 날아오르는 것이다. 시인이 하늘이 바다인데 우리는 모두 물고기라고 하면 우리는 모두 바다 속에서 헤엄치는 물고기가 된다. 시인이 "이 모래는 밥입니다."라고 말하면 그건 밥이다. 시인은 세상을 새롭게 창조하는 능력자이며, 요술쟁이, 마법사다.

　예를 들어 보자, 어느 순간 내 존재가 너무나 적막한 신세가 되어 있는 것을 발견하였다. 주변에 더운 날씨 외에는 어떤 것도 내 것이 아니었으며 그로 인하여 세상은 너무나 적막하였다. 여름날은 뜨겁게 지면을 달구고 심장은 타들어 가고 있었다. 물방울 하나 남아 있지 않았다.


　돌이켜보면,
　나를 흔들어 대던 바람은
　한밤의 먼지에 불과했습니다
　태양 같은 강열로 후벼내던 가슴도
　지나간 밤기운에 불과했습니다

손사래 치며 나를 거부하던 문장까지
불볕에 사라지는 물기에 불과했습니다

- 김신영, 「적멸」 중에서

여름의 뜨거운 태양 아래 혼자 있는 인생, 사람을 흔들어 대는 것은 다름 아닌 '가까운 사람'이었다. 한 시간도 쉼 없이 흔들어 대고 있었다. 긴 인생을 두고 보면 바람은 작은 것에 지나지 않음을 깨달았다. 아무것도 아니라는 깨달음은 그것이 곧 적멸의 경지임을 알려 주었다. 모든 것은 한 밤의 먼지에 불과할 뿐만 아니라 가슴을 후벼 내는 아픈 일도 지나간 밤기운에 불과한 것이다. 시를 쓰려고 하면 시가 도망가 버리는 존재를 거부하던 문장까지 불볕에 사라지는 물기에 불과할 뿐이다.

정호승 시인의 시에 관한 좋은 강연[3]을 소개한다. 시의 특성과 시의 힘을 이야기를 통해 재미있게 알려 주고 있다.

---

3  정호승, 2010년경의 어느 강연을 정리한 자료.(133~141쪽)

# 무지개떡

어느 날 퇴근을 해서 집에 갔더니 처가 시장에서 무지개떡을 사왔습니다. 무지개떡을 보니까 '아! 무지개떡 옛날에 엄마가 많이 사 주셨지.' 하는 생각을 했답니다. 떡을 먹으면서 '무지개떡 참 맛있다. 마누라가 사 주니까 더 맛있다. 잘 먹었어.'라고만 말하면 그 속에는 시가 없다고 할 수 있습니다. 무지개떡 속에는 무엇이 들어 있습니까? 무지개가 들어 있지요. 무지개떡을 먹을 때는 무엇을 먹었습니까? 무지개를 먹은 것입니다. 그래서 시인으로서 짧은 시를 하나 썼습니다.

엄마가 사 오신 무지개떡을 먹었다
떡은 먹고 무지개는 남겨 놓았다
북한산에 무지개가 걸렸다

마누라가 사 온 무지개떡을 먹었다고 하면 재미가 없는데, '엄마가 사 온 무지개떡을 먹었다.'라고 표현한 데에, 시의 비밀이 있습니다. 시적 화자가 소년의 마음이 된 거죠. 떡은 먹고 무지개를 남겨 놓을 수 있는 마음, 그 마음이 내 마음속에 있는 시를 그냥 자연스럽게 밖으로 내보낸 거죠. 무지개떡을 먹으면서 시를 발견한 겁니다.

여러분들의 마음의 눈 속에도 시를 발견할 수 있는 눈이 다 있는데, 스스로 가지고 있는 마음의 눈을 활용하지 않기 때문에 시를 발견하지 못한 채 오늘을 살아가고 있는지도 모릅니다. '어린 왕자'는 우리에게 이렇게 말했습니다. "우리는 마음의 눈으로 보는 거지, 눈에 보이는 것으로 보는 것이 아니다." 즉 마음의 눈으로 보는 것이 가장 소중하다는 말입니다. 그렇기 때문에 우리가 마음의 눈을 가진 때에는, 모든 사물의 마음을 읽을 수 있는 것입니다. 무지개떡이니까 분명히 그 속에는 무지개가 있듯이……

아직도 시를 배우지 못하였느냐?

# 종이학이 날아간다

　얼마 전에 「종이학」이라는 시를 썼습니다. 종이학은 저의 큰 아이가 군에 입대하게 된 것을 계기로 씌어졌습니다. 녀석은 군에 입대하기 전날 술에 취해서 제 방에 천 마리의 종이학이 담긴 커다란 유리 항아리를 가지고 들어왔습니다. 그러면서 "아빠, 제가 제대할 때까지 이걸 잘 좀 보관해 주세요." 하고 말했습니다. 저는 아이에게 대답했습니다. "걱정하지 말아라. 내가 이 종이학을 제대하는 그날까지 한 마리도 죽이지 않고 잘 보관했다가 너한테 돌려주겠다."

　그런데 녀석이 입대한 후 천 마리의 종이학이 유리 항아리 속에서 사는 모습을 보니까 너무너무 불쌍해 보였습니다. 아! 저 종이학들은 어떤 생각을 할까? 갑갑한 항아리 속을 뛰쳐나가서 저 푸른 하늘 속으로 날아가고 싶을 텐데……. 종이학은 비상의 꿈을 끊임없이 꾸고 있는 것 같았습니다. 그런데 아들의 잘 간직하라는 말만 듣고, 명색이 시인인 아버지가 종이학들을 날려 보내지도 않고 있다는 것은 시인으로서의 직무를 방기(放棄)하는 거라는 생각이 들었습니다. 그래서 유리 항아리를 들고 옥상으로 올라가서 종이학을 날려 보낼까, 하는 생각도 해 보았습니다. 하지만 그것은 시인으로서 가장 치졸한 방법이었습니다. 아주 물리적인 방법이라는 거지요. 마지막으로 시인이 종이학들을 날려 보내는 방법으로 택한 것은 시였습니다.

시를 썼는데 어떻게 하면 종이학이 날아갈까요? 시인이 종이학이 날아간다고 하면 날아가는 거예요. 시인이 꽃이 웃는다고 하면 꽃이 활짝 웃는 거예요. 꽃이 핀 것을 보고 시인이 "꽃이 운다. 한 방울 두 방울 눈물을 떨군다." 라고 말하면 꽃이 눈물을 흘리는 겁니다. 그것은 시인의 힘입니다. 그래서 내가 '종이학이 날아간다'고 썼더니 종이학들이 막 날아갔습니다.

유리 항아리를 뛰쳐나와 날아가는 것이 보였습니다. 이왕이면 멀리 날려 보냈으면 해서, '관악산을 넘어서' 하고 생각하다가 너무 가까운 것 같아서, '지리산으로 날아가야 한다'고 생각하고 '종이학이 날아간다. 지리산으로 날아간다'라고 썼습니다. 그러자 지리산을 향해서 날개에 힘을 싣고 천 마리나 되는 종이학이 날아갔습니다.

그런데 갑자기 걱정이 되었습니다. 비가 오면 어떡하지? 종이학이 날아가는데 갑자기 폭우가 쏟아지면 어떻게 됩니까? 종이학이 다 젖어서 떨어져서 죽을 것 아닙니까? 종이학을 살릴 수 있는 방법이 없을까 하고 생각했는데 간단하다고 생각했어요. '비가 오면 종이는 슬쩍 남겨두고 날아간다'라고 쓴 거죠. 그러자 비가 와도 아무런 걱정이 없어졌습니다.

그렇게 해서 저는 좁은 항아리 속에 갇혀 있던 종이학 천 마리를 날려 보냈습니다. "당신은 시를 쓰는 사람이니까 그런 생각을 하지 않느냐." 라고 말한다면 그것은 큰 오산입니다. 여러분들과 제 가슴

아직도 시를 배우지 못하였느냐?

속에는 누구에게나 시가 가득 들어 있습니다. 그 가득 들어 있는 시를 발견할 수 있어야 됩니다. 그것을 발견하는 가장 쉬운 방법으로 제가 무지개떡과 종이학을 빌어 말씀드렸습니다.

# 얼굴이 예쁜 고등어

제 친구의 이야기입니다. 아이가 초등학교 1, 2학년 때 저녁 시간이 되었는데 골목에서 "고등어 사려. 금방 바다에서 가져온 싱싱한 고등어 사려!" 하는 소리가 들리더랍니다. 저녁에 고등어나 좀 지질까 하는 생각이 들어서 고등어를 사러 나갔는데, 자기 아들이 골목 쪽 창문을 열고 내다보더니, 고등어 장사 아저씨한테 "아저씨, 고등어 얼굴 예쁜 걸로 주세요." 하고 말하더랍니다. 그 말을 들은 제 친구가 깜짝 놀랐답니다. 그는 고등어의 얼굴은 한 번도 생각해 본 적이 없었기 때문입니다. 자기 아들이 "얼굴이 예쁜 고등어로 달라."고 말하는 걸 들으면서, 친구는 너무너무 감동을 받아서 이 아이를 낳기를 잘했다고 생각했답니다. 친구는 자기 아들의 말 한마디가 바로 시라고 했습니다. 사고 나면 금세 양념이 발라져 죽을 운명인 고등어였습니다. 그럼에도 소년의 마음속에선 이왕이면 예쁜 얼굴인 걸로 달라고 하는 마음이 피어나고 있었던 거지요. 이런 것이 바로 시의 마음입니다.

아직도 시를 배우지 못하였느냐?

# 여수행 기차

어느 봄날 여수까지 가는 기차를 타고 여수역에 내렸습니다. 역에 내린 순간 '아니 왜 기차가 여수역에서 더 가지 않고 멈추는가' 하는 생각이 들었습니다. 제 생각에 여수역에서 기차가 멈추지 않고 여수 앞바다에서 오동도로 한 바퀴 휙 돌고 저쪽 바다로 계속 가면 될 텐데 왜 여기서 멈추는가 하는 생각이 들었던 것입니다. 제 머릿속에서는 기차가 여수역에 멈추지 않고 그대로 바닷속으로 달리는 장면을 그리고 있었습니다.

그러니까 그 속에 탄 승객들이 기분이 좋아서 창문을 열고 갈매기들과 손짓도 하고 기차가 바닷속으로 은하철도 999처럼 들어갔다 나왔다 하고 물고기들도 함께 타고…….

그런 생각이 바로 시입니다. 우리 가운데 있는, 시를 표현하는 마음인 것입니다. 바꾸어서 말하면, 인간의 눈으로만 사물을 바라보지 말라는 것입니다. 우리 마음속에 있는 시를 어떻게 하면 잘 끄집어낼 수 있을까요. 어떻게 하면 보다 자극을 주어서 끄집어낼 수 있을까요. 그 가장 좋은 방법은 눈이 아닌 사물의 마음으로 사물을 바라보는 것입니다.[4]

----------------

4   정호승 시인의 강의를 요약하여 써 놓은 글. 시인과 시의 힘에 대한 부분을 아주 재미있게 풀어 놓았다.

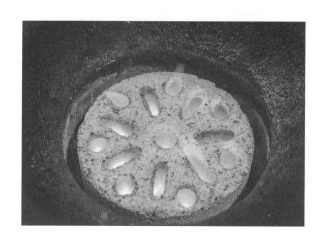

연탄재 함부로 발로 차지 마라

너는

누구에게 한 번이라도 뜨거운 사람이었느냐

언젠가는 나도

활활 타오르고 싶은 것이다

죽어도 여기서 찬란한 끝장을 한번 보고 싶은 것이다.

그리하여

온몸이 서서히 벌겋게 달아오르는 것을

나는 한번 느껴보고 싶은 것이다.

대체 너는 누구에게 한 번이라도 뜨거운 사람이었느냐

- 안도현, 「너에게 묻는다」 중에서

아직도 시를 배우지 못하였느냐?

이 시에 감동이 있습니다. 이 시는 어떻게 쓰여졌을까요? 인간의 눈으로 연탄재를 바라보고 썼을까요? 아닙니다. 연탄재의 눈으로 연탄재의 마음으로 쓴 시입니다. 그렇기 때문에 그 "연탄재가 뜨겁게 누구를 사랑했다."고 쓴 겁니다. 항상 인간의 눈으로만 사물을 바라보지 말고 사물의 마음이 되어서 인간을 바라보는 그런 마음을 가질 때 우리 마음속에 가득 들어있는 시를 발견할 수 있고 또 쓸 수 있을 것입니다. 시는 어려운 것이 아닙니다. 단지 우리가 발견하지 못했을 따름이지요.

울지 마라
외로우니까 사람이다
살아간다는 것은 외로움을 견디는 일이다
공연히 오지 않는 전화를 기다리지 마라
눈이 오면 눈길을 걸어가고
비가 오면 빗길을 걸어가라
갈대숲에서 가슴 검은 도요새도 너를 보고 있다
가끔은 하느님도 외로워서 눈물을 흘리신다

- 정호승, 「수선화에게」 중에서

시래기가 품은
하얀 별이 바스락거린다
시래기가 맞은 눈이
젖은 채 뽀드득거린다
별을 품고 살아온 만큼이나
시래기는 서걱서걱

시래기도 무게를 단다
빨랫줄에 걸려 얼어붙었던 만큼
바람에 흔들리며 날아가 버린 만큼
가난한 무게가 달린다

바람을 치우다가
별을 품어버린 시래기를
맑은 물에 담가 큼직하게 무를 썰고
고등어를 넣어
그가 안고 있는 바람을 끓인다

하얀 뭇별이 함께 올라오고
시래기는 바람소리를 낸다
살랑 부는 바람이 한 쪽 볼에
뜨겁게 긴장을 불러온다
입 안에서 별이 벙글거린다

- 졸시, 「별시래기」, 『맨발의 99만보』, 시산맥, 2017

　　　　　　　　　　아직도 시를 배우지 못하였느냐?

| 한 줄을 쓰기 전에 백 줄을 읽어라

| 혼자만의 공간에 있어라

| 시를 존경하고 사랑하라

| 여행을 떠나라

| 필사를 하라

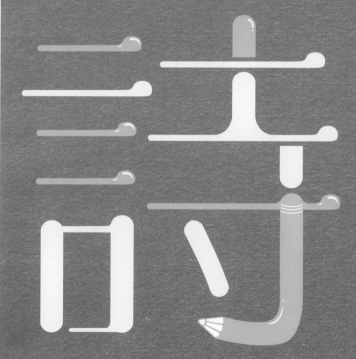

# 9부

# 한 줄 쓰기 전에 해야 할 일

나는 쓰므로 안심한다.

- 롤랑 바르트

# 한 줄을 쓰기 전에 백 줄을 읽어라

폴 발레리는 한 줄의 시를 쓰기 전에 백 줄을 읽으라고 하였다. 많이 읽어야 좋은 글, 시가 나온다는 말이다.

우리가 흔히 아는 10세기 북송 때의 구양수는 다독(多讀)·다작(多作)·다상량(多商量)으로 글을 대하는 기본태도를 말하고 있다. 많이 읽고, 많이 쓰고, 많이 생각하라는 고전 중의 고전이다. 현대는 책의 양이나 종류가 매우 다양해서 읽어야 할 책들도 많다.

이 책들을 다 읽을 수는 없다. 우선 기본이 되는 책들을 읽고 많이 생각하고 많이 써 봐야 한다. 여기에 다음과 같은 네 가지를 더 주문하고자 한다.

# 혼자만의 공간에 있어라

혼자만의 공간은 자신의 존재와 만나는 것으로 직접 대면할 수는 없지만 '혼자'라는 공간을 확보하는 것만으로도 가능하다. 버지니아 울프(Virginia Woolf, 1882~1941)가 그의 소설에서 강조한 것이기도 하다. 여성이든 남성이든 자신만의 공간을 확보하는 일부터가 작가로서의 첫걸음이다.

버지니아 울프는 소설 『자기만의 방』을 출판할 당시 여성은 교육의 기회를 박탈당하고 책을 출간할 수 없는 환경에 놓여 있으며 글쓰기로 생계를 유지할 권리 자체가 허용되지 않는다는 현실을 비판하면서 "여성이 소설을 쓰기 위해서는 돈과 자기만의 방이 필요하다."며 물질적, 정신적 자립을 선언하였다. 지금도 마찬가지다. 자기만의 공간이 없다면 혼자 도서관에라도 가야 한다.

혼자만의 공간은 자신과의 대면이며 세상과의 대면이다. 이곳은 세상과 자신과 시간과 공간과 삶과 인생에 대한 많은 생각을 키워주게 될 것이며 전문성을 길러 줄 것이다.

어떤 대상을 시로 쓰고자 한다면 그 대상에 대해 골방에서 생각해보라. 여러 사람이 함께 있는 공간에서의 생각과 혼자만의 공간에서의 생각은 천양지차다. 사람들 속에서 얻는 것도 있겠지만 잃는 것

아직도 시를 배우지 못하였느냐?

도 많다. 그러니 혼자서 시를 써라. 혼자 생각하고 혼자 있는 곳에서 많은 시간을 투자하여 시를 써라.

# 시를 존경하고 사랑하라

　시를 존경하는 마음은 시를 귀하게 여기는 것으로 어느 것 하나도 함부로 쓰인 것이 없다는 것을 아는 것이다. 어떤 시도 의미가 없지 않다. 다시 말해 작가들은 무언가 할 말이 있기에 시를 썼다는 말이다. 그들의 목소리에 귀를 기울이고 시에서 무엇을 말하고자 하는지 사고해야 한다. 또한 시를 사랑해야 한다. 시를 사랑하는 태도는 시가 무엇을 좋아하는지, 시가 무엇을 원하는지, 시는 어떤 선물을 좋아하는지, 시는 어떤 음식을 좋아하는지 관심을 갖는 태도다. 관심 정도가 아니라 시에 전폭적으로 자신의 인생을 걸고 사랑을 고백하는 태도다.

　존경하고 사랑한다는 것을 정리해 보면 상대를 소중하게 여기는 태도이며 이 안에는 존중이 들어 있다. 또한 희생과 헌신이 들어 있다. 자신의 것을 남김없이 내어 주고도 아깝지 않을 뿐 아니라 더 주지 못해서 안타까운 마음이다. 시에도 희생과 헌신이 들어가야 그 사랑이 완성된다.

# 여행을 떠나라

여행을 떠날 때 여럿이 가게 되면 한 줄의 시도 건지기가 힘들다. 여행은 반드시 혼자 떠나라. 혼자 떠나야만 자유롭게 시도 쓰고 풍경도 만날 수 있다. 이국적인 풍경을 만나는 것은 큰 의미가 있다. 자신이 사는 공간을 떠나서 낯선 곳에서의 하룻밤은 많은 생각을 가져오고 이 안에는 시로 쓰기에 적당한 소재나 주제들이 많다.

나무 하나를 만나도 이국에서 만나면 달라 보인다. 풀 하나를 만나도 많이 달라 보인다. 아니 같더라도 너희도 같구나 하고 감탄한다. 비가 오면 비의 맛이 다르고 바람이 불면 바람에 실려 오는 냄새가 다르다. 이 다름의 의미가 시가 된다. 다르다는 것은 곧 낯설다는 말이다. 이러한 낯섦은 사물을 새롭게 보게 하는 힘이기도 하다.

# 필사를 하라

필사는 시를 발전시키는 지름길이다. 이미 여러분의 선배들이 시의 길을 다녀갔다. 시의 길이 평탄해져 있다는 말이다. 그러니 시를 필사하라. 필사하는 것만이 여러분의 시를 의미 있고 가치가 있으며 수준이 높은 곳으로 일약 발전하게 이끌어 줄 것이다.

사람들의 생각은 거기서 거기인 경우가 많다. 자신의 생각을 고양시키려면, 시의 수준을 높이려면 필사를 해야 한다. 그것도 좋은 시를 필사해야 한다. 반드시 좋은 시라야 한다. 그리하면 우리의 지각 능력이 고양된 시 세계에 머물게 되기 때문이다.

아직도 시를 배우지 못하였느냐?

하얗게 첫눈이 내리는 날이면

기억의 방에 장기투숙중인

첫사랑을 꺼내어 읽습니다


최초의 진실에 도달하기 위하여

호숫가를 거닐고


이루지 못한 고백이 수북이 쌓여

지독한 장기투숙생이라고

속삭입니다

- 졸시 「기억의 방」, 『불교문예』 가을호, 2019

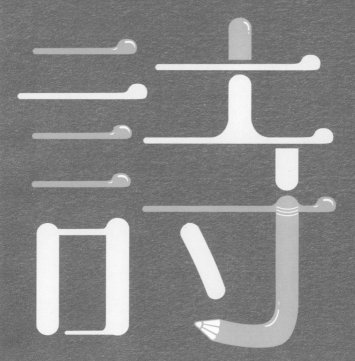

# 10부

# 한 줄 쓴 후에 해야 할 일

기록은 조수간만처럼 끊임없이 침식해
들어오는 인생의 무의미에 맞서는 일이다.

– 김영하

# 네 가지를 확인하라

## (1) 몰아주기

　시제나 화두가 정해지면 그 시에 관한 모든 것을 망라하여 찾아보아야 한다. 요즘은 인터넷세상이다. 작가가 어설프게 작품을 써서 발표하게 되면 바로 공격이 들어온다. 심지어 강의실에서도 잘 모르고 말했다가는 학생들로부터 한소리를 듣는 지경이다. 학생들은 전후사정을 살피기보다도 작가나 교수가 엉터리로 썼다는 둥 잘못 가르친다는 둥의 비난을 먼저 한다.

　교수가 수업 도중 어떤 낯선 단어를 제시한다면, 학생들은 즉시 폭풍검색을 통하여 교수가 언급한 부분을 찾아본다. 그런 다음에 교수가 지도한 수업내용의 진실여부를 판단한다. 듣고 있다가 교수가 잘못된 것을 내놓으면 아니라고 고개를 내젓는다. 그러면 교수는 신뢰성을 잃고 만다. 그 강의 역시 자연스레 힘을 잃는다. 그것은 그나마 다행이다. 인터넷에 엉터리 교수라고 올려 버리는 지경까지 나아간다.

　그러니 어느 것 하나에도 전문성을 겸비하여야 한다. 최소한 잘못된 정보로 시를 쓰는 우를 범해서는 안 된다. 그것은 독자에 대한 존중이며 예의라고 해야 할 것이다. 독자들에게 정확한 정보의 시를 발표해야지 틀린 정보를 제공하여서는 안 될 것이다. 작가의 윤리적 문제와 연관이 있음은 물론 작가에 대한 신뢰와 더 나아가 문단에 누를 끼치게 되므로 주의하여야 할 것이다.

## (2) 건너뛰기

시에서 정보를 너무 시시콜콜 알려 주면 시가 과감하게 앞으로 나아가지 못한다. 박진감을 넣어야 할 때 속도가 붙지 않는다. 따라서 어느 정도 내용이 구성되었으면 과감하게 내용을 건너뛰어 쓰는 방법이 좋다.

예를 들어 드라마나 소설에서는 그런 속도감과 과감성을 위해 1달 후, 1년 후 등의 건너뛰기를 시도한다. 백석의 시「여승」에도 이런 과감성을 보이면서 뛰어넘는 기법이 보인다. 그러면 시가 훨씬 압축이 되고 의미가 깊어진다.

현대는 속도전인 경우가 많다. 지지부진하면 흥미를 잃는다. 과감하게 건너뛰어야 할 때는 건너뛰어야 한다. 주로 생략의 방법으로 건너뛰기를 시도한다. 다 설명할 필요가 없다. 뛰어넘어서 다른 이야기나 내용으로 건너가야 한다.

## (3) 비약하기

시에서 비약은 필수 요소다. 누누이 말하고 강조하였듯이 개인이 경험하거나 표현할 수 있는 것은 너무나 작고 미미하다. 따라서 비약이 필요하다. 시에서 비약은 여러 형태로 나타난다. 그중에서도 과장하기가 가장 많이 쓰이는 방법이다. 과장을 하되 대폭 과장하여야 한다. 어쩌면 당신은 과장을 하며 '이래도 되나?' 하고 자문할지도 모른다. 괜찮으니 우주적으로 과장하라. 많이 과장해야 과장법이 쉽게 구분이 되면서 독자에게 감동을 준다.

가수 볼빨간사춘기의 「우주를 줄게」라는 노래가 있다. 가사를 살펴보면 이렇다. '한참 뒤에 별빛이 내리면……은하수를 만들어 / 어디든 날아가게 할거야 // 줄게 내 Galaxy'라고 노래한다. 내 우주를 주겠다는 것이다. 또 '인공위성처럼 / 네 주월 마구 맴돌려 해 / 더 가까워진다면 / 네가 가져줄래 / 이 떨림을'이라면서 인공위성처럼 네 주변을 돈다고 한다. 과장법을 통해 자신의 사랑이 얼마나 깊은지를 보여 준다.

아무리 사랑한다고 해도 우주를 줄 수 있겠는가? 아니면 별을 따다 줄 수 있겠는가? 얼토당토않는 소리다. 그만큼 그대를 사랑한다는 과장법이 아니겠는가? 비약을 많이 할수록 좋은 경우가 많다. 걱정 말고 마구마구 비약하라.


## (4) 가지치기

자동기술로 술술 먼저 시를 써 놓은 후, 퇴고에 퇴고를 거듭하면서 가지치기를 해야 한다. 가지치기는 시가 곧게 뻗기 위한 장치이다. 가기치기를 하지 않는 나무는 자신의 가지가 장애물이 되어 자라지 못하는 경우가 많다. 자신의 가지가 장애물이 된다면 문제가 심각하다. 그 장애물로 인하여 상처를 받고, 곧 병이 들게 될 것이다. 당장 가위로 잘라 내야 한다.

마찬가지로 시에서 가지치기가 필요하다. 자신의 시에서 장애물에 해당하는 가지는 과감하게 잘라 내야 한다. 방해되는 가지를 잘라 내고 나면 나무가 시원하게 잘 자라듯이 시도 시원하게 의미를 뻗어 갈 것이다. 무엇이 불필요한 것인지, 무엇이 장애물인지 구분하여 속히 잘라 내라. 병들고 상처 난 시는 아무도 고쳐 줄 수가 없다. 잘라내기가 힘들다고 많이 아프다고 그대로 둔다면 더 큰 중증이 되어 나중에는 치료불능이 될 것이다.

　오직 과감한 가지치기만이 시를 살려 줄 것이다. 아프더라도 참아야 낫는 것이다. 주사도 맞아야 하고 약도 먹어야 하며, 때로 수술도 해야 한다. 그러니 가지치기쯤으로 벌벌 떨지 말자.

　아직도 시를 배우지 못하였느냐?

# 네 가지를 점검하라

## (1) 호소

시제나 화두의 처음부터 호소력 짙은 문장과 단어가 있어야 한다. 시는 짧은 형식으로 승부를 걸어야 하므로 처음부터 포르테로 나가는 것이 좋다. 아주 강하게 처음과 마지막에 메조포르테를 넣거나 반전의 수법으로 호소력을 높이는 것이 좋다.

호소력이 있어야 사람들이 귀를 기울인다. 성악을 할 때 소리가 공명되는지의 여부부터 연습한다. 공명(共鳴)이란 진동계의 진폭이 두드러지게 증가하는 현상이며 소리에 깊은 동감이 있는 것으로 진동의 진폭이 큰 상태에 해당한다. 예를 들어 아무렇게나 내뱉는 소리는 진동의 폭이 좁다. 그 소리는 듣기 싫은 경우가 많다. 생소리라고 하기도 한다. 공명은 소리를 공중에 띄운 것처럼 사뿐한 소리이다. 부드럽고 포근하며 듣기에 편안하다.

문장에서도 생문장을 있는 그대로 내보내서는 안 된다. 호소력 짙은 공명으로 다듬어 내보내야 한다.

## (2) 설득

시제나 화두가 독자에게 어필이 되는 설득력을 지녀야 한다. 상대

편이 이쪽 편의 뜻을 따르도록 깨우치는 힘이 설득력이다. 사실 모든 예술 작품은 독자를 설득시키는 효과로 의미를 얻는다고 해도 과언이 아니다. 그만큼 독자를 면밀히 살피고 독자를 염두에 두고 작품을 창작하여야 한다.

설득은 한 사람의 믿음, 태도, 의도, 동기 부여, 행동에 영향을 주는 것을 뜻한다. 문장을 통해 감정을 전달하는 시에서 어떤 문장이 설득력이 있는지 곰곰 생각해 볼 일이다.

## (3) 순발력

시에서 말하는 순발력이란, 시를 썼지만 당대나 사회나 사람에 맞지 않는다고 생각되는 순간 과감하게 퇴고를 하는 것을 말한다. 자신의 시가 시대에 맞지 않고 표현법이 문제가 있다고 생각되면 바로 고치는 순발력이 필요하다.

주저할 일이 아니다. 주저해서도 안 된다. 잘못된 것을 안다면, 맞지 않는다는 것을 안다면 바로 반응을 해야 한다. 고집 피울 일이 아니다. 가끔 여러 이유를 대면서 자기 합리화를 하는 경우를 본다. 어리석은 자여, 그대는 멍텅구리인가, 고집쟁이인가? 시대에 맞게, 발전된 시상으로 즉시 퇴고하라!

## (4) 전달력

생각이나 말을 남에게 전달하는 능력이 바로 전달력이다. 표현하고자 하는 내용이 잘 전달되도록 하는 것이 중요하다. 독자가 작품을 읽고 작가가 의도하는 바를 얼마나 잘 파악하고 느끼고 있는지가

아직도 시를 배우지 못하였느냐?

전달력의 관건이다. 작가가 글을 쓴다는 것은 내용에 대한 전달에 목적이 있는 경우가 많기 때문이다.

클로즈업을 하든 파노라마로 쓰든 망원경처럼 멀리서 바라보든 어떤 환경에서도 전달력을 생각해야 한다. 시에서 이 부분이 좀 어렵다. 잘 안 된다.

요즘 PPT로 강의를 준비하는 경우가 많다. 이때 전달력을 높이기 위해서 무엇을 할까? 시각화를 할까? 도표를 그릴까? 디자인을 할까? 여기에는 디자인이 가장 중요하다. 디자인으로 강의안을 만들어 놓으면 듣는 사람들이 정확하게 듣는 경우가 많다.

시에서도 전달력을 높이기 위한 것들이 여러 가지가 있겠지만 디자인이 필요하다. 멋진 시의 디자인을 보고 그 디자인의 내용을 면밀히 살피면서 자신의 시를 어떻게 디자인할 것인가를 생각해야 한다.

# 시 창작을 위한 팁

## (1) 시에서의 '나'

시에 등장하는 화자는 대부분 '나'인 경우가 많다. 나는 대체로 매우 주관적이다. 따라서 시에서는 나를 빼야 한다. 이것이 바로 시를 객관화시키기 위한 장치다. 나를 빼야 우리가 되고 모두가 되어 '객관화'가 이루어진다. 다시 한번 말하지만 시에 나를 넣기보다는 빼야 한다. '나'를 빼는 것은 일반화, 객관화의 과정이다.

## (2) 조사와 '들'

압축이 어렵다고 하지만 시에서 조사만 빼도 압축이 쉽게 이루어진다. 그렇다고 너무 많이 빼면 드라이하다. 적당하게 조사를 빼야 한다.

'들'의 경우 우리말에서는 잘 안 쓰는 표현이다. 영어의 's'의 해석에 따라 '들'을 남용하고 있다. 들만 빼도 시가 훨씬 좋아진다.

# 시의 제약

시에는 제약이 많다. 길이의 제약, 함축해야 하는 제약, 비유를 해야 하는 제약 등 시가 함축과 압축과 농축, 응축을 하기 위한 것들이다. 그만큼 시는 4가지의 축을 바탕으로 여러 제약을 통해 이루어진다는 것을 기억해 두자.

## (1) 이히리기우구추

시에서 피동·사동 표현 하지 말자. 이것을 줄여 '이히리기우구추'라고 한다. 능동과 주동표현을 주로 사용하자.

이- : 높이다, 녹이다, 보이다, 놓이다 등

히- : 밝히다, 앉히다, 입히다, 업히다, 밟히다 등

리- : 울리다, 날리다, 널리다 등

기- : 웃기다, 감기다, 안기다 등

우- : 깨우다 등

구- : 솟구다, 달구다 등

추- : 낮추다 등

이외에도 ~게 되다(보게 되다), ~어(아)지다(만들어지다) 등이 있다.

시에서 피동과 사동은 되도록 쓰지 말아야 한다. 주로 능동과 긍정으로 쓰도록 하자. 이 표현 역시 번역 투의 문장에서 온 경우가 많다. 우리 어법에 맞지 않으며 부정적이고 수동적인 표현이 대부분이다.

### (2) 의성어, 의태어, 한자어

최근 시에서는 의성어와 의태어를 거의 안 쓴다. 그런데 어르신들은 아직도 의성어와 의태어를 즐겨 쓴다. 이제 의성어와 의태어는 동시에서조차 잘 쓰지 않는다.

한자어의 경우 뜻의 경중과 의미의 깊이를 위해 쓰는 경우가 있다. 우선 한자어는 쓰지 않는 것이 좋다. 모두 한글의 문투로 바꾸어 쓰자. 굳이 한자를 쓰려면 그대로 쓰지 말고 쪼개서 써보자. 변형이나 변용을 통해 한자를 변화시켜 써 보자.

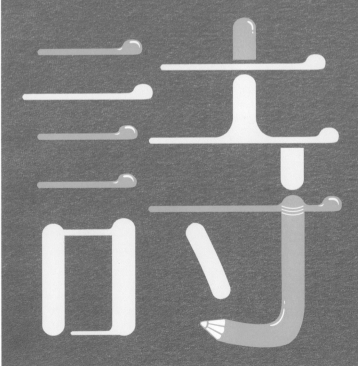

# 11부

詩魔 시마를 읽다

지옥으로 가는 길은 수많은 부사들로 뒤덮여 있다.

− 스티븐 킹

# 이규보의 시마(詩魔)를 읽다 [5]

시마(詩魔)는 무언가 결핍된 상태 속에서 그 결핍을 채우려는 시정신이 죽창처럼 곤두서 있는 상황으로 시마가 시인에게 스며들면, 시인은 피가 잘 돌아 아무 병(病)이 없어도, "이 사람아 슬픈 일 좀 슬픈 일 좀, 있어야겠다."라고 노래한다. [6]

대저 흙이 쌓여서 된 높은 언덕이나 / 물이 괴어 된 깊은 우물이나
또는 나무·바위·집·담은
다 천지간의 무정(無情)한 물건이거니와,
귀신이 여기에 붙어 괴상함과 요사스러움을 나타내면
사람들은 미워하고 꺼리며 / 저주하고 쫓아낸다.
심한 경우에는 언덕을 허물고 우물을 메우며,
나무를 자르고 바위를 부수며,
집을 헐고 담을 무너뜨리고야 만다.

---

5 『이상국집』 27 「여박시어서서(與朴侍御犀書)」 즉 시마(詩魔)
6 이규보의 「구시마문(驅詩魔文)」에서, 강동석 역, 필자 약간 의역.

사람도 이와 같다.

처음에는 질박하고 문체가 없으며 / 순후하고 정직하던 사람이

시(詩)에 빠지면/말을 괴상히 하여 사물을 조롱하고

사람을 현혹시키니 / 해괴하다.


이것은 다름이 아니라/마귀 때문이다.

나는 이 까닭으로 그 죄를 들추어

쫓아내려고 하니 그 내용은 이러하다.

李奎報(이규보), 「驅詩魔文效退之送窮文(구시마문효퇴지송궁문)

- 시마를 몰아내는 글, 한퇴지의 송궁문을 본받아서」

## (1) 첫 번째 시마의 죄 : 붓으로 일으키는 죄

사람이 처음 세상에 태어났을 때에는 / 태고의 순박함이 있었으니,

꾸밈도 치장도 없음이 / 마치 꽃이 아직 피지 않은 듯하고,

총명함이 가려져 있음은 / 마치 구멍 즉 눈·귀 따위가 아직 뚫리

지 않은 듯하였다.

누가 그 문을 허술하게 지켜 / 자물쇠를 풀어 놓았기에

마귀 네 놈이 느닷없이 들어와서 / 버젓이 이에 의탁하여

세상과 사람을 현혹시켜 / 아름다움을 꾸미고,

요술을 부리고 괴상한 짓을 하여 / 비틀거리고 떼 지어 다니며,

혹은 아양을 떨어 / 뼈마디가 녹게 하고

혹은 진동하여 / 풍랑이 일게 하는가?

세상이 장하게 여기지도 않는데 / 너는 어찌 날뛰며,

사람들이 공이 있는 것으로 여기지도 않는데

너는 어찌 가혹하게 구느냐?

이것이 너의 첫째 죄이다.


## (2) 두 번째 시마의 죄 : 천기누설의 죄

땅은 고요하고 / 하늘은 형언하기 어려운 것이나

조화를 부리고 / 신명처럼 밝으며, / 어둡고 막막하고

흐릿하여 어두워 / 오묘한 신비를 마치

자물쇠로 잠근 듯이 굳게 간직하고 있는데,

너는 이를 생각하지 않고 / 신비를 염탐하여

천기를 누설시키는 데에 / 당돌하기 그지없으며,

달이 무색할 정도로 달의 이치를 밝혀내고,

하늘이 놀랄 정도로 하늘의 마음을 꿰뚫으므로

신명은 못마땅하게 여기고 / 하늘은 불평하게 여긴다.

너 때문에 / 사람의 생활은 각박하게 되었으니,

이것이 너의 둘째 죄이다.


## (3) 세 번째 시마의 죄 : 겸손할 줄 모르는 죄

구름과 놀[霞]의 피어남, / 달과 이슬의 순수함,

벌레와 물고기의 기이함, / 새와 짐승의 이상함,

그리고 새싹과 꽃받침, / 초목과 화훼(花卉) 등은

천태만상으로 / 천지에 번화하고 있는 것을

너는 거침없이 취하여 / 하나도 남김없이 / 보는 대로 읊는다.

그 잡다한 것들을 / 한량없이 취하므로

너의 검소하지 못함을 / 하늘과 땅이 꺼린다.

이것이 너의 셋째 죄이다.


## (4) 네 번째 시마의 죄 : 거만하여 제멋대로 평하는 죄


적을 만나면 즉시 공격할 것이지,

무슨 무기를 준비하고 무슨 보루(堡壘)를 설치하느냐?

사람을 좋아하면 / 곤룡포(袞龍袍)가 아니라도 임금으로 꾸며 주고,

어떤 사람을 미워할 경우에는 / 칼이 아니라도 찔러 죽이니,

너는 무슨 부월(鈇鉞)을 가졌기에 / 전벌(戰伐)을 함부로 하고,

너는 무슨 권세를 잡았기에 / 상벌(賞罰)을 멋대로 하는가?

너는 육식자(肉食者' 고관대작)도 아니면서 / 나랏일에 관여하고,

너는 주유(侏儒; 광대)도 아니면서 / 모든 것을 조롱하는가?

시시덕거리며 허풍치고 / 유달리 잘난 척하니,

누가 너를 시기하지 않고 / 누가 너를 미워하지 않겠는가?

이것이 너의 넷째 죄이다.

아직도 시를 배우지 못하였느냐?

## (5) 다섯 번째 시마의 죄 : 게으르고 화평을 해치는 죄

네가 사람에게 붙으면 / 염병에 걸린 듯

몸은 더러워지고 머리는 헝클어지며,

수염은 빠지고 형용은 메말라지며

사람의 소리를 괴롭게 하고 / 사람의 이마를 찌푸리게 하며,

사람의 정신을 소모시키고 / 사람의 가슴을 여위게 하여,

환란을 매개하고 / 화평을 해롭게 한다.

이것이 너의 다섯째 죄이다.

# 이규보, 시마를 스승으로 삼다

이 다섯 가지의 죄를 짊어지고 / 어찌 사람에게 붙느냐?

진사에게 붙어서는 / 날렵한 재주로 그 형을 업신여기다가

하마터면 죽을 뻔하게 하였으며, / 이백에게 붙어서는

광증을 유발시켜 / 달을 잡으려다 / 물에 빠져 죽게 하였으며,

두보에게 붙어서는 / 모든 일에 낭패하여

쓸쓸한 타향살이를 하다가 / 뇌양에서 객사하게 하였으며

이하에게 붙어서는 / 허탄하고 미혹하여 괴로워

재주 때문에 세상에 짝이 되지 못하여 / 일찍 죽게 하였으며

몽득에게 붙어서는 / 권세 있는 사람을 헐뜯으며

거들먹거리다가 / 끝내는 쓰러져 재기하지 못하게 하였으며

자후에게 붙어서는 / 재앙을 자초하여

유주로 귀양가서 영영 돌아오지 못하게 하였다.

누가 그런 슬픈 일을 꾸몄던가?


아, 너 마귀야! / 네 모양이 어떻게 생겼기에

이렇게 많은 사람을 차례로 그르쳤느냐?

또 나에게 붙었구나. / 네가 온 뒤로 / 모든 일이 기구하기만 하다.

흐릿하게 잊어버리고 / 멍청하게 바보가 되며,

듣지 못하는 것이 귀머거리 같고 / 몸이 더워 자취가 구애된다.

주림과 목마름이 몸에 닥치는 줄도 모르고,

추위와 더위가 피부에 파고드는 줄도 깨닫지 못하며,

계집종이 게으름을 부려도 꾸중할 줄 모르고

사내종이 미련스러운 짓을 하더라도 타이를 줄 모르며,

동산에 초목이 우거져도 깎아낼 줄 모르고

집이 쓰러져가도 바로잡을 줄 모른다.

궁한 귀신이 온 것도 / 역시 네가 부른 것이다.

그리고 귀인에게 오만하고 부자를 능멸하는 것,

방종하고 거만하는 것, / 언성이 공순치 못하고

안색이 부드럽지 못하는 것, / 이성을 대하면 쉽사리 고혹되는 것,

술을 마시면 더욱 거칠게 되는 것은

실로 네가 그렇게 만든 것이지

어찌 나의 마음이 그렇겠느냐?

그 괴이함을 짖어대는 개들도 실로 많다.

그래서 나는 너를 미워하여 / 저주하고 쫓게 되니,

네가 빨리 도망하지 않으면 / 너를 찾아내어 베리라.

이날 밤에 피곤해서 누웠는데 / 꿈에 베갯머리에서

시끄러운 소리가 나더니 / 빛깔과 무늬가 찬란한 옷을 입은 자가

다가와서 나에게 이렇게 말하였다. / 심하다.

자네가 나를 나무라는 말과 나를 배척하는 말은

왜 나를 이처럼 미워하는가? / 내 비록 미미한 마귀이지만
역시 상제에게 알아줌을 받는 자다.

일찍이 자네가 이 세상에 태어날 때
상제께서는 나를 보내어 자네를 따르게 하였네.

자네가 어릴 때에는 / 집에 숨어서 떠나지 않았고
자네가 총각이 되었을 때에는 / 슬며시 엿보고 있었으며,
자네가 장성하였을 때에는 / 뒤따라 다녔네.

자네에게 기개가 웅장하게 하였고
자네에게 수사(修辭)의 법을 가르쳤네.

과거장에서 문예를 겨룰 때에는 / 해마다 합격하게 하여,
하늘과 땅을 놀라게 하고 / 명성이 사방에 떨치게 하였으며,
고귀한 사람들이 / 모두 자네의 모습을 우러러보게 하였네.

이것은 내가 자네를 적지 않게 도운 것이며
하늘이 자네를 한량없이 후하게 대우한 것이네.

말하는 것이며 / 몸가짐이며 / 이성을 좋아하는 것이며
술을 즐기는 것은 / 각각 시키는 이가 있으며,
내가 주관한 바 아니네. / 자네는 어찌 신중하지 못하고
어리석고 바보 같은가? / 이는 실로 자네의 잘못이지
나의 허물이 아니네."


거사(居士)는 이에 / 과거의 잘못을 깨닫고는
겸연쩍어하는 표정으로 / 허리를 굽혀 절하고
그를 맞아 스승으로 삼았다.

아직도 시를 배우지 못하였느냐?

# 시마는 시인예찬론

　흥미로운 것은, 시마(詩魔)의 죄상을 그대로 뒤집어 읽어 보면, 바로 시인예찬론에 다름 아니라는 것이다. 즉 이규보가 제시한 시마를 거꾸로 읽어 보면, 시인은 남이 알아주든 알아주지 않든 시를 통해 마음껏 자신의 포부를 펼칠 수 있다. 또한 시인은 그 날카로운 예지로써 천지의 드러나지 않은 오의(奧義)를 파헤쳐 사람들의 인식을 보다 고원(高遠)한 곳으로 인도해 주며, 시인은 온갖 사물들을 관찰하여 거기에 감춰진 의미를 발견해 내며, 자신의 기준에 따라 세속의 질서나 사람들의 행위에 대하여 시를 통해 마음껏 비판할 수 있는 특권을 지니고 있는 존재다. 시인은 세속 사람들이 추구하는 겉모양의 꾸밈보다는 한 편의 훌륭한 시를 창작하기 위한 고초를 더욱 소중히 여기는 사람들이라는 것이 바로 시마의 주된 내용이다.

　결국 '詩魔'란 오로지 시만 생각하고, 시에 죽고 시에 사는, 시인으로서 누리는 특권에 대한 '즐거운 비명'이라 하겠다. 즉 詩魔란 이마에 뿔 달린 귀신의 의미가 아니라, 시인이 시를 쓰지 않고는 배길 수 없게 만드는 '억제할 수 없는 충동'의 다른 이름이다.

　다시 말해서 詩魔는 시를 사랑하는 시인의 속으로 어느 순간 들어와 시인으로 하여금 끊임없이 시만 생각하고 시만 짓게 하는 힘이다. 이 힘은 다른 일에는 하등 관심이 없고, 오로지 시에만 몰두하며, 짓는 시마다 절창이 아닌 것이 없게 한다는 이야기다.

본래 '마(魔)'라는 글자는 무슨 일이 안 되도록 방해를 놓는 귀신이나 시에서 시마(詩魔)는 언제고 환영해야 할 손님이 된다. 시마가 붙고 나면 그냥 하는 말도 모두 기가 막힌 시가 되고, 시마가 떠나고 나면 꿀 먹은 벙어리가 된다고 하니 말이다.[7]

----

7   정민, 『한시미학산책』, 휴머니스트, 2010

아직도 시를 배우지 못하였느냐?

# 시마의 시인, 백석

## (1) 외롭고 높고 쓸쓸한

하나님도 천재시인 백석을 질투하였던 걸까? 그의 삶은 역경의 연속이었다. 그는 신산하고 빈한한 채로 일생을 살아가야 하였다. 게다가 말년에는 작품 활동까지 할 수 없는 고통의 삶을 살았다.

백석의 시를 만나는 사람들은 정주에 대한 정겨운 풍속과 민속을 읽으면서 고향 풍경을 떠올린다. 또한 시가 품격이 있으며 다정다감한 것을 보고는 놀라움을 금치 못한다. 고품격의 시어를 통한 형상화의 시인, 백석, 그는 시마의 시인이다. 시마에 붙들려 주옥같은 시를 남겼기 때문이다.

북한에 관련된 시인을 나눌 땐 세 가지 유형으로 구분한다. 월북시인, 납북시인, 재북시인이다. 백석은 재북시인인데도 연구할 수 없는 시인이 되어 연구를 금지당한 채 많은 세월이 흐른 후 1990년대가 되어서야 연구를 시작할 수 있었다.

시인들이 백석의 시집 『사슴』을 구해 읽고는 밥도 못 먹었다 하고, 밤을 새워 시집을 읽었다고도 하는 전율의 말이 들린다. 시혼이 맑고 순수한 백석의 시에서 우리는 정겨움과 다정다감함을 보고 또 한 사람의 모습을 본다. 사람 사는 것이 무엇인지 그의 시를 통해 만날 수가 있다. 고유하면서도 우아한 백석의 시는 커다란 울림을 주고 있다.

오래전부터 백석은 천재시인으로 불렸다. 일본 시인 노리다께 가스오는 '뛰어난 시인 백석, 무명의 나'라고 표현하면서 백석을 추켜세웠다. 노리다께의 인품은 고결하고 덕이 있어 문인과 예술인이 그의 도움을 받았는데 화가 이중섭은 그의 도움으로 일본인 여성과 결혼했다는 말도 전해진다.

백석의 시어를 정주 사투리라고 표현하고 있지만 사투리라는 표현은 적절치 않아 보인다. 쓰지 않아 묻혀 있는 우리 고유 언어에 낯선 우리에게 신선한 충격으로 다가온다. 백석의 시는 각주를 보면서 읽어야 하는 고어와 토속어가 많이 등장한다. 시각적인 그의 시어를 읽다 보면 시냇물이 흐르고 구름이 떠다니고 바람소리가 들린다.

백석은 재북 시인이었으나 연구할 수 없는 시인으로 등록되어 우리는 그간 그의 시를 연구할 수 없는 암흑의 시대를 살았다. 백석은 1995년까지 살았다고 하나 활동의 기록은 미미하다. 북한에서 백석은 30대에 연금중인 고당 조만식 선생을 적극적으로 돕고, 해방 후에는 우익문인으로 활동하다 상당한 곤란을 겪어 나중에는 북한의 문인인명록에서도 빠지게 되었다. 이후 수십 권에 이르는 러시아 문학을 번역하였으나 창작과 집필은 금지당한 채 북한문단에서 소외되어 버렸다는 전언이다.

오늘 저녁 이 좁다란 방의 흰 바람벽에

어쩐지 쓸쓸한 것만이 오고 간다

이 흰 바람벽에

희미한 십오촉(十五燭) 전등이 지치운 불빛을 내어던지고

때글은 다 낡은 무명샷쯔가 어두운 그림자를 쉬이고

그리고 또 달디단 따끈한 감주나 한잔 먹고 싶다고 생각하는

내 가지가지 외로운 생각이 헤매인다

그런데 이것은 또 어인 일인가

이 흰 바람벽에

내 가난한 늙은 어머니가 있다

내 가난한 늙은 어머니가

이렇게 시퍼러둥둥하니 추운 날인데 차디찬 물에 손은 담그고

무이며 배추를 씻고 있다

또 내 사랑하는 사람이 있다

내 사랑하는 어여쁜 사람이

어느 먼 앞대 조용한 개포가의 나즈막한 집에서

그의 지아비와 마주 앉어 대구국을 끓여놓고 저녁을 먹는다

벌써 어린 것도 생겨서 옆에 끼고 저녁을 먹는다

그런데 또 이즈막하야 어느 사이엔가

이 흰 바람벽엔

내 쓸쓸한 얼굴을 쳐다보며

이러한 글자들이 지나간다

- 나는 이 세상에서 가난하고 외롭고 높고 쓸쓸하니 살아가도록
태어났다
그리고 이 세상을 살아가는데
내 가슴은 너무도 많이 뜨거운 것으로 호젓한 것으로 사랑으로
슬픔으로 가득찬다
그리고 이번에는 나를 위로하는 듯이 나를 울력하는 듯이
눈질을 하며 주먹질을 하며 이런 글자들이 지나간다
- 하늘이 이 세상을 내일 적에 그가 가장 귀해하고 사랑하는 것들은
모두 가난하고 외롭고 높고 쓸쓸하니 그리고 언제나 넘치는 사랑과
슬픔 속에 살도록 만드신 것이다
초생달과 바구지 꽃과 짝새와 당나귀가 그러하듯이
그리고 또 '프랑시스 쩜'과 '도연명(陶淵明)'과 '라이넬 마리아 릴케'
가 그러하듯이

- 백석, 「흰 바람벽이 있어」

「흰 바람벽이 있어」라는 시에는 백석이란 시인에게 지워진 천형(天刑) 같은 시마의 그림자가 느껴진다. 신의 질투를 받았는지 '이 세상에서 가장 가난하고 외롭고 높고 쓸쓸하'게 살아가도록 태어났다는 표현은 그의 삶을 그리게 한다.

나타샤로 표현된 그의 연인 김영한은 1996년, 고급요정이었던 대원각(부지 7,000평)을 법정 스님에게 조건 없이 시주하여 길상사를 지

었다. 그는 1999년 83세로 세상을 떠났다. 대원각은 기부 당시 재산 가치가 1000억 원대였다고 하여 세상이 떠들썩하였다. 백석은 북에서 1965년 사망한 것으로 알려졌으나 1995년에 사망한 것으로 밝혀졌다. 법정은 겨울이 너무 추워 미국에 있는 사찰에 머물면서 책을 번역하고 설법을 하였는데 그때 김영한을 만나 대원각을 제의받았다고 한다. 길상사는 2009년에 개원하였다.

김영한은 기부한 1,000억이 아깝지 않았느냐는 질문에 "1,000억은 그 사람의 시 한 줄만도 못하다."고 말한 일화는 유명하다. 그가 말한 그 사람, 그는 바로 백석이다. 김영한은 백석이 사랑했던 연인, 자야였다. 백석은 그를 위해 「나와 나타샤와 흰 당나귀」란 시를 썼고 3년 동안 사랑했던 그들은 남과 북으로 헤어져 다시는 만나지 못했다.

아직도 시를 배우지 못하였느냐?

## (2) 세상은 더러워 버리는 것

가난한 내가

아름다운 나타샤를 사랑해서

오늘밤은 푹푹 눈이 나린다

나타샤를 사랑은 하고

눈은 푹푹 날리고

나는 혼자 쓸쓸히 앉어 소주를 마신다

소주를 마시며 생각한다

나타샤와 나는

눈이 푹푹 쌓이는 밤 흰 당나귀 타고

산골로 가자 출출이 우는 깊은 산골로 가 마가리에 살자

눈은 푹푹 나리고

나는 나타샤를 생각하고

나타샤가 아니 올 리 없다

언제 벌써 내속에 고조곤히 와 이야기한다

산골로 가는 것은 세상한테 지는 것이 아니다

세상 같은 건 더러워 버리는 것이다

눈은 푹푹 나리고

아름다운 나타샤는 나를 사랑하고

어데서 흰 당나귀도 오늘밤이 좋아서 응앙응앙 울을 것이다.

- 백석, 「나와 나타샤와 흰 당나귀」

백석은 1918년 오산소학교, 오산중학교를 마치고 조선일보사 후원 장학생으로 일본 청산학원에서 영문학을 공부했다. 귀국하여 조선일보사에 입사하여 '여성'지에서 편집을 맡아 보다가 1935년 詩 「정주성」을 발표하면서 문단에 나왔다. 그 후 함경남도 함흥 영생여자고등보통학교 영어교사로 근무하였다. 백석이 '자야'라 불렀던 연인 김영한은 빚에 넘어간 집 때문에 기생이 된 인물이었다. 그는 교사들의 회식 장소에 나갔다가 백석과 운명적으로 만난다.

고향의 부모는 이들의 동거를 못마땅하게 생각해 백석을 강제로 결혼시킨다. 하지만 백석은 매번 자야에게 돌아간다. 이런 식으로 강제 결혼을 하고 다시 도망치기를 세 차례. 갈등하던 백석은 봉건적 관습에서 벗어나기 위해 자야에게 만주로 도피하자고 설득하지만 자야는 이를 거절한다. 결국 백석은 혼자서 만주 신경으로 떠났다. 그 후로 남북이 분단되어 두 사람은 다시는 만나지 못하였다.

가장 가난하고 외롭고 높고 쓸쓸한 시인 백석은 지금도 하늘이 가장 귀하게 여기며 사랑하는 시인으로 남아 있다.

아직도 시를 배우지 못하였느냐?

## (3) 문밖 차디찬 밤

'수라(修羅)'는 '아수라'의 준말이다. 아수라도는 전쟁이 끊이지 않는 혼란의 지역이다. 이곳의 왕 아수라는 불법을 지키는 신이며 싸우기를 좋아하는 귀신이므로 아수라(阿修羅)가 등장하면 그곳은 아수라장이 된다. 곧 전쟁터이며 지옥인 것이다. 거미 가족들이 내몰린 곳도 '차디찬 밤'에 밖이라는 공간으로 대변되는 아수라장이다. 거미 가족의 붕괴된 비극적 현실을 통해 1930년대 우리 민족의 현실을 보여 주는 시 속에서 거미 가족은 '나'로 인하여 이산가족이 되어 차디찬 밤이라는 환경에 놓여 있다.

거미새끼 하나 방바닥에 나린 것을 나는 아모 생각 없이 문 밖으로 쓸어버린다/차디찬 밤이다

어니젠가 새끼거미 쓸려나간 곳에 큰 거미가 왔다
나는 가슴이 짜릿한다
나는 또 큰 거미를 쓸어 문 밖으로 버리며
찬 밖이라도 새끼 있는 데로 가라고 하며 서러워한다

이렇게 해서 아린 가슴이 싹기도 전이다.
어데서 좁쌀알만한 알에서 가제 깨인 듯한 발이 채 서지도 못한
무척 작은 새끼거미가 이번엔 큰 거미 없어진 곳으로 와서 아물
거린다
나는 가슴이 메이는 듯하다

내 손에 오르기라도 하라고 나는 손을 내어미나 분명히 울고불고
할 이 작은 것은
나를 무서우이 달어나 버리며 나를 서럽게 한다
나는 이 작은 것을 고히 보드러운 종이에 받어 또 문밖으로 버리며
이것의 엄마와 누나나 형이 가까이 이것의 걱정을 하며 있다가
쉬이 만나기나 했으면 좋으련만 하고 슬퍼한다

- 백석, 「수라(修羅)」

이때의 화자는 거미 새끼를 아무 생각 없이 치워 버리며 무심하게
행동을 한다. 쓰레기를 버리듯 거미 새끼를 문밖으로 쓸어버린다.
그 후 큰 거미가 오고 결국은 큰 거미도 첫 번째 거미 새끼가 있는
문밖으로 쓸어버린다. 거미 새끼를 찾아온 것을 보고 화자는 가슴이
짜릿하다. 이는 죄책감으로 쓰리고 아프다는 뜻이다. 여기서 새끼거
미가 있는 곳으로 큰 거미를 보내는 배려를 보이면서도 내심 찬 밖
으로 내다 버리는 행위를 통해 연민과 서러움을 느끼는 갈등이 드러
나고 있다.

그렇게 화자의 쓰라린 가슴이 가라앉기도 전에 무척 작은 새끼거
미가 나타난다. 이번엔 큰 거미 없어진 곳으로 와서 아물거린다. 처
음에 무심하던 화자는 가슴이 메인다. 손을 내밀어 화목과 배려를
베풀려 하나 이 작은 것은 '나'를 무서워하고 오히려 달아나 버린다.
그로 인하여 '나'는 더욱 서러운 상태가 된다.

아직도 시를 배우지 못하였느냐?

하는 수 없이 '나'는 자신이 할 수 있는 가장 조심스러운 행동으로 '보드라운 종이에 고히 받어' 거미를 문밖에 버린다. 문밖은 춥고 위험하지만 가족과 함께 있을 수 있는 공간이다. 따라서 쉬이 만나기나 하면 좋으련만 하고 슬퍼하는 것이다. 차고 캄캄한 밖이지만 가족이 만날 수 있는 공간이다. 그곳에서 가족 공동체가 회복되기를 바라는 화자의 슬픔이 전해진다.

이 우화시는 거미를 통해서 해체된 이산가족을 의인화하였다. 즉, 해체된 가족 공동체의 비극과 그 가족에 대한 그리움을 표현하고 있다. 특히 이 시는 구조의 반복과 변용으로 운율감을 형성하는데, 거미를 버리는 사건의 반복이 나타나 점층법으로 사건을 점점 더 심화시키고 있으며, 시간의 흐름에 따라 화자는 거미와 심리적 일체감을 갖는다.

## (4) 고향, 아버지, 아버지의 친구

나는 북관(北關)에 혼자 앓아 누워서

어느 아침 의원(醫員)을 뵈이었다.

의원은 여래(如來) 같은 상을 하고 관공(關公)의 수염을 드리워서

먼 옛적 어느 나라 신선 같은데

새끼손톱 길게 돋은 손을 내어

묵묵하니 한참 맥을 짚더니

문득 물어 고향이 어데냐 한다

평안도(平安道) 정주(定州)라는 곳이라 한즉

그러면 아무개씨(氏) 고향이란다.

그러면 아무개씨(氏)를 아느냐 한즉

의원은 빙긋이 웃음을 띠고

막역지간(莫逆之間)이라며 수염을 쓸는다.

나는 아버지로 섬기는 이라 한즉

의원은 또다시 넌즈시 웃고

말없이 팔을 잡아 맥을 보는데

손길은 따스하고 부드러워

고향도 아버지도 아버지의 친구도 다 있었다.

- 백석, 「고향」

타향에서 병을 앓다가 만난 의원을 보면서 화자는 아버지처럼 섬

기는 이와 아버지가 곧 친구 사이임을 알게 된다. 그를 통해 고향의 따뜻한 정을 느끼고 유년시절의 고향을 떠올린다. 백석의「고향」은 어린 시절과 밀접한 관련이 있는 작품이다. 그의 고향은 공동체적인 삶의 공간이며 시인이 처한 비극적 현실과는 대조되는 공간이다.

대화형식으로 전개되는 이 시의 서사적 구조는 하나의 이야기를 담고 있다. 배경과 인물과 사건이 나타난다. 이야기의 내용은 시적 형식으로 축약되어 있다.

화자가 만난 의사는 여래와 같은 상을 하고 관공의 수염을 드리우고 있다. 인자하고 신비로운 인물로 나타나는데 그는 먼 옛적 어느 나라 신선 같다. 손길을 통해 진맥을 하고 대화를 통해 소통을 한다. 또한 이 대화는 일상의 대화처럼 느껴지지만 궁극적이며 진실한 대화라고 할 수 있다. 두 사람은 과묵하지만 따뜻한 어조로 서로 진실성을 전하고 이를 통해 시의 정서가 깊어지며 절실해진다.

백석이 의사를 통해 고향과 아버지, 그리고 또 아버지의 친구를 만나는 풍경이 아름답게 펼쳐지고 있는 작품이다.

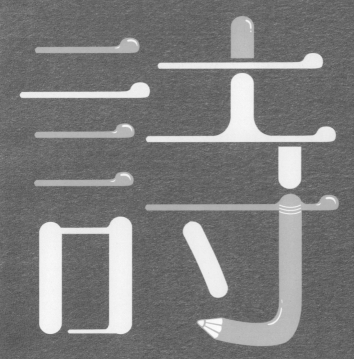

# 12부

피가 되고 살이 오르는 잡학 이론

시(詩)란 아픔과 고난과 미완과 핍진과 슬픔과 미물 됨에서
인간적인 고뇌를 느끼며 이를 극복하고 삭히고 승화시켜
삶을 긍정하는 것이다.

-김신영

# 인정투쟁(認定鬪爭)

헤겔(Georg Wilhelm Friedrich Hegel, 1770~1831)은 인정투쟁을 처음으로 제시하였다. 인정투쟁은 특히 SNS가 발달한 현대사회에서 더욱 주목을 받고 있다.

인정투쟁의 목적은 상대방을 굴복시키는 것에 있지 않다. 오히려 자신의 모습을 확인하려 한다는 점에서 명예와 관련이 있다. 즉 상대를 이기려 들기보다는 자신의 명예를 확인하려는 성향이다. 이에 따라 다른 사람의 인정이 무엇보다 중요하다. 자신을 과시하고 인정을 받기 위한 행동을 하는 것이다.

요즘 SNS를 통해 '좋아요'를 눌러 달라는 요청을 많이 받는다. 서로 '좋아요'를 눌러 주고 축하해 주고 자랑을 한다. 여행, 해외 사진, 맛집, 책 읽기, 그림그리기, 멋지게 풍경을 찍은 사진 등 심지어 SNS를 하지 않는 사람은 존재하지 않는다는 말이 나올 정도다.

누군가 어떤 맛집에 갔다고 올리면 그 맛집에 가는 것은 물론 더 좋은 맛집에 가서 사진을 찍어 온다. 누군가 해외여행을 간 사진을 멋지게 올리면 더 좋은 여행지로 여행을 가기도 한다.

인정투쟁의 연속에서 과연 살아남을 수 있을까? 지치지 않고 따라잡을 수 있을까? 하루에도 서너 번씩 쓸데없는 말이라도 올려 인정을 받을 수 있을까?

현대인의 삶은 인정투쟁의 연속선상에 놓여 있다. SNS에 중독이 된 듯 매일 무언가를 쓰는 사람들도 많다. 헤겔은 인간의 노동이 먹고살기 위한 행동이라기보다 사회에서 보다 높은 지위를 얻고 인정을 받기 위한 행동이라고 파악하였다. 그러나 현대사회에서는 그 양상이 매우 달라졌다.

인정투쟁의 핵심은 인정이 관건이다. 타인의 인정을 받는 것이 가장 중요한 요소다. 누구보다도 우월하고자 하는 욕망은 상호인정의 경계를 넘어 자신이 남보다 더 인정을 받고자 하는 욕구로 발전하고 있다.

문제는 인정의 통속화로 서로 더 좋은 결과를 이루는 형태를 지향하기도 하지만 오로지 인정을 받기 위한 극단적 행동이 나타나기도 한다는 것이다.

"인정의 통속화가 극한까지 진행되면, 인정은 마음대로 권력을 휘두를 수 있는 자리를 차지했다는 것과 동의어가 된다. 인정받았음이 타인의 '눈에 들었다'와 동일하게 느껴지는 한, 사람은 눈도장을 찍을 수 있는 권력을 지닌 사람과 눈도장을 구걸하는 사람으로 양분되기 마련이다."라고 로버트 풀러(Robert Fuller, 1936~)는 말한다.

노출증과 관음증은 페이스북이나 카카오스토리와 같은 SNS의 기저에 깔려 있다. 페이스북에서는 친구숫자가 중요하게 과시에 이용된다. 심지어 너무 친구가 많아서 이제 좋아요를 누르지 않는 친구는 삭제하겠다고 엄포를 놓는다. 그러면 너도나도 좋아요를 누르게

아직도 시를 배우지 못하였느냐?

된다. 그러나 먼 친구들일 뿐이다. 가까운 친구가 아닌 과시용 친구다.

더구나 SNS에는 멋지고 아름답고 괜찮은 것들만 올리게 된다. 사람들은 그 모습을 현재 자신의 처지와 비교하며 절망에 빠진다. 이것이 상대적 박탈감이다.

남들은 모두 행복하고 잘 먹고 잘 살고 있는데 자신은 그렇지 못한 것 같아서 SNS를 자주 할수록 오히려 만족감이 떨어진다는 통계자료도 있다. 따라서 미국 신화학자 조지프 캠벨(Joseph Campbell, 1904~1987)은 "우리가 더없는 행복을 느끼기 위해서는 다른 사람이 나를 어떻게 생각할까 하는 생각을 내려놓아야 한다."고 말한다. 타인과 나 자신을 비교하는 행위는 스스로에게 치명적인 상처를 주고 행복감을 떨어뜨리며 나만 잘되면 그만이라는 이기주의를 낳는다.

# 서정시의 종언

아도르노(Theodor Wiesengrund Adorno, 1903~1969)는 아우슈비츠 이후 서정시를 쓰는 것은 불가능하다고 말한 바 있다. '아우슈비츠'라는 홀로코스트(Holocaust, 집단학살) 이후에 더 이상 서정을 노래해서는 안 된다는 의미다. 홀로코스트는 '불에 의하여 희생된 제물(번제(燔祭))'을 의미하는 말에서 유래되었다.

이에 반해 알랭 바디우(Alain Badiou, 1937~ )는 왜 철학이나 서정시가 역사를 책임지고자 하는가에 관한 반론을 제시하면서 이는 역사에 맡겨야 한다고 주장하였다.

아도르노는 인류의 이성이 발달하고 사유가 깊어졌으며 기계문명은 점점 더 발달하여 자동화를 이루어가는 도중에 대량학살이라는 끔찍한 사건이 발생하자 지식인들의 반성을 촉구하는 의도로 서정시의 종언을 선언한 것이다. 서정시를 낭만이 동반되는 아름다움을 표현하는 시라고 할 때 더 이상 아름다운 것을 노래해서는 안 된다는 것이다.

'아우슈비츠 이후에 서정시를 쓰는 것은 야만이다.'는 아도르노의 인식은 지성과 이성이 발달하여도 인류는 얼마든지 비이성적이며 비논리적이며 반이성적인 행동을 할 수 있다는 것으로 일갈할 수 있

아직도 시를 배우지 못하였느냐?

다. 많이 배우고 이성적일지라도 어리석은 행동을 하는 현대 인류를 우리는 많이 보아 오고 있지 않은가? 아직도 세계의 어딘가에서는 전쟁이 일어나고 인종청소가 자행되고 있으며 여성과 아동을 착취하고 있다.

　서정시가 더 이상 그 책임을 맡을 필요는 없다. 다만 시인들은 깨어 있는 의식과 행동으로 시를 쓰고 자신의 시와 행동에 책임을 지는 지식인이 되어야 할 것이다.

# 저자의 죽음 (The Death of The Author)과 독자의 탄생

　롤랑 바르트(Roland Barthes, 1915~1980)는 작품은 작가에 의해 창조된 순간 하나의 자율적이고 독립적인 의미구조를 지닌 실체로 존재하게 된다고 하였다. 문학작품에서 작가에 의해 작품이 탄생하였을지라도 작가는 작품을 쓴 사람일 뿐 더 이상의 의미를 가지지 못한다는 것이다.

　작품은 작가에 의해 창조된 순간 하나의 자율적이고 독립적인 의미구조를 지닌 실체로 존재하게 된다. 하나의 생물체처럼 태어난 후로 더 이상 작가만의 소유물이 아니다.

　여기에서 독자가 새롭게 탄생한다. 그동안 독자는 수동적이며 작품에 어떤 영향을 미치는 존재가 아니었다. 그러나 이제 독자의 이해구조와 독자의 읽기 능력과 독자의 스키마가 중요하다. 이전에 독자는 안중에도 없었다. 오직 작가가 중요하였다. 작가가 작품을 생산해 내는 일은 무엇보다 중요했으나 이제 독자의 시대가 된 것이다.

　작가가 어떤 의미로 작품을 썼든지 독자는 작품을 읽어 내는 과정에서 작가의 의미와 얼마든지 다르게 읽을 수 있다. 작가가 의도하지 않았더라도 독자에 의해 의미가 다를 수 있다는 것이다.

　롤랑 바르트는 다음과 같이 작가의 죽음을 선언하였다.

아직도 시를 배우지 못하였느냐?

"아직도 저자는 문학사 입문서, 작가의 전기, 잡지의 회견기 등에서 군림하고 있으며, 사적인 일기에 의해 작가의 인성과 작품을 통일시켜 보려고 안달하는 문사들의 의식 속에 있다. 현대문화에서 찾아낼 수 있는 문학의 이미지는 저자에게, 저자의 인성과 이력과 취향과 열정 등에 횡포를 부린다고 할 정도로 집중되어 있다."고 하면서 저자는 작품의 생산자일 뿐이라고 저자의 의미를 축소한다.

1968년에 선언한 저자의 죽음은 오늘날 상식에 해당한다. 소설의 주인공이 누구인가? 소설가 자신인가? 개인인가? 보편적인 지혜인가? 낭만적 심리학인가?

> "그것을 안다는 것은 영원히 불가능하다. 글쓰기란 모든 목소리, 모든 기원의 파괴이기 때문이다. 글쓰기는 우리의 주체가 도주해 버린 그 중성, 그 복합체, 그 간접적인 것, 즉 글을 쓰는 육체의 정체성에서 출발하여 모든 정체성이 상실되는 음화이다. 아마도 그것은 항상 그래왔던 것 같다. 하나의 사실이 현실에 직접 작용하기 위해서가 아니라 자동사인 목적으로 이야기되기만 하면, 다시 말해 상징을 실천하는 것 외에 다른 어떤 기능도 가지지 아니하면, 그때 이런 분리가 나타난다. 목소리는 그 기원을 상실하고 저자는 그 자신의 죽음으로 들어가며, 글쓰기가 시작된다."[8]
>
> — 롤랑 바르트, 김희영 역, 「저자의 죽음」

---

8  롤랑 바르트, 김희영 역, 「저자의 죽음」, 「롤랑 바르트 전집」, 동문선, 1997.

고전비평에서 독자는 어떤 역할도 할 수 없었으나 현대에 와서 독자는 작품을 해석하고 읽는 주체로서 새로운 조명을 받고 있다. 즉 작가의 개념은 약화되고 문학연구대상으로서의 텍스트 내부에 존재하는 것일 뿐이며, 작품은 그의 소유물도 아니다. 이제 독자의 시대가 시작된 것이다.

　"나는 적어도 오늘 저녁의 발표에 있어서만은, 저자라는 인물의 역사, 사회학적 분석은 유보하겠습니다. 저자가 우리 문화와 같은 문화 속에서 어떻게 개별화되었는가, 예를 들어 저자는 어떠한 사회적 지위를 부여받았는가, 언제부터 정통성과 귀속의 탐구가 시작되었는가, 저자는 어떤 가치체계에 속해 있는가?"[9] 미셸 푸코는 저자의 죽음이 저자라는 것에서 '저자의 기능'으로 이동함을 의미한다고 말한다. 이것은 어떤 존재의 소멸을 뜻하는 것이 아니라 특정 개념에 대하여 작품 속에서 저자의 의도를 발견하려고 노력하는 대신에 그 속에서 작동하는 저자의 기능을 밝혀 내야 한다는 것이다. 정리해 보면 '저자의 기능' 쪽으로 푸코는 일련에 제시된 저자의 문제를 해결하고 있다.

　나는 이제 너에게도 슬픔을 주겠다.
　사랑보다 소중한 슬픔을 주겠다

---

9　푸코, 김현 편, 「저자란 무엇인가」, 『미셸 푸코의 문학비평』, 문학과지성사, 1989.

겨울밤 거리에서 귤 몇 개 놓고

살아온 추위와 떨고 있는 할머니에게

귤 값을 깎으면서 기뻐하던 너를 위하여

나는 슬픔의 평등한 얼굴을 보여 주겠다.

내가 어둠 속에서 너를 부를 때

단 한 번도 평등하게 웃어 주질 않은

가마니에 덮인 동사자가 다시 얼어 죽을 때

가마니 한 장조차 덮어주지 않은

무관심한 너의 사랑을 위해

…(중략)…

- 정호승, 「슬픔이 기쁨에게」 중에서



사람이 / 장식을 하나씩 / 달아가는 것은

젊음을 하나씩 / 잃어가는 때문이다.


"씻은 무우" 같다든가 / "뛰는 생선" 같다든가

"진부한 말이지만" / 그렇게 젊은 날은

젊음 하나 만도 / 빛나는 장식이 아니겠는가


때로 거리를 걷다 보면 / 쇼우윈도우에 비치는

내 초라한 모습에 / 사뭇 놀란다.

어디에 / 그 빛나는 장식들을 / 잃고 왔을까
이 피에로 같은 생활의 의상들은 / 무엇일까

안개 같은 피곤으로 / 문을 연다
피하듯 숨어 보는 / 거리의 꽃집
젊음은 거기에도 / 만발하여 있고
꽃은 그대로가 / 눈부신 장식이었다.

꽃을 더듬는 / 내 흰 손이 물기 없이 마른
한 장의 낙엽처럼 쓸쓸해져

돌아와 / 몰래 / 진보라 고운
자수정 반지 하나 끼워 / 달래어 본다.

- 홍윤숙, 「장식론」


정호승과 홍윤숙의 작품에서 저자보다는 독자의 입장으로 읽어
보면 훨씬 감동적이다. 반성과 성찰을 촉구하는 시를 만나게 된다.

아직도 시를 배우지 못하였느냐?

# 읽기의 방법들

## (1) 정독(精讀)

바르게 읽기로 가장 기본에 가까운 독서방법이다. 글의 뜻을 새기면서 자세히 읽는 것으로 글의 뜻을 파악하며 읽는 방법이다. 글의 내용과 형식을 자세히 검토하면서 책의 속뜻을 하나하나 이해하면서 읽는 것이 중요하다. 여기에는 공부에 관련된 읽기가 모두 포함된다. 교과서 읽기, 문학작품 읽기, 전문지식 등 연구 또는 생각하는 독서를 할 때 쓰는 방법이다.

## 2) 통독(通讀)

통독은 글의 대강의 의미와 내용을 파악하기 위해서 읽는 방법으로 처음부터 끝까지 내리 읽는 것을 말한다. 비교적 세밀하게 읽지 않아도 되는 경우에 사용하는 방법이다. 수박 겉 핥기 식 읽기에 해당한다.

## 3) 발췌(拔萃)독

발췌독은 필요한 부분만 골라 띄엄띄엄 가려서 읽는 방법을 말한다. 독서의 양이 많아 책을 처음부터 끝까지 읽지 않고 필요한 부분만 골라 읽어야 할 때 이 독서 방법을 선택하는 것이 좋다. 사전, 인터넷, 잡지, 신문 등은 발췌독이 필요하다.

특히 지금의 시대는 책이 매우 다양하고 읽어야 할 책도 많아져서 다 읽기에는 부담이 따른다. 때문에 발췌독을 권한다. 다 읽을 수는 없다. 또한 안 읽을 수도 없다. 반드시 읽어야 하는 책은 발췌독으로라도 읽는 것이 필요하다.

## 4) 묵독(默讀)

현대는 낭송이나 낭독의 시대가 아니라 묵독의 시대다. 요즈음에는 소리 내어 책을 읽는 사람이 거의 없다. 모두 묵독을 하고 있다. 그러나 그 면면을 자세히 살펴보면 소리만 내지 않을 뿐 본래적인 묵독은 아니다.

묵독이란 천천히 뜻을 되새기며 읽는 것이기 때문이다.

급하지 않게 읽어 가면서 뜻을 이해하고 넘어가야 한다. 내용에 대한 묵상까지 포함하는 독서법이다. 글의 내용이나 의미를 이해하면서 읽는 것이다.

## 5) 속독(速讀)

두꺼운 책, 혹은 완독하기에 부담이 가는 책을 접했을 때 쓰는 독서법이다. 또는 시간적으로 제약이 있을 때 빠르게 읽어 나가는 방법으로 대강의 내용을 파악하기에 좋다. 수박 겉 핥기 식이다.

한때 속독이 유행한 적이 있었다. 책을 빨리 읽어 나가는 방법을 가르쳤다. 지금은 이 속독학원이 모두 사라졌다. 속독의 정확한 의미는 빨리 읽으면서 동시에 내용을 정확하게 파악하는 것이다. 하지

아직도 시를 배우지 못하였느냐?

만 그때 당시엔 글자만 읽는 식으로 빨리 읽기를 시도했다. 빨리 읽더라도 내용을 알지 못한다면 읽으나 마나다. 최소한 내용이 무엇인지는 알고 읽어야 하는 것이다.

## 6) 다독(多讀)

많은 양의 독서가 필요할 때 사용하는 방법이다. 내용보다는 독서의 양이 중요하다. 다독은 글을 쓰는 사람들에게 금과옥조와 같은 것으로 중요한 의미를 갖는다. 우선 많이 읽어야 한다. 최근에 발행된 시집과 그중 마음에 드는 시집과 쓰고자 하는 형식에 맞는 시집 등 자신이 쓰고자 하는 방향에 대해서는 기본적으로 웬만큼 다독이 되어 있어야 한다.

## 7) 낭독(朗讀)

1970년대까지만 해도 동네에서 경서를 낭독하는 소리를 들었다. 낭독이 대세였던 시대가 조선시대까지였고 이후에도 오래 낭독이 계속되었다. 옛날에 문자를 향유하는 양반의 독서법이었다. 과시적이랄까? 외우면서 읽어 그 뜻을 헤아려야 하기 때문이랄까? 이후 읽는 내용이나 양이 기하급수적으로 늘어나면서 낭독은 자취를 감추었다. 가끔 학생들에게 소리 내어 읽기를 권한다. 그 까닭은 자신의 시를 소리 내어 읽으면 자신의 음성을 통하여 재구성되어 들리는 시의 의미를 빠르게 이해할 수 있기 때문이다. 또한 잘 이해가 안 될 때도 낭독을 하여 보면 이해가 될 때가 많다. 낭독은 의외로 내용 이해와 구성 등 도움이 되는 요소가 많다.

## 8) 미독(味讀)

내용을 천천히 충분히 음미하면서 읽는 방법으로 내용과 의미를 감상하면서 읽는다. 글자 하나하나, 내용 하나하나 곱씹으면서 상기하며 읽는 방법이다. 특히 시는 미독이 필요하다.

## 9) 숙독

충분히 의미를 파악하면서 읽기에 해당하는 숙독은 미독과 거의 같은 읽기방법이다.

## 10) 비판적 읽기

읽기의 종류라기보다는 과정으로서의 읽기. 비판적으로 읽고 해석하는 과정적 역할을 수행하는 읽기로 주체적인 읽기방법이다.

## 11) 해설서를 읽어라

원서를 읽기보다 해설서를 읽으라고 권한다. 원서를 읽다 보면 의미에 대한 해석으로 시간이 많이 든다. 또한 밝혀낸 의미마저 정확한지 알 수가 없다. 특정 분야의 연구자가 아니라면 해설서를 읽을 것을 권한다.

아직도 시를 배우지 못하였느냐?

# 책 고르기
## - 어떤 책을 읽어야 할까요?

책을 읽기 전에 가장 먼저 해야 할 일은 우선 자신을 돌아보는 일이다. 자신에게 부족한 것이 무엇인지, 어떤 책을 읽는 것이 도움이 될지를 생각해 보아야 한다. 독자들이 흔히 범하는 실수는 제목을 보고 책을 고르는 경우이다. 책의 제목보다는 내용에 치중하여 책을 골라야 한다. 어떤 내용을 담고 있는 책인지 꼼꼼하게 살펴보아야 한다.

두 번째로는 검증된 책을 읽을 것을 권한다. 베스트셀러 중에서도 오랜 기간 동안 베스트셀러인 책을 읽는 것이 좋다. 단기간에 인기를 얻었다가 사라지는 책들도 많기 때문이다.

세 번째로 처음에는 쉽고 가벼운 책을 읽다가 갈수록 점점 전문화된 서적을 읽어 가는 것이 좋다. 처음부터 어려운 책을 선택하면 진도가 잘 나가지 않아서 결국엔 손을 놓을 수 있기 때문이다. 책이 어렵고 지루해서 진도가 잘 나가지 않는다면 한 단계나 두 단계 정도 쉬운 책을 골라 읽는다. 흔히 청소년들에게 명저를 읽힐 때에는 만화로 된 책을 권하기도 한다. 내용을 일별하여 전체적으로 읽어 내는 것이 중요하기 때문이다. 책을 읽기도 전에 손을 놓게 해서는 안되기 때문이다.

여러분에게도 똑같이 권한다. 만약 읽어야 할 책의 내용이 어렵게 느껴진다면 만화로 된 것이 있는지 살펴보고 만화로 먼저 일독을 권한다. 그 후에 다시 읽어도 늦지 않다.

다음으로는, 성인들이 꼭 읽어야 하는 책에는 어떤 것들이 있는지 자주 질문받기도 한다. 그 책들에 관한 이야기를 해 보겠다.

아직도 시를 배우지 못하였느냐?

# 꼭 읽어야 하는 책에는 어떤 것이 있을까?

## (1) 우선 멘토가 되어 줄 책을 읽는 것이 좋다

위인의 경우에 자신이 원하는 모델을 찾아야 한다. 어떤 인물을 존경하는지 어떤 분야를 좋아하는지 살펴보면서 천천히 선택하는 것이 좋다. 내 경우에는 링컨의 젖은 책 일화가 기억에 남았다. 그 후에 나는 책을 읽는 일이 중요하다는 것을 느끼게 되었고 힘들더라도 책을 읽으려고 노력하였다.

또한 흥미 있는 책을 먼저 읽기도 하였다. 김구의 『백범일지』가 그랬다. 이 책에는 명성황후 복수 일화와 김구가 일본 제국주의에 대한 테러리스트가 되어가는 과정이 등장한다. 기억에 가장 오래 남아 있는 내용이다. 혈기 왕성한 청년 김구의 선택은 망설이지 않고 행동하는 지식인의 면모를 보여주었으며 일제강점이라는 특수한 역사적 환경에서 어떻게 행동하는 것이 좋은지 느끼게 되어 감동을 받은 바 있다.

## (2) 자신의 전공과 관련 있는 일화가 많은 책이 좋다

특히 요즘에는 성공한 사람들이 많아서 그 분야의 성공일화를 읽는 것이 커다란 도움이 된다. 2시간 강연에 8억을 받았다는 브라이언 트레이시의 강연은 여러 번 시청해도 감동적이다. 그것이 자신의 전공과 관련이 된다면 금상첨화다. 유튜브 채널이 발달하여 좋은 강연도 쉽게 접할 수 있는 시대이니 관련 있는 책에 대한 안내를 받기도 쉬워졌다.

### (3) 다음으로는 역사책을 읽는 것이 좋다

역사책은 지식을 줄 뿐만 아니라 삶에 대한 통찰력을 길러 주기 때문이다. 역사는 반복되고 반복되는 역사 속에서 무엇이 진실인지 가늠하는 지성을 기를 수 있다.

최근 「천문」이라는 영화가 개봉하였다. 세종과 장영실의 이야기는 감동적이다. 그때나 지금이나 사대의 예를 묻는 사람들이 있다.

### (4) 전문잡지를 읽을 것을 권한다

특히 월간지들은 유행에 민감하고 최신의 정보를 전문가들의 깊이 있는 태도로 알려 준다. 이러한 글이 다시 지면에서 깊이 있게 다루어지려면 시간이 한참 지나야 한다. 그러므로 어떤 분야의 전문잡지는 꼭 읽어 두는 것이 필요하다.

### (5) 미래학에 대해 읽어 보자

미래는 항상 미지의 세계이므로 호기심을 자극한다. 앞으로 사회는 어떤 방향으로 나아가는지 관심을 갖는 것이 좋다.

아직도 시를 배우지 못하였느냐?

상처를 잊은 지 오래

너를 잊은 지 오래

네가 사막의 바람을 맞다

사라진 시간보다 더 오래

오늘을 기다려 왔다

드디어 폭풍이 밀려온다

나는 그저 모래바람이 실어오는 폭우를

너를 잊어버린 내 가슴구멍에

하늘 가득 퍼 놓으면 된다

삼천일[10]을 거침없이 기다렸다

언제 다시 태풍처럼 불어 닥치는

이 거센 바람을 만날지 모른다

나는 젖은 모래 속에

황급히 뿌리를 내리고

싹을 틔우고 일주일이 채 되기도 전에

재빠르게 꽃대궁을 밀어 올렸다.

일주일이면 충분하다.

일곱째 날이면 마른 바람을 맞으며

다시 씨로 돌아가

언젠가 오늘이 되기까지

나의 나됨을 지우고

--------------------

10  8년 80일의 나날

너의 기억조차 모래 속에 묻어 버리고

사막의 비바람을 기다릴 수 있다

시간 속에 나를 묻고

한차례 폭우가 몰고 올 환희의 그 날을

그 언젠가 꽃이 되는 일주일을

쓸쓸한 지 오래도록

오롯이

기다릴 수 있다

- 졸시, 「사막의 꽃」

아직도 시를 배우지 못하였느냐?

# '시인(詩人)'의 위의(威儀)

　윤동주와 이육사 두 시인과 시를 살펴보건대 시인의 길은 민족과 나라를 생각하면서 자신의 위치를 알고 더 나은 곳을 향하여 가는 여정이라고 할 수 있다. 또한 시인은 개인이기도 하여, 자신의 고뇌와 사랑과 의미를 시를 통해 표현한다.

　두보는 시는 인민의 고통을 알리는 것이라 하였고, 이규보는 시란 뜻을 위주로 하는데, 기의 우열에 말미암아 마침내 뜻의 깊고 옅음이 생긴다고 하였다. 이인로는 문장은 천성에서 얻어진다고 하였고 유몽인은 시는 풍교와 관련이 있는 것으로 단지 사물이나 경색만 읊어서 되는 것은 안 된다고 하였다. 정약용은 나는 조선인이므로 조선시를 쓰겠다고 하였다(我是朝人 甘作朝鮮詩). 여기서 조선시란 서양이나 중국의 것이 아닌 우리 고유의 시를 의미한다.

　시인은 개인이면서도 국가와 민족의 일원이다. 요즘 문단에서 시가 미시적인 작은 사물에 집중되어 있음을 본다. 시공간이 호연지기의 풍으로 커지고 생각도 커지는 것도 기대해 본다.

　현재 시단은 나태주의 「풀꽃」처럼 작은 것에서 의미를 찾는 시가 대단히 많으며 두꺼운 독자층을 형성하고 있다. 미시와 거시는 사실은 같은 의미 크기를 갖고 있는 셈이라 할 것이다. 작은 것과 아주 큰 세계를 묘사하면서 미물 됨과 거인 됨을 동시에 시로 써야 할 것이다.

# 정약용의 조선시(朝鮮詩) 선언

조선시대 후기에 정약용의 '조선시 선언'은 어떤 의미를 갖고 있는 것일까? 당시 우리나라의 사대부들은 중국식으로 한시를 짓고 있었다. 이에 정약용은 '우리나라의 시를 중국 문학의 예속에서 해방시켜야 한다.'고 하면서 '조선시 선언'을 하게 된다. 이는 우리의 시가가 중국의 한시를 본받아 창작되는 것을 보고 조선의 주체의식으로 시를 써야 한다고 선언하기에 이른것이다. 조선 사람은 조선의 방식으로 시를 써야 한다는 것이다.

"나는 조선 사람이니 조선시를 즐겨 쓰겠다."는 선언은 우리 문화의 우수성에 대한 자부심이며 중국 것을 흉내 내지 않겠다는 자주적 의지다.

안타깝고 불행한 일이지만, 조선시대의 교육은 유학(儒學) 교육이 주된 내용이었던 탓으로, 교재 또한 중국에서 나온 유교 경전이 주를 이루었다. 때문에 4서5경(四書五經)이 교재의 핵심이었고, 사서(史書)는 대부분 『사략』(史略)이나 『통감』(通鑑)이어서 중국의 역사를 간추린 내용이었다. 더 수준이 높은 사람은 『한서』(漢書)나 『사기』(史記)를 배웠는데 이도 모두 중국의 역사였다.

따라서 글을 지어도 문구나 내용은 대부분 중국의 일이거나 역사

아직도 시를 배우지 못하였느냐?

적 사실이었다. 이때 다산은 확고한 신념 속에 내 것에 대한 관심으로, 글을 쓰더라도 우리의 일이나 역사적 사실을 인용하고 시를 지어도 우리 것이 담겨 있는 내용의 시를 지어야 한다고 강력히 주장했다.

『고려사』, 『삼국사기』, 『삼국유사』 등 우리나라 일이나 역사적 사건이 풍부한 책에서 거론하고 인용하여 글을 짓고 시를 써야 하며, 우리나라 말을 시어로 풍부하게 활용하라 권장하고 자신도 그렇게 파격적인 시를 많이 지었다.

맥령(麥嶺)을 '보릿고개'라 하고, 고조풍(高鳥風)을 '높새바람'이라 사용하고, 대감·반상·첨지 등 시골의 말들을 시어로 차음(借音)하여 우리나라 시를 지으면서, "나는 조선 사람인걸, 즐거이 조선시를 짓겠노라."(我是朝人 甘作朝鮮詩)는 위대한 선언을 한다.

정약용을 통해서 우리나라만의 시를 창작하고 우리 것을 소중히 하는 자주정신과 자립정신을 엿본다. 요즘에도 미국이나 중국은 어떻게 생각할까를 따지는 어르신들이 많다. 우리는 우리 식대로 우리의 것으로 살아가는 정신이 살아 있어야 한다. 우리 것이 가장 소중한 것이다.

시대가 세계화되었다고 하지만 사실 그 속을 들여다보면 서로 협력하고 배려하는 것이 아니라 누가 더 결정적인 키를 쥐고 있느냐에 흔들리고 있다. 우리 것, 자신의 개성, 독특한 것이 없으면 우리는 누구란 말인가?

한 나라가 자주적이어야 하듯이 개인도 자주적인 태도를 가져야 한다. 이 소리 저 소리에 흔들리지 말고 개성적인 자신만의 작품을 써야 한다. 각자가 '자신의 시 선언'을 해야 한다. 자주적이고 독립적인 주체로서 시를 써야 한다.

# 견자[11] 의 편지

'바람 구두를 신은 사나이', 베를렌이 랭보에게 붙여준 별명이다. 한곳에 안주하지 않는 정신을 두고 한 말이다.

천재란 단지 뛰어난 재능을 타고난 사람이 아니다. 그는 각고의 노력을 하는 존재다. 그는 단순히 '성실한' 정도를 넘어서서 '미칠 정도'로 노력하는 사람이다. 심지어 시를 쓰는 동안에는 직업을 갖는 것을 거부하기도 한다. 아르튀르 랭보는 어린 시절, 라틴어 고전과 프랑스 현대문학 작품을 읽고 또 읽고, 외우기를 거듭했다.

1871년 5월 랭보는 당시 17세의 소년이면서 시인으로서 자신의 세계관을 밝히는 중요한 편지 두 통을 쓴다. 13일에는 담임선생이자 학창시절의 최고 멘토인 조르주 이장바르에게, 15일에는 스승의 친구이자 시인인 폴 드메니에게 또 한 통의 편지를 보낸다. 두 통의 편지에 모두 자신이 쓴 시를 동봉한다.

위대한 편지를 보내고 답장을 기다리던 랭보에게 파리로 오라는 폴 베를렌의 편지가 날아들고 두 사람은 만나게 된다. 그것을 그린 영화가 레오나르도 디카프리오가 주연한 「토탈 이클립스」다. 이 영

---

11 見者, 남이 보지 못하는 것을 보는 사람, 또는 볼 수 있는 사람, 즉 詩人

화에는 파리와 런던에서 두 사람의 2년여의 시간이 담겨 있다.

랭보의 「견자의 편지」는 바로 그때 보낸 두 통의 편지를 의미한다. 두 통의 편지에서 랭보는 독특한 시론(詩論)을 피력하면서 자신이 '견자(見者, voyant)'가 되겠다고 선언한다. 그리고 '견자'는 랭보의 시를 이해하는 핵심적인 열쇠어가 된다. 그 편지는 새로운 시인의 탄생을 예고한다.

"시인은 의식적으로 자신을 견자로 만듭니다."

이장바르는 랭보에게 아버지와도 같은 스승이었고, 드메니는 랭보의 습작 시절에 힘이 되어 준 시인이었다. 이장바르에게 보낸 「견자의 편지」는 간결하고 함축적인 데 비해, 드메니에게 보낸 편지는 시와 시인에 대한 랭보의 생각이 상세하게 담겨 있는 체계적인 시론이었다. 랭보는 드메니에게 보낸 편지에서 "나는 감히 견자이어야 하며, 의식적으로 견자가 되어야 한다고 생각합니다."라고 말하였다.

"시인은 모든 감각의 오랜, 엄청난 그리고 추리해 낸 착란에 의해서 자신을 의식적으로 견자로 만듭니다. 사랑과 고통, 광증의 모든 형태가 그런 것입니다. 시인은 그 자신을 추구합니다. 자신 속에 모든 독소를 걸러내어 오직 그 정수만을 간직하려고 합니다. 그의 모든 신앙과 초인적인 힘이 필요한 말할 수 없는 고역입니다. 거기에서 그는 가장 위대한 죄인 가운데 가장 위대한 범죄자, 가장 위대한 저주받은 자가 됩니다. 그래서

　　　　　　　　　아직도 시를 배우지 못하였느냐?

최상의 박식한 자가 됩니다. 그러면 그는 미지 세계에 도달합니다. 그의 영혼을 단련해서 가꾸었기 때문입니다.

이미 그 누구보다도 풍요로워진 영혼을! 그는 미지에 도달합니다. 그리고 미처 날뛰며 자기 환각들에 관한 지식을 상실하고 말 때에 그는 반드시 환각을 볼 것입니다. 그는 지극히 엄청나고 이름조차 붙일 수 없는 사물에 의한 약동 속에서 죽어도 좋습니다. 그때에는 가공할 만한 다른 작업자들이 올 것입니다. 그들은 다른 사람들이 쓰러진 바로 그 지평선에서 다시 시작할 것입니다." (이준오 역)

이 편지들은 랭보가 앞으로 '견자'로서 세계를 자유롭게 항해하겠다는 출사표이다. 아버지와 같은 자신의 스승들에게 자신의 모습과 생각을 보여 준 것이다. 시의 길을 가는 랭보에게 길잡이 역할을 해 온 이장바르와 드메니였지만, 랭보의 갑작스런 비약은 적지 않게 당황스런 것이었다. 그들은 랭보를 이해하지 못했고, 랭보에게 현실을 고려하여 인내심을 가질 것을 요구하였다. 그러나 이미 랭보는 돌아올 수 없는 세계를 향해 강을 건너고 있었다. 강을 건너면 전혀 다른 세계가 펼쳐져 있을 것이다. 그 세계를 향한 힘찬 고동소리가 바로 '견자의 편지'다.

지적 욕구와 탐구정신, 엄청난 욕망 아래 감춰진 나약함과 억제된 에너지, 아르튀르 랭보의 첫 작품은 「고아들의 새해 선물(1869년 작, 1870년 1월 발표)」이다. 이전에 라틴어로 쓴 시가 있긴 하지만, 그것들은 문학작품으로 쓴 것이라기보다는 학습의 일환으로 쓴 것이었다. 첫 작품이 보통 시인의 내면을 비추는 거울이 되듯이 이 작품 또한 랭보의 내면에 숨어 있는 고아 의식을 발현한 것이었다. 아버지는 드센 아내가 싫어 집을 떠나 버렸고, 아버지 없는 자식들을 키우느라 어머니는 과도하게 엄격하였다.

학창시절의 랭보는 항상 우수한 학생이었다. 특히 라틴어를 배우고 암송할 줄을 알았다. 그는 놀랄 만한 기억력으로 라틴어로 된 글 여러 쪽을 어렵지 않게 암송하며 라틴어 시의 구성을 유심히 분석해 보고, 그 속에서 단어의 유희를 발견하는 즐거움을 맛보았으며, 라틴어 시의 창작에도 탁월한 능력을 발휘한다. 라틴어는 남들은 가장 어려워하는 과목이었다.

특히 로마의 시인 베르길리우스와의 만남은 특별했다. 중학교 시절, 교장 선생님이 랭보를 학술경연대회에 내보내기 위해 담임인 아리스티드 레리티에로 하여금 그를 특별 지도하게 했다. 랭보는 자연스럽게 담임이 좋아하는 베르길리우스의 작품세계에 푹 빠지게 된다. 베르길리우스를 읽으며 랭보는 시의 창작 기법을 음미하고, 원문과 프랑스어 번역문을 비교하면서 그 차이를 하나하나 음미한다.


베르길리우스의 「전원시」와 「농경시」의 차이를 간파해 내는 랭보의 예지는 이미 소년의 것이 아니었다. 농경시도 전원시와 배경도 다르지 않고 작자의 자연에 대한 사랑도 여전하지만, 농경시에 오면 '일'이 '시'를 밀어내고 있음을 예리한 소년은 날카롭게 간파해 냈던 것이다. 그는 베르길리우스 외에도 수많은 대가들의 작품을 탐독했

아직도 시를 배우지 못하였느냐?

고, 그들의 저서 속에서 들끓는 이미지들을 발견해 나갔다. 그것은 세계 창조의 이미지였고, 묵시록과 대홍수의 이미지였으며, 태초와 종말의 이미지였으며, 천국과 지옥의 이미지였다.

1870년 수사학 반의 담임교사로 온 조르주 이장바르는 학창시절의 랭보에게 가장 중요한 스승이었다. 이장바르는 랭보의 지적 욕구와 탐구정신, 엄청난 욕망 아래 감춰진 나약함과 억제된 에너지를 꿰뚫어 보았다. 랭보 또한 진보적인 스승의 세련된 정신세계와 열린 사고방식을 존경했다. 이장바르를 통해 엘베시우스와 장 자크 루소를 알게 된 랭보는 내적으로 크게 성장했다.

무엇보다 이장바르가 구독한 『현대 고답시집』에서 발견한 프랑스의 많은 시인들의 시세계는 랭보에게 문학에 대한 열정을 한껏 키워 주었다. 특히 샤를 보들레르는 랭보에게 신이 되었다. 보들레르를 통해 랭보는 시인이란 평온한 영혼의 소유자가 아니며, 시란 세계에 대한 반항이자 금지된 세상을 탐구하는 것이라고 생각하게 되었다. 바야흐로 보이는 것과 보이지 않는 것을 함께 꿰뚫어 보는 강렬하고도 예민한 투시력을 갖춘 시인의 출현이 임박했던 것이다.

브르타뉴에게서 베를렌의 연락처를 안 랭보는 곧 베를렌에게 편지를 썼다. 아울러 시 「웅크림」, 「세관원들」, 「앉아 있는 자들」, 「강탈당한 마음」, 「놀란 아이들」을 필체가 좋은 친구 들라에에게 베껴 적도록 하여 동봉했다. 편지를 보낸 지 나흘째가 되자 초조해진 랭보는 또 「나의 작은 연인들」, 「첫 영성체」, 「민중들이 다시 모여드는 파리」를 동봉하여 두 번째 편지를 보냈다. 9월 초, 드디어 베를렌의 답장이 브르타뉴의 집 주소를 통해 랭보에게 날아들었다. 그 내용을 간단하게 요약하면 다음과 같다. "위대한 영혼이여, 어서 오시오. 우리는 당신을 원하고, 당신을 기다리고 있소이다!"

레오나르도 디카프리오가 주연한 영화 「토탈 이클립스」는 파리에 도착한 랭보가 기차에서 내리는 장면으로부터 시작된다. 베를렌과 랭보의 운명적인 만남이 비로소 이루어진 것이다. 랭보는 파리의 시인들에게 보여 주기 위해 새로 쓴 대작 「취한 배」를 들고 베를렌을 향해 성큼 다가섰다. 그것이 그들에게 커다란 축복이며 저주였다. 1873년 격분한 베를렌이 랭보를 향해 총을 쏘았다. 두 발의 총알 중에서 한 발이 랭보의 왼손에 상처를 입혔다. 베를렌은 기소되어 감옥에 들어가고, 랭보는 로슈로 돌아와 나중에 그의 대표작이 되는 연작 『지옥에서 보낸 한 철』을 쓴다. 10월에 책이 출간되었으나, 프랑스 문단과 독자로부터 철저하게 외면당했다. 1874년에는 전에 썼던 『채색 판화집』을 정리하면서 새로 쓰게 된다. 그것을 마지막으로 랭보는 시작활동을 중단하였다.

랭보의 시는 대상에 대한 상투적인 접근에서 벗어나 모든 감각이 뒤틀렸을 때 보이는 새롭고 놀라운 사물의 현현을 시적 이상으로 삼았다. 문학평론가 김현은 랭보의 시가 프랑스 문학사 속에서 두 가지 점이 새롭다고 지적했다. 하나는 세련된 과장법을 음절 단위의 리듬을 통해 표현하는 것이 전통이었던 프랑스 시에 대한 대담한 반항이었으며, 또 하나는 기독교 정신에 기반을 둔 유럽 문명 자체에 대한 문학적인 회의였다. 랭보는 예리한 송곳 같은 시선으로 사물의 핵심 속으로 파고들어 갔으며, 그 이면에 숨은 본성을 꿰뚫어 봄으

아직도 시를 배우지 못하였느냐?

로써 예언자적인 시인의 면모를 유감없이 발휘했다. 랭보의 출현은 이처럼 프랑스 문학사에서 대단히 획기적인 일이었지만, 그가 활동하던 시대는 그에게 조명을 비출 여유가 없었다.

감옥에서 나온 베를렌이 랭보에게 신앙을 권했을 때 랭보는 거절했다. 정신적으로든 육체적으로든 랭보는 안주하지 않았다. 1875년에는 걸어서 이탈리아에 가서 밀라노에서 머물기도 했다. 1876년에는 네덜란드의 식민지 용병으로 자원해 하르데르베이크에서 머물다가 자바로 떠났다. 그러다가 8월 15일에 탈영하여 희망봉과 아일랜드를 거쳐 12월 중순 샤를빌에 도착했다. 1878년에는 키프로스 섬의 채석장에서 일자리를 얻지만, 이듬해 5월 장티푸스에 걸려 로슈로 돌아온다. 9월이 되자 다시 떠나지만 마르세유에서 병이 재발해 돌아왔다. 1881년부터는 에티오피아의 여러 지역을 돌면서 상인이자 탐험가의 삶을 산다.

> 난 쏘다녔지, 터진 주머니에 손 집어넣고,
> 짤막한 외투는 관념적이었지,
> 나는 하늘 아래 나아갔고, 시의 여신이여! 그대의 축복이었네,
> 오, 랄라! 난 얼마나 많은 사랑을 꿈꾸었는가!
> 내 단벌 바지에는 커다란 구멍이 났었지.
> ─꿈꾸는 엄지동자인지라, 운행 중에 각운들을
> 하나씩 떨어뜨렸지. 내 주막은 큰곰자리에 있었고.
> 하늘에선 내 별들이 부드럽게 살랑거렸지.
> 하여 나는 길가에 앉아 별들의 살랑거림에 귀기울였지,

그 멋진 구월 저녁나절에, 이슬방울을

원기 돋구는 술처럼 이마에 느끼면서,


환상적인 그림자들 사이에서 운을 맞추고,

한 발을 가슴 가까이 올린 채,

터진 구두의 끈을 리라 타듯 잡아당기면서!

- 아르튀보 랭보, 「나의 방랑생활」


아르튀르 랭보가 「견자의 편지」에서 샤를 보들레르를 '최초의 견자이자 시인의 왕이며 진짜 신'이라고 했듯이, 랭보는 보들레르의 가장 창조적인 계승자였다. 보들레르로부터 시작한 프랑스 상징주의는 베를렌을 거쳐 랭보에게서 지울 수 없는 흔적을 남겼으며, 스테판 말라르메와 폴 발레리를 통해 현대시의 또 하나의 정점을 보여주었다. 특히 랭보의 파격적인 시는 현대시의 혁명이다.

보들레르를 현대시의 기원이라고 하지만 그의 다양한 실험이 랭보에게서 더욱 분명하게 증명되었다. 보들레르의 시집 『악의 꽃』은 내용은 자유롭되 형식이 전통에 반한 것은 아니었다. 랭보의 『지옥에서 보낸 한 철』 연작에 이르면 내용과 형식이 모두 어떤 격도 따르지 않는다. 보들레르가 혁명의 시작이라면 랭보는 혁명의 완성이었다.[12]

--------------------

12  차창룡, 『바람구두를 신은 사나이 천재시인 랭보』, 2008.05

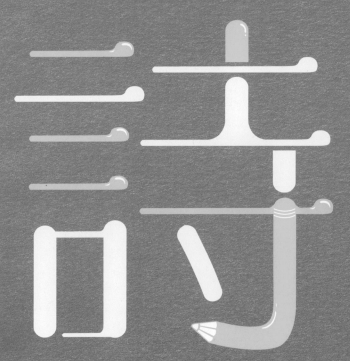

# 13부

# 시적 대상과 발견의 미학

꽉 막히는 건 때때로 잘못된 길로 접어들었다는 걸 뜻한다.

- 데릭 젠슨

# 시적 대상

시적 대상이란 시에 등장하는 인물이나 사물, 자연물을 총칭하며, 청자와 시 전체의 소재나 제재, 관념까지 모두 포함한다. 시적 대상에서는 누가 무엇을 노래하는가가 중요하다. 서정시의 경우 대상과 주관 사이에 거리가 가깝다고 할 수 있다. 그러므로 시적 화자와 시적 대상이 융합되는 경우가 많이 등장한다. 이것을 대상의 주관화라고 하는데 대상을 파악하면 시의 분위기와 특성, 시적 대상을 파악하는 데 용이하다. 윤동주의 시에 등장하는 화자는 분열된 자아로 등장한다.

인물과 사물, 자연물, 세상 모든 것이 시적 대상이다. 모두가 시적 대상이라 해서 모든 것을 다 쓸 수는 없다. 잘 쓸 수 있는 것이 있다. 그것은 자신이 잘 알거나 자신과 가까운 것들이다. 잘 알아야 시 쓰기가 쉽다. 멋있거나 훌륭하더라도 자신이 잘 알지 못한다면 시적 대상으로 적당하지 않다. 또한 자신과 가까운 것이 좋다. 어떤 대상을 좋아하면 그에 대해 연구하고 탐구하며 가까워지려는 노력을 하게 된다. 그러면 시가 쉽게 잘 써진다고 할 수 있다. 어떤 대상에 관심이 있으면 그 대상을 사랑하는 마음이 생기고 소중해질 것이기 때문이다.

시적 생명이 긴 대상들이 있다. 이들은 오랜 세월이 지나도 빛이 바래지 않으며 반짝거린다. 그것들은 바람, 구름, 안개, 별과 같은 자연물이다.

또 다른 시적대상으로 시에서 가장 중요하게 취급되는 것들은 인식과 사유에 대한 것들이 있다. 즉 미완(未完), 미물(微物), 부재(不在), 불안(不安), 과정(課程), 인생(人生), 깨달음, 통과의례(通過儀禮), 순수(純粹), 불화(不和) 등을 시의 내용에 포함을 시키면 금상첨화다.

| 미완 | 완성되지 않은 것, 영원히 완성되지 않는 것, 삶 |
|---|---|
| 미물 | 작은 생물, 미물 같은 자신, 벌레, 톡톡이, 응애 등 |
| 부재 | 부모님의 부재, 애인의 부재, 부재하는 대상 |
| 불안 | 안정이 아닌 상태 |
| 과정 | 과정을 쓰는 것이 완성보다 훨씬 의미를 가진다. |
| 인생 | 인류의 숙제인 왜 태어나고 어디로 가는가에 대해 |
| 깨달음 | 소소한 깨달음에서 우주적 깨달음까지 |
| 통과의례 | 심청이, 춘향이, 홍길동, 흥부 |
| 순수 | 순수에 대한 지향은 언제나 시적이다. |
| 불화 | 세상에 합하지 못한 것에 대해 |
| 우주 | 내가 사는 곳 |
| 은하 | 사후 가야 할 곳이 거기 어디쯤 |
| 빅뱅 | 폭발, 나의 대폭발 |
| 별 | 사랑하는 사람, 그리운 사람, 어머니 |
| 성단 | 친구들, 가까운 친구, 먼 친구 |
| 별자리 | 그려보는 그림, 꿈자리, 사랑 |
| 지구 | 존재, 이유 |
| 달 | 위성, 위성적 존재 |
| 화성 | 다시 존재, 제2의 고향 |

아직도 시를 배우지 못하였느냐?

# 비극(tragedy, 悲劇)

비극이란 운명에 대한 결과로 겪는 인간의 고통과 불행을 의미한다. 비극의 결과 인간은 한없이 추락하여 자신의 처지에서 비교할 수 없는 상황에 놓인다. 이러한 비극적인 상황을 간접체험하고 나면 사람들은 카타르시스 즉, 정화를 느낄 수 있다. 카타르시스를 느낀 인간은 감정의 안정을 이루며 마음은 평안에 놓이게 된다.

아리스토텔레스는 『시학(詩學)』에서 비극에 대하여, "비극은 가치 있거나 진지하고 일정한 길이를 가지고 있는 완결된 행동의 모방이다. 쾌적한 장식을 한 언어를 사용하고, 각종 장식이 작품의 상이한 여러 부분에 삽입된다. 서술의 형식이 아니라 행동의 형식을 취한다. 또 연민과 공포를 통하여 감정을 정화시키는 효과를 가지고 있다."라고 정의하였다.

아리스토텔레스가 비극의 예로 드는 것은 소포클레스의 「오이디푸스왕」이다. 여기서 오이디푸스의 운명은 너무나 무자비하고 비극적인 신탁으로 인해 파멸되는 것처럼 보인다. 한 인간이 지극히 높은 왕의 자리에까지 올랐으나, 거부하거나 바꿀 수 없는 비극적 운명으로 반전하며 전개된다.

그럼에도 불구하고 자신의 가장 고귀한 정신으로 처절한 파괴를 딛고 일어서는, 가장 고귀하고 용감한 인간을 표현한다. 이러한 의미에서 이 이야기는 비극일지라도 오히려 인간에 대한 낙관적인 견해를 나타내고 있다. 비극적인 운명으로 파멸된 그가 오히려 고결한 상태를 보여주는 것이다. 이렇게 되면 독자들은 너무나 감동을 받아 인간의 무한한 가능성과 극복의지를 느끼며 감정의 흔들림을 통해 자유를 얻게 된다.

고대 비극의 공연은 전쟁이나 암살과 같은 사건이 등장인물의 과거 회상이나 보고의 형식으로 재현된다. 이는 시간의 역순행적 구성으로 근대극에 와서 더욱 구체화된 형식이 고대비극에 이미 실현되고 있었던 것이다. 대단히 근대적인 형식이 고대에 있었으니 얼마나 앞서 있는가?

종교와 정치가 분리되는 시점이었던 15세기에 와서야 묻혀 있던 아리스토텔레스의 『시학』은 재발견되고 오이디푸스왕도 재조명된다. 이로써 비극의 고전적인 개념이 부활하고 새롭게 공연되었다.


최근의 영화인 「그을린 사랑」에서도 비극적 운명의 여성이 등장한다. 그는 고결하고자 하였으나 삶을 철저하게 파괴시킨 무자비한 전쟁과 게릴라전에 휩싸인 인생을 보고 처절한 슬픔을 느낀다.

그가 만난 전쟁의 참화와 여성이라는 인간이 가져야 했던 고뇌, 그는 애국자였고 무식하리만큼 용감하였으며 무모하게 저항하였다. 위대한 영웅으로 무장된 그의 정신은 어떤 환경에도 굴복하지 않는다.

　결국 쌍둥이가 태어나고 그는 지독한 운명의 그림자를 수영장에서 다시 만난다. 삶이 무엇인지 탄생이 어떤 의미인지 잘못된 것은 어떤 것인지 물음을 던진다. 그럼에도 불구하고 인류를, 아이를, 인생을 지속하게 해 준 여인에게 뜨거운 박수를 보낸다.

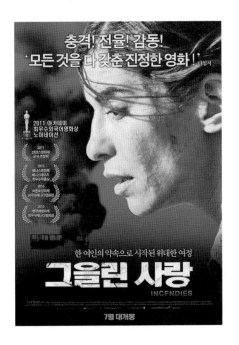

# 모방과 창작

유능한 예술가는 모방하고 위대한 예술가는 훔친다.
Good Artists Copy, Great Artists Steal.
- 피카소

천재라고 불리는 사람 중에 피카소와 스티브 잡스는 '위대한 예술가는 훔친다'는 말을 한 바 있다. 스티브 잡스는 '생산성이 가장 높은 개발자는 코드를 짜지 않는 프로그래머다. 즉 코드를 안 짜는 대신 이미 만들어진 코드를 가져다 잘 쓰면 생산성을 높일 수 있다'고 하면서 생산성을 강조하였다.

백석의 시집을 윤동주가 끼고 다녔다는 것은 여러 가지 사실을 시사하고 있다. 또한 고흐는 밀레의 작품을 모방하면서 미적 수준을 높였다. '밀레는 마네보다 더 현대적인 화가다. 내게 진정한 현대 화가는 밀레이며, 덕분에 우리 앞에 새로운 그림의 지평이 열렸다'고 말하여 밀레의 작품에 스며 있는 위대성과 현대성을 발견하였다. 고흐는 밀레의 「첫걸음」, 「씨 뿌리는 남자」, 「낮잠」 등 수많은 작품을 모방하였다.

인도와 바꾸지 않겠다는 셰익스피어의 경우도 크게 다르지 않다. 셰익스피어가 순수하게 창작한 작품은 몇 편에 불과한 것이다. 대개는 당대에 널리 알려진 소설이나 희곡을 각색하였으며 심지어 남의 작품에서 특정 구절을 그대로 베낀 경우도 있었다. 그래서 셰익스피

아직도 시를 배우지 못하였느냐?

▲ 피카소

어는 당대에도 종종 표절 작가로 비난을 받기도 하였다. 현대는 표절에 대해 훨씬 엄격해진 면이 있더라도 피카소의 말은 새겨 볼 만하다.

아름다운 동작이나 멋진 연주를 위한 연습은 필수라는 것은 상식이다. 예술의 과정은 '모방, 연습'이 필수적이다. 시를 잘 쓰고 싶다면 수도 없이 필사를 해야 한다. 그림을 잘 그리고 싶다면 데생을 수도 없이 연습하는 것과 같다.

성공한 가게를 따라 창업하는 것을 '벤치마킹'이라 부른다. 예술가들 역시 성공한 작품을 벤치마킹할 필요가 있다. 이로 인하여 시가 환골탈태(換骨奪胎)로 다시 태어난다면 명작이 될 것은 자명하다. 그림을 그릴 때는 먼저 모방부터 시작한다. 수천 번의 데생을 통해 자신의 그림이 나온다. 김연아가 보여 주는 동작들을 생각해 보라. 그는 과연 몇 번의 연습을 통해 그만한 경지에 올랐을까. 누군가 했을 똑같은 동작을 약간의 변화를 주면서 수도 없이 연습한 결과 훌륭한 선수가 될 수 있었다. 결국 모방과 반복과 훈련이 창의력을 발산하게 하며 더 나은 창작으로 이끌어 줄 것이다. 어느 날 갑자기 기발한 창작이 등장하지는 않는다.

이것이 '추격문화'이다. 어느 정도 추격(追擊)이 된 후에 자신의 것으로 창작을 할 수가 있다. 이는 표절이 아니다. 모방이며, 패러디인 것이다. 표절은 그대로 갖다가 쓰는 것이나 응용하고 변형을 하여 환골탈태(換骨奪胎)의 창작을 한다면 정말 훌륭한 작품이 탄생하는 것이다.

# 언어의 창의력 연습

문학은 언어로 이루어진 예술이다. 따라서 언어가 가장 중요하다. 김훈의 소설 『칼의 노래』는 '버려진 섬마다 꽃이 피었다'로 시작한다. 대단히 시적인 문장이다. 김훈의 소설은 전반적으로 시적인 문장으로 씌여 있다. 무사 이순신에 관한 소설임에도 불구하고 아름다운 정경을 낭만적으로 구사한다. 한반도라는 강토의 낭만적 서사를 가능하게 한 작품이다. 시적 언어를 써서 그의 소설은 더욱 빛이 나고 있는 것이다.

어떤 언어를 쓰는가가 어떤 시를 쓰는가라고 할 만큼 시에서 언어를 골라 쓰는 일은 대단히 중요한 일이다. 심지어 여러분에게 단언한다.

"시는 언어다. 언어로 시의 의미와 가치를 평가한다." 그만큼 어떤 시어를 쓰는가가 그 작품에 중요한 영향을 미친다는 얘기다. 그러니 언어를 골라 쓰는 일에 어떤 것보다 주의를 기울이고 기울이라.

## [ 예시 (시인들의 표현에서 응용) ]

| 사물 | 이미지 도출 |
|---|---|
| 무지개 떡 | 무지개와 떡 |
| 너도밤나무 | 너와 밤, 너도밤 |
| 에어컨 | 여름을 바깥으로 쫓아내는 기구 |
| 밤 | 아늑한 곳, 자신이 환히 안 보이는 곳, 허물을 가려 줌, 사물이 보이지 않음, 등불이 아름답게 보임 |
| 냉장고 | 겨울을 모아 놓는 곳, 겨울이 살림 차린 곳 |
| 별 | 사랑, 내일, 희망, 사탕 |
| 맨발 | 가진 것 없음, 청춘, 노년, 혼자의 노력 |
| 바람 | 가능성, 유동성, 변화, 흐름, 흘러감, 유목 |
| 이사 | 나를 두고 떠남, 유년이 있는 곳, 빈한한 삶이 거기에 남음, 버려진 것들 |
| 새 집 | 새로운 시작, 새로운 각오, 두고 온 것 |

# '발견'의 미학

## 달의 발견

시를 쓰는 것은 본래 있던 것에 대한 재발견이다. 없던 무언가를 창조하여 쓰는 것이 아니라 있던 것 속에서 진부한 언어나 사고가 아닌 창의적인 언어와 사고를 발견해 그 의미를 쓰는 것이다.

다시 말해서 사물에 대한 재발견이 필요하다는 말이다. 재발견은 어떤 사건이나 생각에 의해서 이루어진다. 김소월이 발견한 달의 경우가 그렇다. 달은 항상 있었다. 이것은 전혀 새롭지 않은 사실이다. 그런데 어느 날 사랑하는 사람을 잃은 후엔 달이 평소와 다르게 보이기 시작했다. 새롭게 다가오기 시작한 것이다. 그러므로 하늘의 달은 지금까지 보아 왔던 달이 아닌 새로운 달이다. 평범하던 달이 어느 날 새로운 의미를 가진 사물로서 다가온 것이다. 이것은 의미 없는 존재가 아니라 의미 있는 존재로의 발견이라고 할 수 있겠다.

봄가을 없이 밤마다 돋는 달도
예전엔 미처 몰랐어요.

이렇게 사무치게 그리울 줄도

예전엔 미처 몰랐어요


달이 암만 밝아도 쳐다볼 줄을
예전엔 미처 몰랐어요


이제금 저 달이 설움인 줄은
예전엔 미처 몰랐어요


- 김소월, 「예전엔 미처 몰랐어요」


김소월의 이 시를 다시금 곰곰 음미해 보면 큰 의미가 들어 있다는 사실을 깨닫게 된다. 화자는 달의 의미를 '밤마다 돋는 달'에서 시작하고 있다. 밤마다 돋는 달, 이제금 다른 의미로 다가온다는 것이다. 달은 원래 항상 밤마다 돋는 달이었다. 그것을 예전에는 미처 몰랐다는 것이 인식의 전환이다. 본래 그 대상이 거기에 있다는 것을 알고 있긴 했다. 인지하고 있었던 셈이다. 하지만 대상에 대한 의미가 이렇게 크다는 사실은 미처 알지 못했다. 이것으로 미루어 볼 때 지금은 대상의 중요성을 인식했다는 사실을 알 수 있다.

2연에서 화자는 달을 보면서 그리운 사람을 그리워하는 대상의 전치(轉置)현상을 드러내고 있다. '그리운 사람=달'의 의미로 전환되어 달을 보면서 그 사람에 대해 사무치는 그리움을 드러내고 있다. 달을 보면서 '이렇게 그리워할 줄' 안다는 것을 예전에는 미처 몰랐다는 말이다.

3연에서는 본래 피상적인 존재인 달을 그리움의 대상으로 쳐다보게 될 줄도 몰랐다는 것이 화자의 발견이다. 그 대상이 '암만 밝아도'라는 표현을 보면 달이 아주 환하게 밝다는 것에 대한 인식을 드러내고 있다. 달이 그렇게 밝은데 한 번도 쳐다보지 않았고 그리움의 대상도 아니었으며 밝음의 덕을 보고 다녔을지라도 그리움의 대상으로 치환되기 이전에는 아무것도 아니었음을 고백한다. 그런데 그리운 사람과 이별한 상황에서는 달의 밝음이 도드라진다. 달이 밝아 그리운 사람을 연상시키는 것이다.

4연에서는 달은 달의 위치에 있다는 인식을 표현하고 있다. 달이 그리움의 대상으로 치환되었을지라도 달은 그저 달일 뿐이라는 것이다. 그러므로 화자는 '이제금 저 달이 설움'인 줄을 알게 되었다. 달은 결국 제3자일 뿐 그 사람이 될 수는 없기에 달을 보고 그리움을 삭히고 있는 그 상황이 오히려 서러운 것이다. 달을 보고 그리운 사람을 보고 싶은 마음을 달래지만 종국에는 달이 그 사람이 될 수 없는 까닭에 서러워하는 화자의 깨달음이 애처롭게 드러나고 있다.

예전엔 미처 몰랐던 것 네 가지를 정리하면 이렇다. 달의 존재를 몰랐고, 달을 통해 그리움이 생겨난다는 것도 몰랐고 달 속에 생겨난 환한 그리움 때문에 달과 합일하고자 하는 욕망이 생겨난다는 것도 몰랐고 그 욕망이 결국 성공할 수 없기에 설움을 안게 된다는 것도 몰랐다. 다시 풀면, '달=달', '달=그리움(달이 아닌 대상)', '달=쳐다봄(달이 아닌 주체)', '달=달'. 처음의 등식과 마지막의 등식은 같은 형태를 지니지만, 인식이 확장된 다음의 달은 사랑으로부터 소외받은 비창이 된다.

> 달은 달이었다
> 달은 달이 아니다, 그리운 누구이다
> 달은 달이 아니다, 그리워하는 '나'이다
> 달은 달일 뿐이다

이런 구조로 되어 있는 시. 아름답고 그림 같다. 누구를 사랑한다는 것. 그 말을 한 마디도 표현하지 않고 우주 속에 달과 나를 배치하여 내 마음을 움직이고 새롭게 무엇인가를 깨달아 가는 구도를 표현한 적요한 시. 지극히 심오하여 인간이 인간을 사모한다는 일을 우주적으로 펼쳐 놓은 언어의 마술이 아닐 수 없다.

달은 달이고 나는 나다. 나는 달이 아니며 달은 내가 아니다. 당신은 내가 아니며 나는 당신이 아니다. 그러나 당신이 나이고 싶었듯 나도 당신이고 싶었다. 합일에 대한 미친 격정과 그 소외가 주는 영원한 비탄. 명멸하며 사라져 가는 인생 속에 떠오른 달을 생각한다.[13]

--------------------

13 이상국, 2017. 2. 24. 디지털뉴스본부, 발췌.

# '소리'의 발견

  인류의 문명이 자연을 지배한 지 오래다. 우리는 벌레소리가 지천인 여름에 창문을 열어 놓고도 풀벌레소리에 귀 기울이지 않는다. 해충이 많다고 오히려 가까이 가지도 않는다. 김기택은 이 문명의 이기 속에서 풀벌레소리를 듣는다. '풀벌레의 작은 귀를 생각함'이란 시에서 우리는 미처 생각할 수 없었던 풀벌레의 세상을 발견한다. 시인이 발견한 풀벌레들의 작은 귀가 궁금하다.

> 텔레비전을 끄자
> 풀벌레 소리
> 어둠과 함께 방 안 가득 들어온다
> 어둠 속에서 들으니 벌레 소리들 환하다
> 별빛이 묻어 더 낭랑하다
> 귀뚜라미나 여치 같은 큰 울음 사이에는
> 너무 작아 들리지 않는 소리도 있다
> 그 풀벌레들의 작은 귀를 생각한다
> 내 귀에는 들리지 않는 소리들이 드나드는
> 까맣고 좁은 통로들을 생각한다
>
> - 김기택, 「풀벌레들의 작은 귀를 생각함」 중에서

　　　　　　　　아직도 시를 배우지 못하였느냐?

20세기 문명의 이기 중 최대의 작품인 텔레비전은 우리의 생활 전반을 지배하고 있다. 아침 뉴스, 저녁 뉴스, 드라마, 영화, 각종 오락까지 텔레비전 시청은 사람들의 일상에서 빼놓을 수 없는 중요한 활동이다.

심지어 유행을 선도하고 정보를 독점하며 국민들을 계몽하고 교육하고 깨우치게 하는 힘까지 갖고 있다. 요즘의 세상은 정보가 너무나 많아서 국민들은 정보를 듣기는 하되 분석하거나 연구하거나 탐색하는 것이 불가능해졌다. 유행 선도와 정보의 독점을 텔레비전이 감당하고 사람들은 먹기 좋게 받아먹는 실정이다. 이에 텔레비전의 소리가 우리의 일상을 지배하고 있는 형국이다.

예를 들어 드라마 하나가 아주 잘 만들어지면 그것이 뉴스가 되고화제가 된다. 우리 사회에 새로운 화두를 던져 주기도 한다. 우리는 이제껏 관심이 없었던 사안에 대하여 박수와 응원을 보내기도 한다. 이런 세상에서 김기택은 텔레비전을 과감하게 꺼 버린다. 꺼 버린 것으로 끝난 것이 아니라 풀벌레소리를 방 안으로 불러들인다. 풀벌레 소리에 묻어 있는 환한 별빛과 낭랑한 소리까지 방에 들인다. 별것 아닌 행동이었으나 이어진 깨달음은 대단하다.

풀벌레 소리만 들려왔을 뿐인데 화자는 거기에서 환한 별빛을 발견한다. 낭랑한 소리를 듣는다. 그와 더불어 풀벌레에게도 있을 아주 작은 귀를 생각한다. 풀벌레의 귀를 발견한 것이다. 그 작은 통로에 들어 있는 아름다운 소리들의 화답을 발견한다.

# '발견'을 위한 팁

일상을 살아가다 보면 어느 순간 모든 것이 익숙해져서 시적 대상을 새롭게 발견하는 것이 쉽지 않은 일이 된다. 이에 몇 가지 팁을 제시한다. 일상을 새롭게 하고 익숙한 것을 새롭게 발견하기 위해 가장 쉬운 방법들이다. 물론 일상에서 의미를 발견하기 위하여 끊임없이 노력한다면 가능하겠지만 그것은 쉬운 일이 아니다. 일상에서는 파편화되거나 개인화되는 경우, 편협한 경우도 많기 때문이다.

우선 가장 먼저 들 수 있는 것으로 여행을 떠날 것을 권한다. 새로운 것을 얻기 위해 많은 위인들이 여행을 떠났다. 바람구두를 신은 사나이 랭보, 관동별곡을 쓴 정철, 사마천, 이백, 두보, 백거이, 박지원, 루쉰, 윤동주, 푸시킨, 도스토옙스키, 고리키, 셰익스피어, 제임스 조이스, 오스카 와일드, 예이츠, 빅토르 위고, 스탕달, 니체, 안데르센, 세르반테스, 정약용, 김훈의 자전거 여행, 공지영의 수도원기행, 김만덕의 금강산기행, 조세희 등 여행을 하지 않은 작가가 없을 정도다.

여행은 일상에서 벗어나게 해 주는 도구다. 여행을 하면 모든 것이 낯설게 다가온다. 집이나 동네에서 익숙하게 마주치던 것도 다른 지역이나 다른 나라에서 만나면 새롭다. 그 새로움이 시가 되는 씨앗이다. 또한 여행을 떠나되 가까운 곳이 아닌 먼 곳으로 가라고

아직도 시를 배우지 못하였느냐?

권한다. 먼 곳은 개인의 절대성을 발휘할 수밖에 없는 곳이다. 자신만이 믿을 수 있는 대상이다. 낯선 곳을 방문한 자는 곧 낙동강 오리알이 될 것이다. 의지할 것이 아무것도 없게 되면 강인해지는 자신을 만날 수 있다. 이때의 다짐과 생각들이 시가 되는 것이다.

두 번째로는 험하고 힘들고 배고플수록 발견을 잘할 수 있다는 것이다. 현대는 풍요의 시대다. 더 이상 옛날처럼 힘들고 험하고 배고프지 않다. 그러니 새로운 발견이 잘 일어나지 않는 것은 자명하다. 따라서 때로 험하고 힘들고 배고픈 경험을 하는 것도 나쁘지 않다.

가도 가도 몇 끼를 먹을 수 없는 극한의 경험은 엄청난 깨달음을 줄 것이다. 그래도 굶을 수는 없으니 힘들고 험한 것을 찾아본다. 힘들게 일한 경험도 그다지 많지 않을 터이나 허리가 휘도록 봉사활동을 하고 나면 마음 상태가 달라진다. 또한 험한 곳을 찾아가는 모험심도 생길 것이다.

험지(險地)에서의 경험은 인생역정을 의미하는 경향이 있다. 우리의 인생은 순탄하지 않다. 그러므로 험지의 경험을 시로 쓴다면 일상에서의 내용보다 훨씬 깊고 큰 의미가 살아날 것이다.

세 번째로는 멀리 떠났다가 집으로 돌아왔으면, 이제 집 안과 주변의 것들을 다시 찬찬히 보기를 권한다. 다시 말해서 그동안 익숙했던 것들을 아주 낯설게 보라는 것이다. 집을 멀리 떠나기 전에는 그 낯설게 보기가 잘 되지 않는다. 그러나 멀리 갔다 오면 집 안에 있는 모든 것이 얼마나 소중하게 다가오는지 그때 그 느낌을 시로 쓰면 좋다.

네 번째로 잘 알던 것을 시간이 좀 흐른 뒤에 다시 보라고 권한다. 익숙한 것은 대상과의 거리가 너무나 가까워서 그 의미가 잘 느껴지지 않을 때가 많다. 그래서 거리를 두고 보고 싶지만 늘상 부딪쳐야 하므로 쉽지가 않다. 그럴 때에는 시간이 흐르길 기다려야 한다. 시간이 흐른 뒤에 그 일을 다시금 되돌아보면 당시의 상황을 보다 객관적인 시각으로 바라볼 수가 있다. 이처럼 자신과의 거리감각이 생긴 후에야 시를 쓰기도 한다.

이상으로 익숙한 대상을 새롭게 발견하기 위한 방법 여러가지를 살펴보았다. 대상을 낯설게 보는 일이 곧 새로운 발견으로 이어져 시가 되기도 한다. 그러니 항상 낯설게 볼 것을 권한다.


첫눈이 발자국 무늬 없이 이불이 되는 밤

겨울 숲에서 불어오는 바람 밤이면

휑한 구석으로 더 많이 불어와

얇은 눈 이불을 여지없이 헤쳐 놓는다


어젯밤에는 오랜 신념에 연풍이 불었고

통나무집에서 남루해지도록 악물고 있다가

신념도 이불이 될 수 있을까 생각에 잠겼다

…(중략)…

오늘 기울어진 저녁을 먹고

거친 바람을 맞으며 이불을 당겨 덮고

이를 악물고 그렇게 석 달 열흘을 웃을 수 있다


- 졸시, 「신념에 부는 열풍」 중에서, 『2019 경기문학 우수작가 문집』


아직도 시를 배우지 못하였느냐?

# 패러디(parody)

다른 노래에 병행하는 노래란 뜻을 가진 그리스어 '파로데이아'에서 유래한 패러디는 단순히 다른 작품을 흉내 내거나 모방하는 것이 아니라 해당 작품이 안고 있는 문제점을 폭로하는 것으로, 대상이 되는 작품을 정밀하게 분석하는 것이 먼저 이루어져야 한다. 그 후에 기성 작품의 내용이나 문체를 모방하여 과장이나 풍자로써 재창조하는 것이다.

때로는 원작에 편승하여 자신의 의도를 효과적으로 표현하기 위해 이를 이용하기도 한다. 관객이 이미 알고 있는 유명한 원작 혹은 특정 영화 장면 등을 모방하는 패러디는 사실상 영화사 초기부터 나타난다. 영화에서 패러디가 가장 빈번하게 일어난다는 말이기도 하다. 영화는 특성상 훌륭한 장면을 자주 패러디한다.

최초의 패러디 작품이라고 할 수 있는 「개구리와 쥐의 전쟁」은 한 무명시인이 호메로스의 서사시체를 흉내 낸 작품이다. 세르반테스의 「돈키호테」는 기사도의 로맨스 형식을 패러디하였고, 셰익스피어는 「햄릿」에서 영국의 극작가 크리스토퍼 말로(Chirstopher Marlowe, 1564~1593)의 고도의 극적 기법을 흉내 냈다. 이 밖에도 수많은 시와 소설과 영화들이 패러디되고 있다.

최근의 영화 「매트릭스」에서 총알을 피하는 장면은 자주 패러디 되는 장면이다. 또한 「매드맥스」 시리즈 중 '분노의 도로'는 액션의 폭력로 다른 영화에서 패러디가 끊이지 않으며 장면마다 명작으로 꼽히는 작품이다.

완벽하게 새로운 창작은 없다. 다만 자신의 표현으로 바꾸어 드러 낼 뿐이다. 훌륭한 작품을 만나면 그 작품을 어떻게 자신만의 작품 으로 표현할지 생각하라. 매드맥스의 전차군단의 행진은 지금도 눈 에 선하다. 에너지 넘치는 그 장면들의 연출은 정말 뛰어나다.

아직도 시를 배우지 못하였느냐?

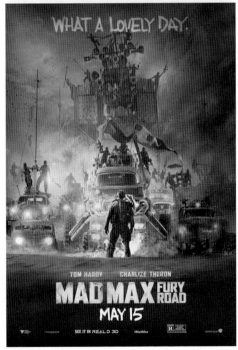

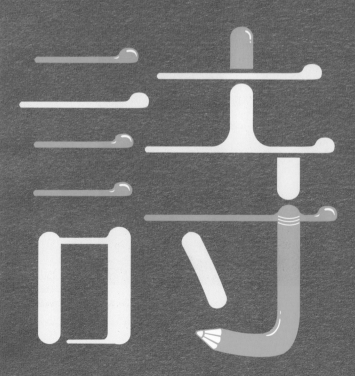

# 14부

비평을 통해서 본 시

어떤 사람이 밭을 갈고 있었다. 그의 쟁기에 무언가 걸렸다. 그는 무엇이 걸렸는지 보기 위해 더 깊게 파고 들어가다가 고리를 하나 발견했다. 그 고리를 들어 올리는 순간 그는 보물이 가득한 동굴을 발견했다. 신화는 당신이 걸려 넘어지는 곳에 당신의 보물이 있음을 알려준다.

- 조셉 캠벨

# 동백잎에 빛나는 마음

## - 시어 조탁사, 김영랑 시인

시는 언어로 관념을 표출하는 것이다. 표출된 관념은 구체적이어야 한다. 그것은 정서적이거나 감각적인 어떤 대상물이 되어야 한다. 관념이 구체화되어 비유와 상징으로 나타나는 것이 시적 언어다. 이 비유와 상징이 없다면 시는 생명력이 약화된다. 문학적인 언어로 조탁하지 않는 시는 시의 가치 면에서 우위를 가지기 어렵다. 때문에 시인은 언어를 조탁하는 조탁사, 조탁자라고 할 수 있다.

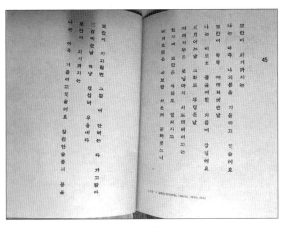

▲ 한국현대문학관 79호 2019년 5월호.

다이아몬드라는 가치 있는 보석이 있다. 원석의 형태로는 다이아몬드 광석임이 분명하나 그것만 갖고는 가치를 드러내기가 어렵다. 고도의 세련과정을 거쳐야 한다. 각도에 따라 빛이 반사될 수 있도록 전문적이고 기술적으로 세공해야만 다이아몬드라는 가장 값비싼 보석의 명예를 얻을 수 있는 것이다.

시도 마찬가지라 할 것이다. 시라는 원석은 다이아몬드 원석과 같다. 이미 어느 정도 시적 생명의 원석 형태에 있는 것을 다이아몬드 원석과 같다고 할 수 있다. 이는 일정시간 제련, 세련 과정을 거쳐서 각도에 따라 아름다운 빛을 반사할 수 있도록 전문적으로 세공되어야 한다. 이것이 언어의 조탁과 비견되는 과정이며, 언어 역시 제련, 세련의 과정을 거쳐서 각도에 따라 다른 정서를 나타낼 수 있도록 세공과정을 거쳐야 한다. 시인이 어떤 언어로 조탁을 하느냐에 따라 빛의 각도가 달라질 것이며, 빛의 강도 또한 달라질 것이다.

모란꽃은 그 빛깔이 선명하기로 유명하다. 모란이 지면 봄이 갔다는 사실은 여러 시간이나 절기를 통해서도 잘 알 수 있다. 만화방창한 봄이 끝난 것을 알려주는 꽃인 모란. 김영랑 시인에게는 모란이 지는 모습이 마치 온 우주가 끝나는 것처럼 '섭섭'하게 여겨졌던 모양이다. 모란이라는 꽃으로 명명되고 있으나 거기에는 상징적인 의미가 숨어 있다. 모란이 피기를 기다리는 마음과 모란이 지고 나면 그 슬픔과 상실감에 어쩔 줄을 모르는 화자를 만난다.

아직도 시를 배우지 못하였느냐?

화자는 '모란'이라는 꽃을 통하여 그가 추구하는 아름다움을 드러내고자 하였다. 그것은 화자가 바라는 소망, 희망, 보람, 독립, 삶의 가치 같은 것이라고 하겠다. 그가 느끼는 것은 모란이 피었을 때를 '보람'이라는 단어로 표현하여 모란 자체가 소망이고 보람임을 드러낸다. 그가 섭섭해하는 날을 세어 보면 삼백예순날이다. 이것은 모란이 피어 있는 시간을 제외한 모든 시간을 말한다. 다시 말해서 화자는 오직 모란이 피기까지 기다리는 것이며 모란이 지고 나면 오직 모란이 피는 날을 다시 기다리는 것이다. '찬란한 슬픔의 봄'이라고 표현된 역설을 통해서 모란이 피는 기쁨과 지는 슬픔의 양가적 교차를 드러내어 복잡한 심경을 나타내었다. 즉 아름다움에의 황홀한 도취와 그 덧없음의 슬픔이 복합되어 나타난 것이다.


모란이 피기까지는,

나는 아직 나의 봄을 기다리고 있을 테요.

모란이 뚝뚝 떨어져 버린 날,

나는 비로소 봄을 여읜 설움에 잠길 테요.

오월 어느 날, 그 하루 무덥던 날,

떨어져 누운 꽃잎마저 시들어 버리고는

천지에 모란은 자취도 없어지고,

뻗쳐오르던 내 보람 서운케 무너졌느니,

모란이 지고 말면 그뿐, 내 한 해는 다 가고 말아,

삼백 예순 날 하냥 섭섭해 우옵내다.

모란이 피기까지는,

나는 아직 기다리고 있을 테요, 찬란한 슬픔의 봄을.

- 김영랑, 「모란이 피기까지는」

시인은 기다림이 무산되어 버리는 순간 다가오는 절망감을 '설움'의 감정 속에 농축시키고 있는데, 마지막 행에서 '찬란한 슬픔의 봄'을 기다리겠다는 화자의 의지는 절망을 절망으로 받아들이지 않는다는 점에서 주목된다. 또한 이 시는 '찬란함'과 '슬픔'을 결합시키고 있다는 점에서도 이색적이라고 할 수 있다. 이 시에서의 '모란'은 단지 객관적 대상으로 묘사되고 있는 것이 아니라, 시인의 마음과 합일되어 있는 대상이다. 그러므로 모란의 빛깔이나 향기에 대해서 말하지 않으면서도 모란을 독자의 마음에 효과적으로 살아 있게 만든다.

모란이 직유나 은유의 도움 없이 모란에 대한 '기다림'을 절실하게 표현할 수 있다는 것은 모란과 화자가 혼연일체가 되었기 때문일 것이다. 이 시에서 모란의 모습이나 향기, 그리고 뚝뚝 떨어지는 정서적 무게는 물론 화창한 봄의 찬란함을 함께 느낄 수 있는 이유가 여기에 있다.

아직도 시를 배우지 못하였느냐?

# 모든 꽃은 자연 속에서 피어나는 영혼

프랑스의 시인 제라르 드 네르발(Gerard de Nerval, 1808~1855) 은 '모든 꽃은 자연 속에서 피어나는 영혼'이라고 하였다. 꽃을 아름다운 것 뿐만 아니라 영혼을 지니고 있는 숭고한 존재로 표현한 것이다. 꽃의 상징은 그 본질에서 심미적 아름다움은 물론 회화적 이미지와 더불어 후각적 이미지를 동반한다. 인간은 오랜 시간 꽃을 시각적, 후각적 의미를 표현할 때 사용하여 왔다. 시각과 후각은 다양한 감각적 요소로 인간의 영혼을 건드린다. 우리의 영혼은 특히 이 두 가지 감각에 민감하고 예민하게 반응한다. 그만큼 이 두 감각은 인간과 밀접한 거리에 있다는 것이다. 모란꽃도 그러한 영혼을 지니고 있는 숭고한 의미로 나타나 삼백예순날을 기다리게 하는 간절한 대상이 되는 것이다.

『칼의 노래』로 잘 알려진 소설가 김훈은 그의 소설 첫 문장에 '버려진 섬마다 꽃이 피었다'라고 표현하였다. 이 명문장은 여러 곳에서 자주 인용된다. 섬이라고 표현되는 개체는 버려진 상태이지만, 버려진 가운데 꽃이 피었다는 독자성으로 많은 것을 생각하게 한다. 섬이 버려졌다고 해도 주체적인 정신은 그대로 남아 꽃을 피운다는 주관성이 드러나는 것이다. 따라서 꽃이 피는 것은 그 피어나는 것만으로도 이미 숭고함을 드러내는 상징작용이다.

「동백 잎에 빛나는 마음」은 화자의 내면에 강물이 흐른다고 노래하는 시이다. 우리의 토속적 정서와 모국어를 살려서 쓴 음악성이 뛰어난 시이다. 흔히 김영랑 시인을 언어의 조탁사라고 하는 이유가 여기에 있다. 그의 시에는 번역투의 문장이나 외래어가 아닌 우리말이 갖고 있는 뛰어난 음악성이 드러나 있기 때문이다. 또한 이 시는 고유의 언어를 사용하여 정감을 표현하였다는 것에도 무게를 둔다. 개인의 내면 서정에 초점을 맞추어 창의적인 시정신과 감각이 돋보이는 시로 시어를 제련하고 세공하여 세련미를 더한다.

봄이 되면 모란이 사방에서 큰 꽃잎을 드리우고 향기를 나르게 된다. 영랑시인이 모란을 노래하지 않았더라도 사람들과 시인들은 모란의 향기와 색에 취하여 이 계절을 나지 않을까.


　　　내 가슴에 독(毒)을 찬 지 오래로다
　　　아직 아무도 해(害)한 일 없는 새로 뽑은 독
　　　벗은 그 무서운 독 그만 흩어버리라 한다.
　　　나는 그 독이 선뜻 벗도 해할지 모른다 위협하고,

　　　독 안 차고 살아도 머지 않아 너 나 마주 가버리면
　　　누억천만(屢億千萬) 세대(世代)가 그 뒤로 잠자코 흘러가고

나중에 땅덩이 모지라져 모래알이 될 것임을
「허무한듸!」 독은 차서 무엇 하느냐고?

아! 내 세상에 태어났음을 원망 않고 보낸
어느 하루가 있었던가, 「허무한듸!」, 허나
앞뒤로 덤비는 이리 승냥이 바야흐로 내 마음을 노리매
내 산 채 짐승의 밥이 되어 찢기우고 할키우라 내 맡긴 신세임을

나는 독을 품고 선선히 가리라,
마금날 내 깨끗한 마음 건지기 위하여.

- 김영랑, 「독을 차고」

잘 알려지지 않았으나 영랑의 독립운동은 여기저기에서 드러난
다. 창씨개명과 신사참배를 피하는 등 저항정신이 「독(毒)을 차고」
라는 시에 잘 표현되어 있다.

김영랑의 시정신은 일제강점기에 고뇌의 내면세계로 침잠하는 형
태로 형상화된다. 「독(毒)을 차고」에서 가슴에 독을 찬 지 오래되었
다고 고백한다. 그 독은 아무도 해한 일은 없는 새로 뽑은 아주 독한
것이다. 사람들은 흩어버릴 것을 종용하지만 화자는 끝내 자신이 독
을 차고 선선히 가리라고 외친다. 그것은 오직 마감 날 깨끗한 마음
을 건지기 위함이라는 의식이 등장한다. 세상은 이미 이리와 승냥이
가 날뛰는 곳이다. 현실은 부조리하고 저항은 죽음을 각오해야 한
다. 이에 영랑은 의연하게 현실에 맞서는 의지를 드러내는 것이다.

언어가 관념으로 존재하지 않고 구체적인 형태로 전환하여 시적 표현의 도구가 된 것은 시가 지향하는 정신의 숭고함 때문이라고 할 것이다. 따라서 시인들이 자연을 도구 삼아 관념을 표현하는 일은 세심한 조련, 세공의 영역에 속한다. 그러므로 시를 통하여 의식을 표현할 때, 자연이 자주 등장하는 것이다. 그중 꽃은 단연 으뜸이다. 꽃이 관념의 총합을 표현하기에 알맞기 때문이다.

수많은 꽃들이 피어나는 만화방창의 계절에 그 아름다움에 매료되어 꽃을 노래하는 것은 다름 아닌 인간의 의식을 노래하는 것이며 인간의 내면을 드러내어 표현하는 것이다.

자연을 자연으로만 노래하기보다 시인의 의식을 투영하여 표현하는 일은 매우 중요한 일이다. 현실비판 의식이나 저항의식, 보람, 가치 등이 시로 드러날 때 꽃은 매우 유용한 도구다. 모란이 반드시 필 것이라는 기다림을 그린 시인은 실제로도 그의 삶 속에서 언덕에 대밭과 동백꽃 나무, 모란, 작약 등의 화초를 잘 가꾸었다고 한다. 수많은 화초들과 함께 어두운 시절을 지나온 영랑의 시가 오롯이 빛나는 것은 그가 시어 조탁사일 뿐만 아니라 모란을 사랑하는 곧은 정신을 가지고 있기 때문이라 할 것이다.

아직도 시를 배우지 못하였느냐?

# 고흐의 '착란', 「별이 빛나는 밤」에

고흐의 그림에는 소용돌이가 많이 등장한다. 기체나 액체가 불규칙하게 흐르는 난류를 소용돌이로 그렸다. 그림에 나타난 소용돌이의 밝기도 같은 법칙을 따르고 있다. 고흐가 정신적으로 안정된 시기에 그린 소용돌이는 난류와 상관이 없다. 오히려 고흐의 정신 착란이 난류를 정확히 묘사하게 했을 것이라고 추정한다. 그의 그림이 전해 주는 의미는 착란으로 인한 인간 본연의 열정, 순수 등이다.

▲ 작품명: 별이 빛나는 밤에(1890: Starry Night), 작가: 반 고흐 (1853~1890)

고흐는 '광기의 작가'로 치부된 삶을 살았다. 작가는 화란의 명망 있는 중산층 목사의 아들로 태어나 좋은 교육을 받았으나 그의 인생은 계속적인 실패로 이어지는 삶이었다.

그는 박제된 하느님이 아니라 살아 있는 하느님을 만나기 위해선 종교를 버리는 것이 아니라 위선을 버려야 한다고 생각하였으며, 위선을 버리기 위해서 위선자들이 대접받을 수 있는 교회를 멀리해야 한다고 생각하였다.

작가는 극도로 가난하게 살면서도 해바라기의 이미지는 밝은 색깔의 터치로 그렸다. 「별이 빛나는 밤에」는 생애 마지막 1년, 정신병과 싸우며 그린 작품이다. 그림은 입원했던 철창 있는 병원 창문을 통해서 바라본 마을의 밤 풍경을 표현하였다.

전체가 어두운 색채로 나타나고 있으며 들끓는 에너지로 소용돌이치고 있다. 이 그림에서 달은 태양처럼 불타고 있으며 하늘에는 폭발할 듯 노란 별들로 가득하다. 모든 것이 거대한 힘의 소용돌이에 휘말린 상태에서 강한 생명을 폭발시키고 있는데, 그 앞에 거대한 삼나무가 불꽃 모양으로 솟아올라 하늘의 천체들이 보이는 강한 생명력에 힘을 더하고 있다.

이것과 대조적으로 교회는 하나의 건물로 나타나 있을 뿐 생명을 품은 동적인 모습이 전혀 없다. 불 꺼진 집의 모습을 하고 있는데, 이는 교회에 대한 부정적 생각을 반영한 것이다. 더욱이 그는 달을 태양처럼 그렸는데, 이것은 교회 전례 안에서 저녁시간이 주는 상징을 표현한 것이다. 사람들에게 저녁시간은 '복된 황혼'이며 신비의 시간이다. 이 그림에서 밤은 '새로운 시작'이라는 강한 생명감을 내포하고 있다. 일생 동안 그를 유일하게 이해해 주고 도와준 동생 테오에게 보낸 편지를 읽어 보자. 편지의 일부 구절은 다음과 같다.

"나는 종교에 대한 피할 수 없는 갈망과 욕구를 가지고 있어. 그런 밤이면 나는 별을 그리러 밖으로 나간다."

이종한 요한 신부는 반 고흐에 대해 이렇게 말했다.

"반 고흐, 철저한 몰이해와 오해로 둘러싸인 작가, 생전에 그의 작품은 단 2장밖에 팔리지 않았고, 그것도 빚 담보로 저당 잡힌 것이었으니 가격이라 볼 수 없는 헐값에 팔렸다. 오늘날 그의 그림은 천정부지의 가격으로 오르고 있는데 2015년 그가 정신병원에 있을 때 도와준 의사를 그린 초상화 한 점이 일본인 수집상에게 우리 돈으로 1300억에 팔렸다. 현대인에게 고흐의 그림은 충격과 감동을 주기 때문이다."

반고흐, 해바라기

"나는 올 한 해 전체를, 자연을 알기 위해서 노예처럼 일했
어. 인상주의니 뭐니 하는 것, 그리고 다른 것들을 생각할 겨
를도 거의 없었지. 그러나 난 다시 한번 별들을 너무 지나치게
크게 그리고 말았어. 이건 새로운 실패야…… 이미 나는 이전
에도 별들을 충분히 크게 그렸거든."

-'베르나르에게 보낸 편지' 중에서


"별을 보게 되면 난 항상 꿈꾸게 돼. 내가 검은 점들이 지도
상의 도시와 마을을 나타낸다고 단순하게 꿈꾸는 것처럼. 왜
저 하늘의 빛나는 점들은 프랑스 지도 위의 검은 점들처럼 갈
수가 없는지. 나는 스스로에게 물어보곤 해. 우리가 타라스콩

아직도 시를 배우지 못하였느냐?

이나 루앙에 가기위해서 기차를 타듯이, 우리가 별에 도달하
려면 아마도 육신이 죽어야 가능할거야."

-'테오에게 보낸 편지' 중에서

고흐의 상상력과 기억을 동원한 여러 실험들이 극한까지 갔던 것
은 이 밤 시간 동안이었다. 빈센트 반 고흐는 별에 닿으려는 노력 속
에서 자신이 한 편의 위대한 걸작을 만들어 냈다는 사실을 알지 못
했다.

다복이 피는 꽃은 복이 있나니 구들장보다 환하나니
오만 세상에 빛나지 않는 것이 어디 있겠습니까
당신도 책갈피 끼워
빼곡히 밑줄을 긋던 사람

푸른 이파리 아래 나에게 밑줄 치던 사랑이나니
악수를 할 때마다 따뜻한 정이 오가던 사람입니다
그대는 오늘 거칠고
부드러운 손마디를 가졌습니다
… (중략) …

- 졸시, 「하루를 탁발하는 고행자」 부분, 『시인수첩 2019 겨울호』

# 장면의 극대화

　장면의 극대화란 일종의 이야기 전개 방식이다. 인물이 성격적 일관성에서 벗어나는 행동을 하거나 이야기의 전개가 플롯의 일관성 또는 응집성을 벗어나, 장면 설정의 맥락적 의도를 최대한으로 구현하도록 변화를 보이는 판소리의 이야기 전개 방식을 말한다. 장면의 극대화는 장면의 극적 전개에 의미가 있다. 이에 시 창작에서도 이를 활용해 볼 수 있다. 개인이 가진 경험과 인식의 세계는 작고 얕고 좁다. 장면의 극대화를 통해서 시세계의 확장과 사유의 깊이를 불러올 것이다.

　이야기가 전개되는 과정에서 인물의 성격과 사건 전개의 플롯이 일관성을 가져야 한다. 인물이 장면에 따라 전혀 상이한 인물처럼 행동하거나 플롯 전개와는 관계가 없어 보이는 이야기가 끼어들기도 하는 판소리의 이야기 전개는 다른 방식으로 설명하는 것이 필요하다. 이를 예술적 완성도가 떨어지는 것으로 보아서는 안 된다.

　별개의 것으로 볼 수도 있는 인물 형상화 또는 사건 전개는 한국의 판소리가 갖는 특성에 기인한다. 판소리는 한 편 전체를 완창하기보다는 적절한 규모로 잘라 노래하는 부분창의 특징이 있다. 이

아직도 시를 배우지 못하였느냐?

때문에 이야기 각 부분의 독립성이 강할 수밖에 없다.

장면의 극대화는 개별적인 장면에서 성격의 변이 또는 사건의 일관성 결여 현상의 근거가 인간의 실상과 삶의 현실성에 기인한다고 본다. 일상적 경험에 비추어 볼 때 사람의 성격이 개인적 특성을 일관되게 지니고 있는 것도 사실이지만, 그에 못지않게 상황 맥락에 따라 달라지는 측면도 있다는 관점 또한 실상에 부합하는 사실이다.

인간의 실상이 양가적(兩價的)이라는 것은 오히려 실상에 부합한다고도 할 수 있다. 따라서 이야기가 전개되는 방향에 따라 어떤 맥락에서 동일한 인물이 그 전과는 상이한 언행을 한다든가, 서술자의 태도가 달라지거나 플롯의 긴밀성을 약화시키는 이야기가 끼어드는 현상이 '장면의 극대화'이다.


동일한 인물이 장면의 맥락적 성격에 따라 변하거나 다른 이야기가 끼어드는 현상은 전승되는 판소리 사설에서 매우 다양하고 폭넓게 볼 수 있다. 「춘향가(春香歌)」에서 춘향이 이몽룡을 처음 만난 날 저녁에 이미 혼약의 상황에 돌입하고, 그리하여 매우 농염한 초야 상황을 연출하는 전반부에 비하면 변 사또의 부임 이후에 보여준 행동은 보기에 따라서는 매우 돌연해 보이기까지 한다.

이것이 춘향가의 플롯 또는 인물의 일관성 결여 때문이라는 시각으로 본 견해가 있었으나 이러한 언행을 주어진 상황의 맥락에 가장 적극적으로 적응하는 성격적 일관성으로 볼 수 있다. 이것이 장면의 극대화이다.

「흥보가(興甫歌)」에서도 흥보는 그의 개성에 대하여 짐작할 수 없을 만큼 장면에 따라 그 방식이 달라진다. 놀부에게 쫓겨날 때는 진지한 태도로 사태를 관망하고 있지만, 쌀을 얻으러 가서 형수에게 봉변을 당하는 장면에서는 뺨에 묻은 밥알을 떼어 먹을 정도로 골계적인 성격이 나타난다. 우유부단하다가도 매품 제안과 돈 닷 냥의 선금에 만족하고는 호탕한 기질을 보이기도 한다. 커다란 박에서 금은보화가 쏟아질 때는 매우 유흥적인 기질을 보이다가 형님과 우애를 강조할 때는 매우 진지해진다.

비애와 해학의 상반된 상황 변화에 따라 거기에 부합하는 인물로서 성격의 변화를 되풀이하여 표현한다. 이러한 전개는 장면의 극대화를 나타내는 것이다.

「심청가(沈淸歌)」의 경우, 심 봉사는 심청이 태어나고 부인이 죽고 심청이 성장하기까지는 진지하고 근엄한 언행을 하는 사려 깊은 인물로 그려진다. 그러나 뺑덕어미의 출현과 황성길의 「방아타령」 등에서 보여주는 심 봉사의 언행은 잡스럽기 그지없다.

「수궁가(水宮歌)」의 별주부와 토끼도 각기 장면의 극대화에 기여한다. 별주부는 육지로 나와 토끼를 유인하여 데리고 갈 때까지는 대체로 사려 깊고 지략가다운 언행이 나타난다. 그러나 용궁에서 토끼가 이치에 닿지도 않는 횡설수설로 꾀를 부릴 때 별주부는 바보처럼 인물의 모습이 바뀐다. 드디어 토끼가 용왕을 속이고 수궁을 빠져나올 때까지 그는 보이지 않는다. 반면 토끼는 별주부의 유혹에 넘어갈 때는 방정맞은 언행으로 경망스럽고 천박한 인물이었지만, 용궁에 들어가 긴박한 사태가 전개될 때는 종전과는 전혀 다른 기지와 언변으로 설득에 성공하는 출중한 능력을 보인다. 토끼를 통한

아직도 시를 배우지 못하였느냐?

장면의 극대화다.

판소리가 장면의 극대화라는 방식에 따라 전개되는 특징을 지니고 있다는 사실은 인간과 삶의 실상에 충실한 민속 문화적 특성에 근거하여 미학적 구체화가 이루어진 양식이라 하겠다.

장면의 극대화는 우리 민족의 생활 미학이라 할 수 있는 '웃음으로 눈물 닦기'라는 삶의 방식으로 '구체화된 양식에'에 해당한다. 시에서 장면의 극대화를 살려서 쓰면 커다란 효과를 드러낼 것이다. 시로 쓰고자 하는 장면을 크게 극대화하여 표현을 하면 큰 의미가 될 것이다.

> 한참 이리 요란할 제 물색없는 저 본관이 "여보 운봉은 어디를 다니시오." / "소피하고 들어오오."
>
> 본관이 분부하되 "춘향을 급히 올리라." / 고 주광이 난다.
>
> 이때에 어사또 군호할 제 서리 보고 눈을 주니 서리, 중방 거동 보소. 역졸 불러 단속할 제 이리 가며 수군 저리 가며 수군수군. 서리, 역졸 거동 보소. 외올 망건 공단 쓰개 새 평립 눌러 쓰고 석 자 감발 새 짚신에 한삼(汗衫) 고의 산뜻 입고 육모 방망이 녹피 끈을 손목에 걸어 쥐고 예서 번뜻 제서 번뜻 남원읍이 우군우군. 청파 역졸 거동 보소. 달 같은 마패(馬牌)를 햇빛같이 번뜻 들어 / "암행 어사 출또야." 외(치)는 소리 강산이 무너지고 천지가 뒤눕는 듯 초목 금수(草木禽獸)인들 아니 떨랴. 남문에서
>
> "출또야." 북문에서 / "출또야." 동서문 출또 소리 청천(靑天)에 진동하고 "공형(公兄) 들라." / 외(치)는 소리 육방(六房)이 넋을 잃어

"공형이오." / 등채로 휘닥딱 "애고 중다." / "공방 공방." 공방이 포진 들고 들어오며 "안 하려던 공방을 하라더니 저 불 속에 어찌 들랴." 등채로 휘닥딱 / "애고 박 터졌네." 좌수 별감 넋을 잃고 이방 호방 실혼(失魂)하고 삼색 나졸 분주하네. 모든 수령 도망할 제 거동 보소. 인궤 잃고 과줄 들고 병부 잃고 송편 들고 탕건 잃고 용수 쓰고 갓 잃고 소반 쓰고 칼집 쥐고 오줌누기. 부서지(느)니 거문고요 깨지느니 북 장고라. 본관이 똥을 싸고 멍석 구멍 새앙쥐 눈 뜨듯 하고 내아(內衙)로 들어가서 "어 추워라. 문 들어온다 바람 닫아라. 물 마르다 목 들여라."

관청색(官廳色)은 상을 잃고 문짝 이고 내달으니 서리 역졸 달려들어 후닥딱 "애고 나 죽네."

- 작가 미상, 『열녀춘향수절가(烈女春香守節歌)』

아직도 시를 배우지 못하였느냐?

# 말하기와 보여 주기

　말하기(Telling)는 영미의 신 비평가들에게서 발견되는 개념으로 이
는 제라르 주네트의 '디에제시스'와 '미메시스'라는 용어와 대응한
다. 이야기에서 서술이 일어나는 방식으로 말하기는 무슨 일이 일어
났는지에 대한 서술자의 설명이며 보여 주기는 사건이나 이야기의
재현을 의미한다.

　이 개념의 기원은 플라톤의 『국가론』 제3편에서 찾을 수 있다. 그
곳을 보면 소크라테스는 '디에게시스(diegesis)'와 '미메시스(mimesis)'라
는 두 가지 대화 방식을 구별하고 있다. 소설에서 인물을 설정하고
성격을 묘사하는 두 가지 방식으로서 직접제시와 간접제시를 든다.
직접제시는 서술자가 인물의 특성을 직접 요약해서 설명하는 방식
이다. 인물의 속성을 직접 열거하므로 서술이 단순해지며 빠른 전개
를 이끌 수 있다. 이 방법은 등장인물의 성격을 직접제시하므로 독
자의 상상력은 제한된다. 이와는 달리 극적 방법, 즉 간접 제시는 인
물의 성격이 언어와 행동을 통해 스스로 독자에게 드러나도록 한다.
극적 방법은 인물을 생생하게 묘사할 수 있어 독자는 작가의 견해와
설명을 듣지 않고도 곧바로 등장인물의 성격과 사건의 추이를 알 수
있다.

주로 인물의 제시 방법에서 서술자가 인물의 성격과 심리 상황 등을 분석하여 제시하면 직접제시다. 서술자가 객관적인 입장에서 인물의 행동, 대사, 표정, 외양, 배경 등을 묘사하고 독자가 이를 통해서 인물의 성격이나 심리 상황 등을 분석하게 하면 간접제시라고 한다. 직접제시는 인물과 서술자 사이, 그리고 독자 사이가 가깝다. 간접제시는 인물과 서술자 사이는 멀어지고, 인물과 독자 사이는 가까워진다. 또한 직접제시를 적용하면 대체로 사건 진행 속도가 빨라진다. 반면에 간접제시를 적용할 경우엔 진행 속도가 느려진다. 시에도 이러한 말하기와 보여 주기를 적절하게 적용하면 진행의 완급조절은 물론 어떻게 제시하는 것이 효과적인지 판단할 수 있어 좋다.

[ 인물의 제시 방법 ]

| 직접적 제시 방법 | 간접적 제시 방법 |
|---|---|
| • 인물의 성격을 서술자가 직접 설명해 주는 방식.<br>• 말하기 방식: 해설적·분석적 요약적 제시, 편집자적·논평적 제시라고도 함.<br>• 전지적 작가 시점에서 주로 쓰임.<br>• 독자의 상상력이 제한됨. | • 인물의 성격을 대화와 행동을 통해 간접적으로 제시하는 방식.<br>• 보여 주기(showing) 방식: 극적 제시, 장면적 제시라고도 함.<br>• 관찰자 시점에서 주로 쓰임.<br>• 독자의 상상력을 극대화시킴. |

아직도 시를 배우지 못하였느냐?

정현종의 「방문객」은 말하기 시에 속한다. 화자의 이야기로 독자는 해석이 필요 없이 그 상황을 이해하면 된다. '사람이 온다는 것=어마어마한 일'이라고 직접제시를 하고 있다. 화자의 말에 따르면 그의 과거와 현재와 미래가 함께 오기 때문이라는 뜻이다. 여기에 독자의 해석은 필요 없다. 화자가 말하는 대로 받아들이면 되는 방식이다.

> 사람이 온다는 건
>
> 실은 어마어마한 일이다
>
> 그는
>
> 그의 과거와
>
> 현재와
>
> 그리고 미래와 함께 오기 때문이다
>
> 한 사람의 일생이 오기 때문이다
>
> 부서지기 쉬운
>
> 그래서 부서지기도 했을
>
> 마음이 오는 것이다
>
> ……(중략)……

- 정현종, 「방문객」 중에서

반면 장석주의 「대추 한 알」은 직접제시와 간접제시를 적절하게 활용하여 시를 전개하고 있다. 첫 행에서 '저게 저절로 붉어질 리는 없다'고 하여 직접제시를 한 후에 다음 행들은 대체로 이를 보여 주는 간접제시의 방식을 채택하고 있는 것이다. 2연에서도 먼저 직접 제시를 통하여 주요 내용을 알려 준 다음 그것을 시각적인 보여 주기로 풀어 가고 있다.

> 저게 저절로 붉어질 리는 없다.
> 저 안에 태풍 몇 개
> 저 안에 벼락 몇 개
>
> 저게 저 혼자 둥글어질 리는 없다.
> 저 안에 무서리 내리는 몇 밤
> 저 안에 땡볕 두어 달
> 저 안에 초승달 몇 낱
> ……(중략)……
>
> - 장석주, 「대추 한 알」 중에서

이처럼 직접제시와 간접제시를 적당하게 활용한다면 시의 진행속도에 완급을 조절하면서 효과적인 표현을 얻을 수 있다.

# 국어적 사고

- 졸시 「시의 옹립」 해설, 『맨발의 99만보』, 시산맥, 2017, 78~79면

국어적 사고란 정확한 정답을 찾지 못하는 것에서 그 특이성을 말할 수 있다. 이는 국어라는 교과는 문법을 포함하여 문학이 함께 들어 있다는 특징 때문이다. 문학은 흔히 말하는 비유와 상징을 사용하여 작품을 창작하는데 이것이 언어에 다의성과 애매성을 갖게 한다. 예를 들어서 '바람'이라는 단어는 변화, 흐름, 방랑, 가변성 등을 의미한다.

특히 문학에서 이 단어가 쓰이면 의미는 더 다양해진다. 우리나라 가요 「바람의 노래」에서 등장하는 바람은 인생을 상징하고 있다. 한곳에 정착하여 가만히 있지 않으면서 수많은 고난과 시련과 희생과 헌신을 겪으면서도 그러한 변화가 기쁠 때도 있고 슬플 때도 있으며, 긍정의 의미를 부여할 때도 있고 부정의 의미를 부여할 때도 있다. 커다란 가치를 의미하기도 하고 슬프고 고독한 방랑까지 포함하는 방대한 의미다.

「당신들의 천국」이라는 이청준의 소설 제목은 그 의미하는 바가 사상을 낳을 만큼 큰 반향을 불러일으켰다. 일반적으로 알고 있는 당신의 의미를 넘어서서 당신이 의미하는 것이 전혀 다른 의미로 환기될 수 있다는 것을 알려 주었으며 천국의 의미 또한 당신을 위한

천국이라면 다른 사람에게는 지옥이 될 수도 있다는 것을 깨닫게 해 주었다. 이것은 유신이라는 시대를 넘어 정치적 욕망을 가진 많은 사람들에게 시사하는 바가 큰 것이다.

성석제의 소설 「황만근은 이렇게 말했다」에서는 개인의 모습이 처절하게 무시받는 반푼이일지라도 그 삶이 얼마나 거룩한 것인지 보여주는 성인의 경지에 이른 반푼이 황만근의 모습을 형상화하고 있다. 그러니 바보일지라도 그 삶을 무시하거나 홀대하여서는 안 되는 것이다. 보통사람들의 이기심은 끝이 없으나 더럽고 힘들고 불편한 일을 자처하면서 이타심을 발휘하여 벙글거리는 황만근이 나타난다. 따라서 황만근이라는 반푼이는 오히려 본받기에 충분한 존재인 것이다.

## 시의 옹립

은하의 이녘에 나와
맑은 여울에 코를 빠뜨리고
애가 끓는 만큼 긴 회랑에 앉아
깊은 한기를 뿜는다
적막을 뚫고 끓어대는 저편,
도시의 자글대는 소리 어지러이 들리네
정적이 대지에 기둥을 심고
여기는 가느다랗게 한 줄 별빛을 긋고

아직도 시를 배우지 못하였느냐?

이 시의 단어들은 다의적 의미를 내포하고 있다. 초두에 '은하의 이녁'이란 시어는 의미가 확장되어 사용되었다. 이 시어는 사람들이 사는 세계의 어느 지점을 뜻한다. 그 한적한 어느 동네에서 맑은 여울에 '코를 빠뜨리고'는 그곳에 몰입하거나 정착하여 살고 있는 모습을 형상화하였다. 속담의 관용구를 활용하여 이러한 의미를 풍부하게 표현하였다.

'애가 끓는다'는 것 역시 흔히 관용구로 많이 사용되는데 '애'란 사람의 창자를 뜻한다. 따라서 창자가 끓는다는 것은 매우 힘들거나 괴로운 상황을 빗대어 표현한 것이 된다. 인생이란 어쩌면 애가 끓는 과정인지도 모르겠다. 그리하여 화자는 자아를 달래기 위해 회랑에 기대어 앉아 한기(寒氣)를 뿜는다. 화자의 인생이 녹록하지 않다는 것을 의미하기도 하며 사람의 인생이 또한 그러하다는 의미도 된다. 이와는 반대로 화자는 애를 끓이고 있지만 건너편 도시에서는 흥청망청 자글대는 소리가 들린다. 도시의 소비적이고 이기적이며 찰나적인 상황을 표현하고 있다. 그 소리는 화자에게 자극이 되어 어지럽게 느껴진다.

지금 시인은 정적이 대지에 기둥을 심는 곳에 있다. 가장 쓸쓸하고 한적하며 외로운 곳이 바로 정적이 대지에 기둥을 심는 곳이다. 그곳에서 가느다란 한 줄 별빛을 긋는 마음은 가늘고 긴 별빛을 통해 행복을 구가하면서 삶을 긍정으로 살아 내고자 하는 의지의 표현이다. '별빛'이 의미하는 것은 희망과 소망, 미래이다. 그 미래를 안고 별빛을 긋고 있다. 그곳이 소망과 희망의 장소인지는 명확하지 않다.

반젤리스의 클래식 음악에 「낙원의 정복(ConQuest of Paradise)」이란 곡이 있다. 위대한 여정이라 일컬어지는 1492년 콜럼버스가 아메리카를 발견한 것을 테마로 작곡한 음악이다. 항해가인 콜럼버스를 주인공으로 하여 그의 용기 있는 탐험을 그렸다. 지금의 미국이라는 강대국이 등장하게 된 배경이다.

여기에서 '낙원'이란 반드시 천국의 의미를 갖지 않는다. 낙원은 새로 발견하게 될 땅, 항로의 개척, 그곳에서 이루어질 일을 의미한다. 그곳이 죽을 때까지 인도인 줄 알았던 콜럼버스에게는 '새로운 땅'의 의미를 넘어서지 못하나 이처럼 기존에 알고 있던 의미가 아닌 새로운 의미로 나타나기도 하는 것이 문학적 언어이다.


너덜지대를 지나온 거미의 사사로운 옹립

그가 허공에 지은 허연 그물망 안으로 사라지고야

내가 지은 허룩한 집으로 돌아갈 일에 화들짝 고개 들어

더욱 풀대를 옹립하는 일에 지극으로 허기가 지고


너덜지대는 사전을 찾아보면 돌이 많이 흩어져 있는 비탈 지대를 말한다. 평탄한 땅이 아니라 돌이 많은 거친 땅을 의미한다. 참고로 필자는 이 단어를 찾기 위해 무척 고심하였다. 쉽게 찾아지지 않는 용어였다. 인생의 쓴 길을 의미하는 단어를 쓰고 싶은데 쉽사리 그러한 단어를 만날 수가 없었다. 어느 날 등산사이트에서 고단한 길

아직도 시를 배우지 못하였느냐?

을 오르는 등반가의 글을 보다가 험난한 지대를 의미하는 '너덜지대'라는 단어를 찾아내고는 무릎을 쳤다. "이거야!" 따라서 이 시의 면면은 단어를 고르는 데 대단히 고심한 흔적이 곳곳에 숨어 있다.

거미들은 구석진 곳에 집을 짓는다. 허공에 거미줄을 치고 살아간다. 그의 삶은 인간의 삶의 모습과 매우 닮아 있다. 성경에도 거미가 짠 것으로는 옷을 이룰 수 없다(잠언 56장 5절) 하면서 그 허탄한 풍경을 노래한 바 있다.

인간의 삶은 결국은 죽음에 이른다는 데서 허무를 배제할 수가 없다. 따라서 우리가 짓는 것은 어쩌면 거미줄에 지나지 않는지도 모른다. 거미가 지어 놓은 집처럼 작은 손짓에 무너질 것인지도 모른다. 그럼에도 불구하고 그러한 곳을 거처로 삼고 있는 거미나 사람의 모습에서 연민을 가질 수밖에 없다.

그의 집은 허룩한 집이다. '허룩하다'는 말은 줄어들었다는 의미다. 줄어들어 수량이 작아지고 좁아지는 형태이다. 기존에 있던 것보다 못하다는 의미이다. 그렇지만 그 초라한 거처로 돌아가야 한다. 삶이 거기에 있으므로, 거기에서 생존을 이어 가야 하기 때문이다.

화들짝 고개를 들어 시간의 경과를 확인한다. 너무 지나간 시간 때문에 놀라서 고개를 처들었다는 것이다. 그리고는 그가 옹립하고 있는 풀대에 더 지극정성을 다한다. 허기가 져 오고 있지만 개의치 않는다. 풀대를 서둘러 옹립하여야 한다. '풀대'는 풀의 줄기로 하찮은 것을 의미한다. 하찮은 것일지라도 지극정성으로 옹립하여 의미를 두려 하는 화자가 애처롭다.

제대로 한번 탈바꿈도 없이 애끓는 성충이 되어

님프를 업고 시를 끓이다 등만 새까맣게 끓여내었나

아니, 화관을 쓰고 화려한 궁전에서 열개의 현을 튕겼나

아니면, 무저갱에서 미사보를 쓰고 간절히 기도를 하였나

그도 아니면, 깊은 밤 셋집에서 불황의 이불을 덮고

창가에 쏟아지는 불멸과 총총 하얀 별을 세었나


애벌레는 성충이 되기 전에 여러 번의 탈바꿈을 한다. 이는 변태(變態)의 과정을 거치는 것이다. 변태를 서너 번 겪어야 제대로 성충이 된다. 이 시는 변태를 제대로 하지 않은 채 성충이 되어 미숙한 모습으로 애만 끓이고 있는 모습을 표현했다. 불완전한 삶을 사는 사람, 또는 현실세계에서 인간적인 대접을 받지 못하는 상황을 의미한다.

여기에 등장하는 님프는 거미의 유충으로 불완전변태를 하는 약충이다. 이들은 번데기를 거치지 않는다. 특히 늑대거미의 유충은 어미의 등에 붙어서 성장한다. 어머니가 아이를 업은 것처럼 거미는 유충을 업고 있다. 사람으로 의인화하고 동일시하여 님프를 업고 시만 끓이고 있다는 시구이다. 시를 냄비에 넣고 끓이는 것이 아니라 시를 쓰려고 애쓰는 모습이 심화된 상태다. 님프를 업고서 시를 오래 끓이는 것은 항상 시를 쓰려고 하는 열망을 말한다. 이로써 늘 시를 쓰고자 하는 간절한 소망이 엿보인다.

시인은 이러한 시를 쓰는 일이 화관을 쓰고 궁전에서 열 개의 현을 튕기는 것인가 반문하고, 그도 아니면 간절한 소망을 안고 골방

아직도 시를 배우지 못하였느냐?

에서 미사보를 쓰고 기도를 하는 것인가 의문을 던진다. 무저갱은 성경에 등장하는데 악마가 벌을 받아 한번 떨어지게 되면 영원히 나오지 못한다는 밑 닿는 데가 없는 구렁텅이다(누가복음 8장 31절). 죽어서 가는 곳으로 시를 쓰는 것은 어쩌면 무저갱 같은 구렁텅이에서 견뎌야 하는 고독한 일임을 암시하기도 한다.

한편으로는 가계에 닥친 불행을 '불황의 이불을 덮고'라고 표현하는 데에서 그 상황에서도 시를 쓰고 있다는 간절함이 묻어난다. 그는 셋집에 살고 있다. '창가에 쏟아지는 불멸'과 '하얀 별'을 세는 것은 그 어떤 것보다 시에서 창작의 열망과 소망을 포기하지 않는 태도이며 불황을 극복하려는 의지이다. 별을 세면서 미래를 꿈꾸는 것이다.


지극한 시구 하나 옹립하려 아수라와 악수를 하였나
가슴 아프게 끓어 대는 시를 안고 와락 넘쳐 버린 허랑 세월이었나
그도 아니면, 시에 깊은 키스를 하고 산 입에 거미줄을 치고 있나

우주의 수레에 끼어 시구를 옹립하는 일
해밝은 빛만큼 이다지 끓어올라 반짝거린다


마지막으로 시의 화자가 바라는 바인 최종목적지가 등장한다. 결국 시의 화자는 '지극한 시구' 하나 옹립하려고 이 모든 상황과 불황과 가난을 견뎌 내고 있다. 그는 시구를 위해서 아수라와 악수를 하였는지도 모른다. 자신의 영혼을 팔아서 누군가의 생명을 구하는 어

느 처절한 주인공의 이야기처럼 시인은 지극한 시구를 위해 아수라와도 악수를 할 수 있는 변용을 보여 준다.

그렇게 흘러간 세월은 '허랑 세월'이었는지 시간의 흐름이 나타난다. 그저 시구 하나 옹립하겠다고 지금까지 걸어온 삶, 온 인생을 통째로 바치고 있는 태도다. 그것은 아무것도 얻지 못하고 지나간 세월로 드러나고 있으며 이를 '허랑 세월'이라고 표현하였다. 허랑방탕에서 온 이 단어는 낯설게 하기의 수법으로 단어를 변용하여 쓰고 있다.

그렇게 시에 깊은 키스를 하고 '산 입에 거미줄'을 치고 있다고 외친다. 시구를 옹립하는 일은 어쩌면 산 입에 거미줄 치는 것처럼 돈과는 상관없는 일이다. 돈이 되지 않으므로 하찮게 여겨지기도 한다.

그럼에도 불구하고 화자는 시를 쓰기 위해 온몸을 불사르고 있다. 괴테가 말한 '즐거운 낙관'을 즐기고 있는 것이다. 알 수 없는 대상을 이미지를 통해 선명하게 나타내는 것은 시인이 할 일이다. 이를 통해 시인은 즐거울 뿐만 아니라 삶을 살아가는 힘을 얻고 있는 것이다.

세상이 우주 중심으로 돌아가듯이 우주의 수레에 끼어 어떻게든 시구를 옹립하는 일을 지속하려는 정신은 보편적인 정서를 뛰어넘는 것으로 매우 의지적이다.

시를 갈망하고 열망하고 지속하고자 하는 소망은 그의 가슴에서 계속 끓어 반짝거렸듯이 오늘과 미래의 어느 시간까지도 반짝거릴 것이다. 그것이 시를 추구하는 그의 불굴의 정신이다. 그냥 단순히 한번 쓰고 싶어서 쓰는 게 아니라 정말이지 지극정성을 다해서 쓰고

아직도 시를 배우지 못하였느냐?

있다.

　수학에 나타난 방정식이나 수열이나 확률에서는 정답 찾기가 어려울 수는 있지만 반드시 정답이 있다. 계산적으로 맞아 떨어지지 않아 정답 찾기가 힘들지만 반드시 정답이 있는 것이 수학이라는 과목의 특징이다. 정답을 찾지 못했을 뿐 어딘가에 정답이 있다. 그렇지만 국어라는 교과는 정답을 찾기가 어렵다. 나름대로 다의성과 상징성, 비유와 역설로 애매하게 정답을 제시한다. 그러므로 국어적 사고의 맹점은 정답을 100% 찾기가 어렵다는 데에 있다고 할 것이다. 이러한 국어적 사고의 난점으로 국어는 자주 정답시비를 겪어야 한다. 속 시원하게 이것은 무엇이다. 즉, X의 답은 5이다 라고 정확하게 짚어 줄 수가 없다.

　그러면 국어의 정답은 무엇일까? 국어에서는 가장 근접하거나, 가장 적절한 것이 그 상황과 처지에서 정답이 된다. 그래서 국어문제에서는 '가장 적절한 것은?'이라고 묻는 것이며, '가장 가까운 것은'이라고 묻는다.

　우리는 살아가면서 잘 모르고 있지만 이런 국어적 사고방식에 의존하여 인생의 까다로운 문제들을 해결하고 있다. 불확실성의 시대에 확실하지는 않으나 그중 가장 확실한 것을 정하여 그 길을 가고 있기 때문이다. 다시 말해서 정답은 아니나 가장 정답에 근접한 길을 선택하는 것이다.

이 국어적 사고가 우리의 인생에서 길을 알려 주고 있다. 그러므로 우리가 인생을 살아가면서 그 길에 대한 옳고 그름이나 적절성에 의문을 제시하는 것은 당연한 일이다. 명확한 정답이 없는 시대에 수많은 산문과 시를 쓰면서 근접한 정답을 찾아가는 것은 의미 있는 일이다. 이러한 국어적 사고에 바로 인생의 답이 있다.

# '지금, 현재'의 시간성과 공간성

## (1) 지금과 현재

해마다 여름이 되면 지난해의 여름은 잊혀지고, 이번 여름은 참 덥다고 느낀다. 이는 우리의 감각이 '지금', '현재'를 가장 크게 느끼는 까닭이다. 지금, 현재라는 것은 데카르트식으로 해석을 해 본다면 시간 개념으로 지금을 들 수가 있고, 공간 개념으로 현재를 들 수가 있을 것이다. '말하는 바로 이때에'의 뜻을 가진 경우에 '지금'을 쓴다. '현재'는 '지금 이 시점에'라는 뜻으로 현재가 지금에 비해 광범위한 시간대를 이르는 경우에 쓰이고 있다.

한편, 물리학이나 철학에서 볼 때 현재(現在)는 직접 느낄 수 있는 지금의 시간을 이르는 말로, 지나간 과거, 앞으로 다가오게 될 미래와 함께 일상에서 쓰인다. 물리학에서 '현재'는 관측자가 감지할 수 있는 '동시성'과 관련이 있다. 고전 물리학에서 시간은 항상 과거에서 미래로 흐르는 것이며, 현재의 상태는 과거의 상태에 의존하여 펼쳐진다.

우리가 흔히 아는 '까르페 디엠(carpe diem)' 역시 '지금 현재를 잡아라'라는 뜻으로 쓰이는 라틴어이다. 고대 로마의 시인 호라티우스의 시 「오데즈(Odes)」에 나온다.

BC. 15년경에 쓰였을 것으로 추정되는 이 시는 아우구스티누스 황제에게 바쳐지기도 했다. 피터 위어 감독의 영화 「죽은 시인의 사회(Dead Poets Society)(1990)」에서 존 키팅 역을 맡았던 로빈 윌리엄즈가 학생들에게 들려준 경구로, 도전과 자유정신을 상징하는 대사로 쓰이면서 대중적으로 유명해졌다. 그와 더불어 키팅은 '삶을 비상하게 만들어라'고 말하여 소년들의 잠들어 있던 감수성을 깨운다.

> *Tu ne quaesieris - scire nefas - quem mihi, quem tibi*
> *finem di dederint, Leuconoe nec Babyloniostemptaris*
> *numeros. ut melius, quicquid erit, pati!*
> *seu plures hiemes, seu tribuit Iuppiter ultimam,*
> *quae nunc oppositis debilitat pumicibus mare*
> *Tyrhenum. Sapias, vina liques, et spatio brevi*
> *spem longam reseces. dum loquimur, fugerit invida*
> *aetas: carpe diem, quam minimum credula postero.*
>
>         - Quintus Horatius Flaccus 「Carpe diem」

레우코노에여, 묻지 마시오, 신들이 당신과 나를 위해 무엇
을 준비해 두었는지 우리는 알 수 없다오.
바빌론의 점쟁이에게 미혹되지 마시오, 무엇이 오든 견디는
것이 더 좋은 법이오.
튀레눔 바다 절벽 위를 덮고 있는 그 겨울이

아직도 시를 배우지 못하였느냐?

*주피터 신이 당신에게 주신 또 하나의 겨울이든,*

*아니면 우리의 마지막 겨울이든 간에 말이오.*

*현명하시오, 와인도 드시오, 멀고 먼 희망은 떨쳐 버리시오,*

*생명은 짧다오.*

*우리가 말하는 동안에도 아까운 시간은 지나가고 있다오.*

*오늘을 잡으시오, 내일에 대한 믿음은 할 수만 있다면 접으시오.*

- 퀸투스 호라티우스 플라쿠스 「카르페 디엠」

　

장미는 여름 꽃이다. 여름 꽃 중에는 가시가 있는 것이 많다. 김승희는 인생을 가시로 보고 있다. 가시밭길을 가는 것이 인생이므로 인생은 가시이다. 그러나 시인은 그것이 가시로 끝나는 것이 아니라 장미꽃이라는 계절의 여왕인 가장 아름다운 꽃으로 피어나는 것임을 일깨운다. 시인은 가시가 많으므로 장미꽃이 필 것을 유추한다. 꽃들 중에 가시가 많은 것은 단연 장미이다. 그리하여 자신의 꽃은 장미가 필 것으로 기대하는 것이다. 시적 화자의 삶이 고난인 가시가 많은 인생이었기 때문이다.

눈먼 손으로

나는 삶을 만져 보았네.

그건 가시투성이였어.

　

가시투성이 삶의 온몸을 만지며

나는 미소 지었지.
이토록 가시가 많으니
곧 장미꽃이 피겠구나 하고.

장미꽃이 피어난다 해도
어찌 가시의 고통을 잊을 수 있을까 해도
장미꽃이 피기만 한다면
어찌 가시의 고통을 버리지 못하리오

눈 먼 손으로 삶을 어루만지며
나는 가시투성이를 지나
장미꽃을 기다렸네

그의 몸에는 많은 가시가
돋아 있었지만, 그러나,
나는 한 송이의 장미꽃도 보지 못하였네.

그러니, 그대, 이제 말해주오,
삶은 가시장미인가 장미가시인가
아니면 장미의 가시인가, 또는
장미와 가시인가를.

- 김승희, 「장미와 가시」

아직도 시를 배우지 못하였느냐?

그러나 시인의 기대와는 달리 장미가 한 송이도 피어나지 않는다. 몸에 가시는 많았으나 장미를 볼 수 없는 시인은 급기야 질문을 거듭한다. 삶은 가시장미인가? 장미가시인가? 아니면 '장미와 가시'인가?

여름이라는 계절에서 느낄 수 있는 선문답 같은 이 질문은 인생의 현재와 지금을 돌아보게 한다. 지금 삶에 가시가 많다고 하여 장미꽃이 필 것이라는 보장이 없다는 시인의 단언이다. 어쩌면 삶은 가시이기도 하고 장미이기도 하고 가시와 장미이기도 하다는 것을 넌지시 알려 주고 있다.


　　습하고 무더운 시간이

　　열대가 되는 저녁

　　땀방울이 구슬이 되어 엮인다

　　…(중략)…

　　쌀 한 말에 땀이 한 섬인데

　　하루를 땀으로 짜내면 한 섬이라던

　　그 땀 같은 것으로는

　　더 엮일 일이 없는 시간이여

　　더위를 피해서 에어컨 아래에 서면

　　방울방울 땀방울이 숨어들어간다

　　구슬로 꿰지 못해도 그리워지는 구슬

　　데일 것 같은 햇살아래 만났던 뜨거운 연민

수, 수많은

억, 억 창(窓)이

무너지던 날을 헤어본다


그 오래된 땀방울 구슬은

다 어디로 갔을까?

- 졸시, 「땀이 한 섬이던 저녁」 중에서


　우리는 더운 여름이 오면 에어컨을 켜는 '현재'에 살고 있다. '지금' 우리는 더우면 에어컨 없이는 살 수가 없다. 시대가 그만큼 바뀌었다고 할 수 있다. 더우면 냉방이 잘되어 있는 건물로 들어가 더위를 피하면 된다. 부채나 시원한 바람을 이용하던 때는 지났다. 이제는 에어컨을 이용하면 된다. 그것은 상식이다. 지금의 시간에 에어컨의 의미를 상고하게 하는 위의 시는 에어컨이 없었던 과거를 회상하면서 현재의 시점에서 그 과거의 시간을 회상한다. 그것은 연민으로 지천(地天)이 모두 더웠던 날이었다.

　요즘은 땀이 한 섬이나 되던 시절과는 다르다. 땀방울이 흘러 지류가 되던 시절, 저녁이면 땀내를 풍기던 풍경은 사라졌다. 땀방울은 에어컨 바람에 숨어들어 가고 이제는 추억을 땀방울 구슬로 꿰지 못한다는 것을 일깨운다.

　　　　　　　　　　　　　아직도 시를 배우지 못하였느냐?

와! 귀에 익은 명창의 판소리 완창이로구나

관음산 정상이 바로 눈앞인데
이곳이 정상이란 생각이 든다
피안이 이렇게 가깝다
백색 정토(淨土)! 나는 늘 꿈꾸어왔다

무소유로 날아간 무소새들
직소포의 하얀 물방울들, 환한 수궁(水宮)을

폭포 소리가 계곡을 일으킨다
천둥소리 같은 우레 같은 기립박수소리 같은 - 바위들이 몰래 흔
들린다

- 천양희, 산문집 『나는 울지 않는 바람이다』,
'폭포 소리가 나를 깨운다'에서 절창(絶唱)의 한 부분, 「직소포에 들다」 중에서.

천양희 시인은 폭포수와 절망을 결합한 시를 발표했다. 시인은 현
재를 직소포로 대비하면서 무소유로 날아간 무소새란 말을 창조한
다. 그 무소새들이 날아간 곳은 직소포의 하얀 물방울이며, 환한 수
궁이었음을 일깨운다. 폭포소리가 계곡에 가득 차고 기립박수소리
를 듣는 시인은 그곳이 무한 천공이며 피안임을 배운다. 그것은 자

연이 부르는 절창의 한 대목, 완창이었다는 것을 말이다. 고통 속에서 시인이 현재를 살면서 모든 관계가 고통임을 직시하고 짓밟힌 자존심을 이끌고 만난 것이 바로 직소포이다. 직소포는 회한이며 눈물이며 허물어짐으로 시인을 위로한다.

> "두려움을 극복하는 길은 뒤돌아보는 것이 아니라 앞으로 나아가는 것이라는 듯이 생각도, 의지도, 시간이 지나면 뿔처럼 단단해지는 것이었다. 그때부터 나는 마음이 궁벽할 때 새벽을 생각하고 몸이 만신창이일 때 병고로 약을 삼으려고 했다. 그러한 까닭은 아마도 죽는 것이 사는 것보다 낫겠다던 굽은 마음을 직소폭포의 곧은 물줄기가 곧게 일으켜 세워주었기 때문일 것이다."

시인은 직소폭포를 만난 지 13년 만에 「직소포에 들다」라는 시를 완성했다고 한다. 오랜 시간에 걸려 완성한 시다. 또한 모든 작품과 삶은 지금, 현재의 자서전이자 반성문이라고 시인은 말한다.

## (2) 시의 시간과 공간 속에서

시에 등장하는 공간과 시간은 엄밀하게 말하면 따로 떨어져서 논의할 수 없다. 그래서 시공간이라고 하기도 한다. 어떤 공간이나 장소는 반드시 시간을 동반하게 되어 있기에 우리는 시에 등장하는 시공간에 대해 관심을 가질 필요가 있다. 시의 시공간은 단순하게 시공간으로 끝나는 것이 아니라 시의 의미에 풍부한 가치와 품격을 드

러내기 때문이다. 그래도 먼저 논의해야 하는 것은 시간이다. 시간
이라는 차원이 없다면 공간도 존재하지 않기 때문이다.[14]

    시의 배경이 되는 시간은 대체로 한 컷의 짧은 시간인 경우가 많
다. 서사적인 시의 경우는 예외라고 할 수 있다. 한 장의 사진을 보
듯이 어떤 한 컷의 시간이 시에서 자주 사용된다. 공간을 따진다면
미래의 시간이 많다. 회상과 미래가 함께 섞여서 좋은 의미를 형성
하는 것이다. 시간은 흘러가는 것이므로 흔히 강이나 구름에 많이
비유된다. 이를 시간인식이라고 한다. 공간은 고정된 어떤 장소이
므로 특정장소가 등장한다. 대체로 고향이나 어린 시절, 어머니와의
공간 등을 그 예로 들 수가 있다. 이는 고향의식이라고 한다.

    시간인식은 세계인식, 자아인식과 그 맥을 같이한다. 시간은 과거
에서 현재를 거쳐 미래로 흘러간다. 명확히 말해서 흘러가는 것인지
지나가는 것인지, 아니면 이 세계가 시간을 지나가는 것인지 모른
다. 하이데거는 이러한 시간의 특성과 존재의 비밀을 풀고자 노력하
였다. 그의 책 『존재와 시간』은 존재에 관한 물음으로 시작한다. 무
엇을 존재한다고 말할 수 있는가? '데카르트의 'cogito sum'(나는 생각
한다. 고로 나는 존재한다)의 존재론적 기초와, 'res cogitans'(생각하는 사물)
에서 존재의 의미에 대한 해답을 제공한다.

---

14  졸고, 중앙대학교 박사논문 「한국현대시 여성시의 공간상징 연구」, 2008

# 서사(敍事)가 있는 시

어떤 사건이나 상황을 표현하는 시, 개인사를 읊은 시 또는 이야기 시를 서사가 있는 시라고 한다. 흔히 서사는 소설의 이야기를 뜻하는 경우가 많다. 시에서도 이야기가 들어 있다면 서사가 있는 이야기시다. 대개 이야기에 감동이 많듯이 시적인 형식에 함축적인 이야기가 들어 있을 때 감동을 받는 경우가 많다.

어머니는 설렁탕에 소금을 너무 많이 풀어 짜서 그런다며 국물을 더 달라고 했습니다 주인아저씨는 흔쾌히 국물을 더 갖다 주었습니다 // 어머니는 주인아저씨가 안보고 있다 싶어지자 내 투가리에 국물을 부어 주셨습니다 나는 당황하여 주인아저씨를 흘금거리며 국물을 더 받았습니다 주인아저씨는 넌지시 우리 모자의 행동을 보고 애써 시선을 외면해주는 게 역력했습니다 // 나는 그만 국물을 따르시라고 내 투가리로 어머니 투가리를 툭, 부딪쳤습니다 순간 투가리가 부딪치며 내는 소리가 왜 그렇게 서럽게 들리던지 나는 울컥 치받치는 감정을 억제하려고 설렁탕에 만 밥과 깍두기를 마구 씹어댔습니다 그러자 주인아저씨는 우리 모자가 미안한 마음 안 느끼게 조심, 다가와 성냥갑만한 깍두기 한 접시를 놓고 돌아서는 거 였습니다 일순, 나는 참고 있던 눈물을 찔끔 흘리고 말았습니다 나는 얼른 이마에 흐른 땀을 훔쳐내려 눈물을 땀인 양 만들어놓고 나서, 아주 천천히 물수건으로 눈동자에서 난 땀을 씻어냈습니다 그러면서 속으로 중얼거렸습니다 / 눈물은 왜 짠가?

- 함민복, 「눈물은 왜 짠가」

이 시는 다음과 같은 상황을 묘사하고 있다. 어머니는 고기를 먹지 못하지만 아들이 여름을 나기 위해서는 고기를 먹어야 하겠기에 아들의 투가리에 고기를 덜어 주는 상황을 묘사하고 있다. 어머니의 사랑이 어떤 모습인지 이야기를 통해서 들려주는데 그의 눈에서 땀이 흐른다는 비유가 재미가 있다. 웃음이 나면서 어머니의 사랑에 마음이 먹먹해지는 것이다. 이미 이야기를 통해서 많은 것을 전달하였으므로 특별한 설명이 없어도 감동이 전해진다. 다음의 시는 백석의 「여승」이란 시인데 여기에서도 이야기가 등장하고 있다.

여승(女僧)은 합장(合掌)하고 절을 했다
가지취의 내음새가 났다
쓸쓸한 낯이 옛날같이 늙었다
나는 불경(佛經)처럼 서러워졌다

평안도의 어늬 산 깊은 금점판
나는 파리한 여인(女人)에게서 옥수수를 샀다

여인(女人)은 나 어린 딸아이를 따리며 가을밤같이 차게 울었다

섶벌같이 나아간 지아비 기다려 십 년(十年)이 갔다

지아비는 돌아오지 않고

어린 딸은 도라지꽃이 좋아 돌무덤으로 갔다


산(山)꿩도 설게 울은 슬픈 날이 있었다

산(山)절의 마당귀에 여인(女人)의 머리오리가

눈물방울과 같이 떨어진 날이 있었다.

- 백석, 「여승(女僧)」


이 시에 등장하는 여승은 평안도의 금광에서 옥수수를 팔았다. 나이 어린 딸을 데리고 있었는데 아이가 보채자 아이를 때리며 자신도 같이 울었다. 남편은 집을 나가서 10년째 돌아오지 않고, 어린 딸은 죽어 돌무덤에 묻었다. 산꿩도 슬피 울만큼 슬픈 사연이라는 이 이야기 속에 여승이 될 수밖에 없는 서러움이 들어 있다. 그의 머리를 깎는 날 머리오리가 눈물처럼 떨어지고 여인은 옛날같이 늙어 있다. 중생의 괴로움을 표현해 주고 있는 시다.

이용악의 「낡은 집」은 더 궁핍한 일제강점기하에서 우리 민족의 현실이 등장한다. 1938년에 발간된 시집 『낡은 집』에는 이 밖에도 이야기시가 있다.

아직도 시를 배우지 못하였느냐?

날로 밤으로

왕거미 줄치기에 분주한 집

마을서 흉집이라고 꺼리는 낡은 집

이 집에 살았다는 백성들은

대대손손 물려 줄

은동곳도 산호 관자도 갖지 못했니라.


재를 넘어 무곡을 다니던 당나귀

항구로 가는 콩실이에 늙은 둥글소

모두 없어진 지 오랜

외양간엔 아직 초라한 내음새 그윽하다만

털보네 간 곳은 아무도 모른다.


찻길이 놓이기 전

노루 멧돼지 족제비 이런 것들이

앞뒤 산을 마음 놓고 뛰어 다니던 시절

털보의 셋째 아들

나의 싸리말 동무는

이 집 안방 짓두광주리 옆에서

첫울음을 울었다고 한다.


"털보네는 또 아들을 봤다우

송아지래두 불었으면 팔아나 먹지"

마을 아낙네들은 무심코
차가운 이야기를 가을 냇물에 실어 보냈다는
그날 밤
저릎등(燈)이 시름시름 타들어 가고
소주에 취한 털보의 눈도 일층 붉더란다.

갓주지 이야기와
무거운 전설 가운데서 가난 속에서
나의 동무는 늘 마음 졸이며 자랐다.
당나귀 몰고 간 애비 돌아오지 않는 밤
노랑고양이 울어울어
종시 잠 이루지 못하는 밤이면
어미 분주히 일하는 방앗간 한 구석에서
나의 동무는
도토리의 꿈을 키웠다.

그가 아홉 살 되던 해
사냥개 꿩을 쫓아다니는 겨울
이 집에 살던 일곱 식솔이
어디론지 사라지고 이튿날 아침
북쪽을 향한 발자국만 눈 위에 떨고 있었다.
더러는 오랑캐령 쪽으로 갔으리라고
더러는 아라사로 갔으리라고

아직도 시를 배우지 못하였느냐?

이웃 늙은이들은

모두 무서운 곳을 짚었다.

지금은 아무도 살지 않는 집

마을서 흉집이라고 꺼리는 낡은 집

제철마다 먹음직한 열매

탐스럽게 열던 살구

살구나무도 글거리만 남았길래

꽃피는 철이 와도 가도 뒤울 안에

꿀벌 하나 날아들지 않는다.

-이용악, 「낡은 집」

　시를 배우는 일은 나를 위한 넋두리가 아니다. 삶에서 희망을 잃고 방황하는 나와 같은 사람에게 긍정과 희망과 극복의 의지를 주려는 것이다. 이용악은 민족의식의 발로에서 낡은 집으로 상징하는 조국의 모습을 시화하였다.

# 詩는 절차탁마(切磋琢磨)

절차탁마란 '끊고 갈고 닦고 쪼고'의 의미가 들어있다. 시를 쓰려면 먼저 쓰고 싶은 것을 그냥 생각 없이 흘려 쓴다. 그 후에 절차탁마의 과정을 거쳐야 한다. 그런데 나온 글이 가치가 없어 보인다면 그냥 버리고 다시 써야 한다. 가치가 중요한 척도다. 가치 없는 것을 누가 읽겠는가?

가치란 다른 사람들이 읽고도 의미가 있는 것을 말한다. 감동이 있거나 의미가 있을 때 가치가 있다고 할 수 있다. 때로 시는 자신을 위로하기도 한다. 자신을 잘 위로했다면 그 또한 가치가 있는 글이다. 자신만을 위해서 쓰이지는 않을 테니 말이다. 글은 나오는 대로 나온 글이 아니라 정제되어 들을 만하고 읽을 만한 것을 일컫는다.

시어를 나오는 대로 그냥 쓴다면, 퇴고의 과정을 거치지 않는다면 그 글은 보잘것없는 작품일 경우가 많다. 한국의 석상은 돌인지 옷감인지 구분이 안 되는 경지에 이르고 있다. 돌덩이였던 것을 끊고 갈고 닦고 쪼아서 아름다운 형상을 만들어 숭고한 대상을 만난 듯 부드럽고 우아한 숨결을 조각하는 것이다. 이를 통해 우리가 시를 쓰는 태도를 배울 수 있다.

아직도 시를 배우지 못하였느냐?

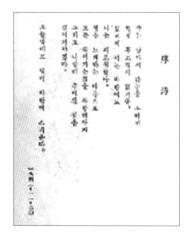

(1) 「서시(序詩)」, 윤동주(尹東柱, 1917~1945)

『하늘과 바람과 별과 시』는 1948년 정음사(正音社)에서 간행된 윤동주(尹東柱)의 유고시집이다. 모두 31편의 시가 3부로 나누어 수록되어 있는데, 정지용(鄭芝溶)의 서문과 강처중(姜處重)의 발문 및 유령(柳玲)의 추모시와 더불어 '서시(序詩)' 등이 포함되어 있다.


죽는 날까지 하늘을 우러러

한 점 부끄럼이 없기를,

잎새에 이는 바람에도

나는 괴로워했다.

별을 노래하는 마음으로

모든 죽어가는 것들을 사랑해야지

그리고 나한테 주어진 길을

걸어가야겠다.


오늘밤에도 별이 바람에 스치운다.

- 윤동주, 「서시(序詩)」

국가가 국권을 상실했다는 엄청난 충격 속에 쓰인 시다. 암담한 상황을 표현한 이 시는 일본에서도 시비가 3개나 있을 만큼 유명한 애독자를 확보한 시다. 특히 치열한 자아성찰의 모습이 돋보이는 이 시는 식민지의 지식인으로서 자신이 가야 할 길에 대한 사명감까지 엿볼 수 있다. 시의 화자가 지향하는 세계는 이상적이지만 현실세계는 어둠과 시련이 있는 대조적인 이미지를 표현하여 함축성을 드러낸다.

## (2) 이육사의 「광야」와 그 이야기

까마득한 날에
하늘이 처음 열리고
어데 닭 우는 소리 들렸으랴

모든 산맥들이
바다를 연모해 휘달릴 때도
참아 이곳을 범하든 못하였으리라

끊임없는 광음을
부지런한 계절이 피어선 지고
큰 강물이 비로소 길을 열었다

지금 눈 나리고

매화향기 홀로 아득하니

내 여기 가난한 노래의 씨를 뿌려라

다시 천고의 뒤에

백마 타고 오는 초인이 있어

이 광야에서 목 놓아 부르게 하리라

- 이육사, 「광야」

이 시는 시인의 말년 작품으로 유고로 전하여지다가, 1945년 12월 17일 『자유신문』에 동생 이원조(李源朝)에 의하여 「꽃」과 함께 발표되었다. 이후 시집에 실려 이육사의 후기를 대표하는 작품으로 안동댐 입구 육사시비(陸史詩碑)에 새겨져 있다.

시적 구성은 과거(1~3연)·현재(4연)·미래(5연)와 같이 시간의 흐름에 따라 세 단계로 배열되어 있는데 과거의 시간을 태초 우주의 시작부터 시작하는 1~3연으로 잡아 광야의 형성과정을 그리고 있으며, 점점 시간의 흐름이 나타나고 역사와 문명의 시작이 순차적으로 나타난다. 현재의 시간은 4연에서 나타나는데 흰 눈으로 덮인 암담한 현실적 상황을 극복하면서 가난한 노래의 씨를 뿌리겠다는 의지를 나타냈고, 5연의 미래는 먼 뒷날 반드시 이 광야에 초인(超人)이 찾아올 것이라고 기대감을 노래한다.

이 시는 까마득한 태초로부터 천고(千古)의 뒤까지 많은 시간이 압축되어 나타난다. 또한 공간의식도 우주적으로 확대되어 있다. "모든 산맥들이 / 바다를 연모해 휘달릴 때도 / 차마 이곳을 범하던 못하였으리라."고 하여 산맥과 바다의 형성, 지류의 형성 등 태동하는 지구의 모습이 활유법으로 묘사되어 끝없이 넓은 공간을 제시하고 있다.

비록 가난하지만, 시인이 소망하는 '노래의 씨'를 뿌려, 그것을 천고의 뒤에 백마 타고 오는 초인으로 하여금 부르게 하겠다는 것이다. 다시 말해서 삶을 거부하는 절망적 상황에서도 '매화향기'가 있고, 언제인가는 피어날 '노래의 씨'가 있어, 그것을 불러 줄 초인이올 때 비로소 우리의 진정한 삶이 실현된다는 것이다.

특히 마지막 행의 '목 놓아 부르게 하리라'는 이육사의 어머니가의병장의 딸이기에 "조국이 광복이 되기까지는 울지 말라. 나라를빼앗긴 사람은 울 자격도 없다."는 지엄한 당부가 있어 광복이 된 후에 목 놓아 울겠다는 표현을 한 것으로 추측할 수 있다.

이 시는 일제강점하의 절망적 현실과 고난을 극복하고, 새로운 광명의 세계를 염원하는 의지와 시 정신을 기조로 시적 기교의 극치를보인 작품으로 평가되고 있다. 상징성과 비유법이 대거 등장하며 대조, 시간의 흐름, 공간의 확대 등 기교가 많이 등장하지만 기개가 있으며 격조 높은 작품으로도 유명하다.

아직도 시를 배우지 못하였느냐?

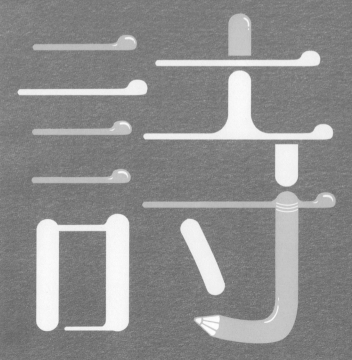

# 15부

# 비평을 통해서 본 시 2

시쓰기는 감정의 징검다리를 놓아주는 것이다. 단어를 너무 촘촘히 놓으면 감정과 부딪쳐 뜻을 놓치고, 너무 멀리 놓으면 건너갈 수가 없다.

- 김신영

# 현대에 시의 의미

## (1) AI 시대

인공지능(artificial intelligence ;AI)과 증강현실이 다가오고 혹자는 죽음
이 없어지는 시대가 온다고 예언하는 시대다. 과학은 날로 발전하여
바벨탑처럼 하늘로 치고 올라가고 있다. 이러한 시대에 詩는 어떤
의미를 갖고 있을까? 시스템에 의해 만들어진 지능이 인간을 선도하
는 시대가 곧 올 것이라고 예언한다. 인공지능에게 필요한 키워드는
'상상력'이었는데 이에 대한 가능성이 점점 높아지고 있다. 인공지능
이 상상력의 범위까지 커버하는 것이 가능하게 된다면 창작이란 어
떤 의미가 될까? 이러한 시대에도 시는 가치가 있는 것이며 사람들
에게 감동을 주는 작품성을 갖게 될까? 아직 명확하게 알 수 없지만
우리는 내일 지구가 멸망한다 해도 시를 쓸 것이다.

## (2) 우리의 미래

올더스 헉슬리(Aldous Leonard Husley, 1894~1963)의 『멋진 신세계(Brave
New World)』나 마이클 베이 감독의 영화 『아일랜드(The Island)』에서
시를 쓰는 사람은 등장하지 않는다. 이 두 작품은 모두 디스토피아
적 현실을 비판하고 있다. 세상이 너무 발달하다 보면 좋지 않은 면

이 있다. 우리, 특히 시인은 그러한 부정적인 부분을 좋은 방면으로 발전시켜 가야 할 것이다. 아무리 미래가 암울하게 예상된다고 해도 우리는 희망을 잃지 않으며 장밋빛 미래를 꿈꾸고 노래하여야 하는 것이 아닐까? 영국의 시인 윌리엄 블레이크는 한 알의 모래에서 천국을 본다고 노래하였다.


한 알의 모래 속에서 세계를 보고
한 송이 들꽃에서 천국을 본다
그대 손바닥 안에 무한을 쥐고
한 순간 속에서 영원을 보라

새장에 갇힌 한 마리 울새는
천국을 온통 분노케 하며,
주인집 문 앞에 굶주림으로 쓰러진 개는
한 나라의 멸망을 예고한다
쫓기는 토끼의 울음소리는
우리의 머리를 찢는다
종달새가 날개에 상처를 입으면
아기 천사는 노래를 멈추고……
모든 늑대와 사자의 울부짖음은
인간의 영혼을 지옥으로부터 건져올린다
……

아직도 시를 배우지 못하였느냐?

국가의 면허를 받은 매춘부와 도박꾼은
바로 그 나라의 운명을 결정한다
이 거리 저 거리에서 들려오는 창녀의 흐느낌은
늙은 영국의 수의를 짤 것이다……

- 윌리엄 블레이크(William Blake, 1757~1827),<br>
'순수의 전조(Auguries of Innocence)' 부분

세상은 아주 작은 것에도 관심이 많아서 나노세계까지 개척하고 있다. 나노세계는 우주의 축소판이다. 우주만큼 드넓은 미지의 세계가 존재하고 있다. 나노효소복합체까지 등장한 지금 인간의 이성이 최고조로 발달하고 과학 또한 최고로 발달하였다. 앞으로 얼마나 더 발달할 것인가? 이것이 우리의 미래인가?

노르베르 호지(1946~, Helena Norberg Hodge)가 말하듯이 그렇다고 과거를 잊은 것은 아니다. 호지는 우리의 미래를 과거의 것들 속에서 보았다. 그런 현상을 『오래된 미래』라는 책으로 출간하였다. 블레이크와 호지에 따르면 아주 작은 것 속에도 깊은 뜻이 있음을 발견하게 된다. 우리는 밤이면 몇 억 광년을 날아온 거대한 우주의 빛을 만난다는 사실도 알게 되었다. 그저 반짝이는 빛인 줄 알았던 별이 무한한 시공간을 지나 얼마나 먼 세월 속에 우리와 만난 것일까?

사람의 눈은 인광을 뿜는다. 이 인광도 우주의 어디론가 날아갈까? 아니면 지구라는 거대한 행성의 빛이 날아갈까? 빛(氣)을 연구하는 사람들은 사람들의 기운으로 서로를 변화시킬 수 있다고 주장한다. 염

력도 그런 것의 일종이라고 한다.

우리가 시를 쓰는 것은 어쩌면 나의 기운을 남에게 보내려는 것과 같다. 그 염력이 세져야 하는데 그렇게 하려면 현대라는 시대를 읽어야 한다. 이 세대의 모습은 물론 과거, 현재, 미래를 연결하고 미래에도 통할 수 있는 기운을 넣어야 한다.

정현종의 시 「방문객」에서 보듯이 사람 간의 관계란 서로의 과거, 현재, 그리고 미래와 조우하는 것을 뜻한다. 시를 쓴다는 것 역시 시를 쓰는 당시의 모습과 과거를 반영한다는 것을 의미한다. 우리는 어떤 시를 써야 할까? 시공간의 의미가 연결되는 시를 써야 하지 않을까? 이육사가 「광야」에서 태초의 공간으로부터 미래의 시간까지의 모습을 노래하였듯 말이다. 아니면 미래의 시간에도 두고두고 절창이 될 문구를 써야 하지 않을까? '하늘을 우러러 한 점 부끄럼이 없기를'처럼. 그러한 작품들은 단순히 과거에만 머물지 않고 오늘날 현재에도 널리 읽히고 있다. 지금 우리가 쓰는 시들의 수명은 얼마나 될까? 곧 사라질까? 아니면 나보다 더 오래 살까? 아니면 우주의 시간만큼 절창이 될까? 그런 절창을 쓰는 과정은 결코 쉽지 않은 여정이라고 할 수 있다.

## (3) 쓰레기와 함께 살지 않는 시

시는 아무 데나 살지 않는다. 시는 아무렇게나 팽개쳐지는 것을 원하지 않으며, 쓰레기와 함께 섞이기를 원하지 않는다. 결국 시의 세계는 하나님이 원하는 세계와 닮아 있다. 고독사를 한 사람들의 집을 청소하는 사람의 말에 따르면 쓰레기를 치우지 않으면 죽음이 온다고 하였다. 그가 다니는 고독사의 집은 쓰레기장인 경우가 많았다. 정리하지 않고 내버려 두면 그것들의 습기와 냄새가 자라나 파리를 부른다고 한다. 파리는 거미를 부르고 거미는 진액을 빨아먹는다.

## (4) 시의 생로병사

시에도 생명이 있다. 시의 생로병사라고 할까? 어떤 시는 오래도록 죽지 않고 먼 미래까지 살아남을 것이다. 현재는 물론 먼 미래까지 살아남아 있을 시를 써야 한다. 필자는 그런 시를 지향하여 왔지만 아직도 천 리가 남은 듯하다. 어떤 진리가 세대를 뛰어넘어 오늘에 이르고 먼 미래까지 지대한 영향을 끼치듯이 우리의 시가 먼 미래에도 살아남을 수 있기를 바란다.

시를 쓰면서 불어오는 바람

궁생원이 되어 때로 헤진 옷에 시를 적어요

구차한 이슬을 마실 때도 있고요

혹한기가 닥쳐와 절필할 때도 있지만

이제는 당신이 더 걱정입니다

어머니, 시는 불편했던 옛 기억이에요

시는 당신이 내미는 손 주름, 시간을 헤쳐 온 바람

거리에 앉아 훔치던 눈물, 멀리 가버린 민들레


어머니, 시는 요

찬찬히 읽으면서 뜻을 생각해보는 거예요

시는 어머니가 산이고 아버지가 강이에요

아이들은 희망이고, 빛이에요

어머니 세상은 요, 하늘이고 정원이에요

정원을 가꾸는 정원사는 바로 나예요


아, 그리고 어머니,

가끔은 글자들이 비열하게 싸움을 거니까 조심하세요

어떤 글자들은 숨은 뜻을 위해 아주 맹목적이거든요

나도 시를 위해 맹목적인 것처럼요

글자에 비수를 숨겨 놓고 찔려 죽어도 좋으니까요


아직도 시를 배우지 못하였느냐?

그렇지만 안심하세요

하늘이 늘 어두운 것만은 아니잖아요

내 시도 외출을 하고 놀이공원에 가니까요

궁생원들이 모두 온천에 모였다는 소식이에요

영원 같은 거, 집의 안락

거기 내려놓고 오려구요

- 김신영, 「어머니, 시는 요」, 『맨발의 99만보』

작품에서 등장하는 '궁생원'이라는 단어는 필자가 만들었다. 새롭게 탄생한 단어로 가난한 선비라는 뜻을 가진 단어다. 종종 어머니들에게 이 시를 읽어 주곤 한다.

# 여자라는 식민지에서 시를 쓰다[15]

### - 아직도 여자라는 식민지에는 비명과 피눈물이 멈추지 않는다

    문정희 시인은 2016년 문예중앙 가을호에 「탄실 김명순을 위한 진혼가 - 곡시(哭詩)」를 발표한다. 1920년대를 살다 간 작가 김명순, 그는 '한국 여성 최초의 소설가이자 처음으로 시집을 낸 여성 시인, 평론가, 기자, 5개 국어를 구사한 번역가'였다. 그는 한국문단에서 여성 작가로서 평생 보이지 않는 전쟁을 치러야 했다.

    당시의 세상은 그의 작품이 아니라 그를 둘러싼 소문과 억측에만 집중했다. 그는 잔인한 성폭력의 피해자였으나 오히려 방종한 여자로 취급되어 당대의 인기 작가였던 김동인은 대놓고 김명순을 비하하는 소설까지 연재하면서 조롱하였다. 김명순은 방정환과 차상찬을 명예훼손으로 고소하고 자신에 대해 성폭력을 가하는 기사에 대해 적극적으로 항의하였으나 오히려 '더러운 여자', '남편 많은 처녀'로 낙인찍히고야 만다. 김별아는 소설 「탄실」에서 "그러나 펜은 칼보다 강하다는 멋들어진 말을 앞세워 아무 데나 칼부림을 해대는 이들을 막을 수 없었다"고 한탄한다. 자신을 모욕해 온 이들을 고소했지만 싸움은 맥없이 마무리되었다. 다음은 쓸쓸히 잊혀져 간 그가

---

15  졸고, 「1920년대 여성시인연구」, 우리문학회, 2007

유언처럼 남긴 시구다.

> 조선아 내가 너를 영결(永訣) 할 때 / 개천가에 고꾸라졌던지 들에 피 뽑았던지
> 죽은 시체에게라도 더 학대해다오 / 그래도 부족하거든 / 이다음에 나 같은 사람이 나더라도 / 할 수만 있는 대로 또 학대해보아라. / 그러면 서로 미워하는 우리는 영영 작별된다. / 이 사나운 곳아 사나운 곳아
>
> － 김명순, 「유언」 중에서

　김명순의 시는 조선이라는 공간을 부정적으로 인식하면서 '사나운 곳'으로 지칭한다. 이어서 「들리는 소리」라는 시에서도 여성이 갖는 유한성과 한을 드러내고 있다. 급기야 조물주에게 "무엇 때문에 지으셨습니까?" 하고 태어난 것을 원망하기까지 실망을 멈추지 않는다.

> 제1의 소리는 나를 부르다 / 죄를 지은 인종의 말세여 / 더러운 피와 피가 뭉키어 / 시기 많은 네 형상을 지었다. // 제 2의 소리는 나를 꾸짖다. / 실로 꿰맨 옷을 입은 자여 / 네 스스로 땀 흘려 땅을 파서 / 먹을 것을 구할 것이거늘. // 제 3의 소리는 나를 비웃는다 / 자신을 스스로 결박한 자여 / 네 몸의 위에 자유를 못 얻었거든 / 자유의 뜻을 알았더뇨. // 제 4의 소리는 나를 연민한다 // 전 인류가 생전사후를 모르고 / 눈도 매이어서 이끌린 대로 / 너 또한 눈도 매인 것을 못 풀리라. //

제5의 소리는 탄식하다 / 선악의 합체인 인류들아 / 선을 행하니 신이 되며 / 악을 행하니 악마가 되느냐 // 제6의 소리는 크게 대답하다 / 우리는 죄의 죄를 받고

벌의 벌을 받고 우는 / 종의 종인 사람들이다. // 제7의 소리는 다시 부르다 / 네 몸을 임의로 못하는 병자여 / 오관이 마비되었으니 / 판단력조차 잃었도다. // 제8의 소리는 다시 대답하다 / 나의 주여 조물주여 / 당신은 무엇 땜에 우리들을 그같이 지었습니까.

- 김명순, 「들리는 소리들」 중에서

여성이기에 겪어야 하는 조롱과 무시와 폭언은 아직도 계속되고 있다. 가수 설리도 마찬가지다. 악플러들로 인해 우울증이 왔고, 그로 인해 자살이라는 극단적인 선택을 하게 되었다. 아직도 조선은 '사나운 곳'이다. 온라인 공간은 익명의 숲이다. 여성들은 익명의 힘을 빌려 난사하는 가해에 특히 취약하다. 그는 오히려 악플을 달았던 또래의 청년을 감싸며 이렇게 말한다. "악플러지만 동갑내기 친구를 전과자로 만드는 게 미안해서….".라고 말이다.

100년 전, 1920년대의 가혹한 시대를 한탄하던 작가가 보기에 오늘의 우리는 그때로부터 얼마나 달라졌을까? 나아지긴 했을까? 의문이 든다. 예술계를 휩쓸었던 미투 사건이 적나라한 그 예이다. 드러난 것은 빙산의 일각이다. 미투 사건이 나자 반성하기는커녕 모르쇠로 일관하는 뻔뻔한 태도를 보였다.

아직도 시를 배우지 못하였느냐?

# 김명순 (1896~1951)

| 소설가, 시인, 언론인, 영화배우, 연극배우

1896년 평안남도 평양군 융덕면에서 태어났다. 1913년 진명여학교를 졸업하고 일본 시부야 국정여학교에 편입하였으나 중퇴했다. 1917년 잡지 『청춘』 현상소설모집에 단편소설 「의심의 소녀」가 당선되어 문단에 등단했다. 1919년에는 소설가 전영택의 소개로 당시 일본에 유학 중인 문학가들이 창간한 『창조』의 동인으로도 참여했다. 1925년에는 한국 여성 시인 최초로 시집 『생명의 과실(果實)』을 간행하기도 했다.

2000년까지 밝혀진 김명순의 작품은 시 86편(번역시 포함), 소설 22편(번역소설 포함), 수필·평론 20편, 희곡 3편 등이다. 소설 속 주인공의 이름이기도 한 탄실은 그의 필명이자 아명이다. 일본 유학 중 당한 성폭력 사건 이후 각종 스캔들에 휘말리다 끝내 가난과 정신병을 이기지 못한 채 1951년 일본 도쿄 아오야마 뇌병원에서 사망했다.

단편소설 「처녀의 가는 길(1920)」, 「칠면조(七面鳥)(1921)」, 「외로운 사람들(1924)」, 「탄실이와 주영이(1924)」, 「돌아다볼 때(1924)」, 「꿈 묻는 날 밤(1925)」, 「손님(1926)」, 「나는 사랑한다(1926)」, 「모르는 사람같이(1929)」 등과 시 「동경(1922)」, 「옛날의 노래여(1922)」, 「거룩한 노래」, 「시로 쓴 반생기(1938)」, 시집 『애인의 선물』(1928) 등의 작품을 남겼다.

한 여자를 죽이는 일은 간단했다. / 유학 중 도쿄에서 고국의 선배를 만나 데이트 중에 / 짐승으로 돌변한 남자가 / 강제로 성폭행을 한 그날 이후 / 여자의 모든 것은 끝이 났다. / 출생부터 더러운 피를 가진 여자! 처녀 아닌 탕녀! / 처절한 낙인이 찍혀 내팽개쳐졌다. / 자신을 깨워, 큰 꿈을 이루려고 떠난 낯선 땅 / 내 나라를 식민지로 강점한 타국에서 / 그녀는 그때 열아홉 살이었다. / 뭇 남자들이 다투어 그녀를 냉소하고 조롱했다. / 그것도 부족하여 근대 문학의 선봉으로 / 새 문예지의 출자자로 기생집을 드나들며 / 술과 오입의 물주였던 당대의 스타 김동인은 / 그녀를 모델로 '문장'지에 / 소설 '김연실전'을 연재했다. / 그녀에게 돌이킬 수 없는 사회적 성폭력, / 비열한 제2의 확인 사살이었다. / 이성의 눈을 감은 채, 사내라는 우월감으로 / 근대 식민지 문단의 남류(男流)들은 죄의식 없이 / 한 여성을 능멸하고 따돌렸다. / 창조, 개벽, 매일신보, 문장, 별건곤, 삼천리, 신여성, / 신태양, 폐허, 조광의 필진으로 / 잔인한 펜을 휘둘러 지면을 채웠다. / 염상섭도, 나카니시 이노스케라는 일본 작가도 합세했다. / 그리고 해방이 되자 그들은 책마다 교과서마다 / 선구와 개척의 자리를 선점했다. / 인간의 시선은 커녕 편협의 눈 하나 교정하지 못한 채 / 평론가 팔봉 김기진이 되었고 / 교과서 편수관, 목사, 소설가 늘봄 전영택이 되었고 / 어린이 인권을 앞세운 색동회의 소파 방정환이 되었다. / 김동인은 가장 큰 활자로 문학사 한가운데 앉았다. / 처음 그녀를 불러내어 데이트 강간을 한 / 일본 육군 소위 이응준은 / 애국지사의 딸과 결혼하여 친일의 흔적까지 무마하고 / 대한민국 국방 경비대 창설로, 초대 육군 참모총장으로 / 훈장과 함께 지금 국립묘지에 안장되어 있다. / 탄실 김명순은 피투성이

알몸으로 사라졌다. / 한국 여성 최초의 소설가, 처음으로 시집을 낸 여성 시인, / 평론가, 기자, 5개 국어를 구사한 번역가는 / 일본 뒷골목에서 매를 맞으며 땅콩과 치약을 팔아 연명하다 / 해방된 조국을 멀리 두고 정신병원에서 홀로 죽었다. / 소설 25편, 시 111편, 수필 20편, 희곡·평론 등 170여 편에 / 보들레르, 에드거 앨런 포를 처음 이 땅에 번역 소개한 / 그녀는 처참히 발가벗겨진 몸으로 매장되었다. / 꿈 많고 재능 많은 그녀의 육체는 성폭행으로 / 그녀의 작품은 편견과 모욕의 스캔들로 유폐되었다. / 이제, 이 땅이 모진 식민지를 벗어난 지도 칠십여 년 / 아직도 여자라는 식민지에는 / 비명과 피눈물이 멈추지 않는다. / 조선아, 이 사나운 곳아, 이담에 나 같은 사람이 나더라도 / 할 수만 있는 대로 또 학대해보아라. / 피로 절규한 그녀의 유언은 오늘도 뉴스에서 튀어나온다. / 탄실 김명순! 그녀 떠난 지 얼마인가. / 이 땅아! 짐승의 폭력, 미개한 편견과 관습 여전한 / 이 부끄럽고 사나운 땅아!

　　- 문정희, 「곡시-탄실 김명순을 위한 진혼가」, 『문예중앙 2016년 겨울호』


　시간이 많이 흐른 지금쯤은 '진혼'이 되어 그 '조선'을 용서할 수 있을까. '아직도 여자라는 식민지에는 비명과 피눈물 멈추지 않'고 있다. 아직도 여자라는 이름은 발가벗겨진 채로 대화방에서 내동댕이쳐지고 살해되기를 거듭하고 있다. 여성시인들은 무엇보다 여성을 구하고 자신을 구해야 한다. 가만히 있어서는 아무것도 변하지 않는다.

일찍이 나는 아무것도 아니었다. / 마른 빵에 핀 곰팡이

벽에다 누고 또 눈 지린 오줌 자국 / 아직도 구더기에 뒤덮인 천

년 전에 죽은 시체.


아무 부모도 나를 키워주지 않았다. / 쥐구멍에서 잠들고 벼룩의

간을 내먹고

아무데서나 하염없이 죽어가면서 / 일찍이 나는 아무 것도 아니

었다


떨어지는 유성처럼 우리가 / 잠시 스쳐갈 때 그러므로,

나를 안다고 하지 말라. / 나는너를모른다 나는너를모른다.

너당신그대, 행복 / 너, 당신, 그대, 사랑


내가 살아있다는 것, / 그것은 영원한 루머에 지나지 않는다.

- 최승자, 「일찍이 나는」, 『이 시대의 사랑』, 문학과지성사, 1981.


한전에 근무하는 지인에게 주부검침원 자리를 부탁하려고 이력

서를 들고 간다. 그래도 바짝 하면 월 백이십에 공휴일은 쉬니 그

만한 일자리도 없다. 싶어 용기를 낸 길, 벌써 봄이라고 이 땅에

뿌리를 박는 민들레 제비꽃들, 그 조그맣고 기대에 찬 얼굴에 대

고 조만간 잔디에 밀려나갈 것이라고 나는 말해줄 수 없다. 그에

비하면 밀려날 걱정 없이 남의 뒤란에 걸린 계량기나 들여다보면

서 늙는 것도 괜찮다 싶다가도 그래도 뭔가 좀 억울하고 섭섭해지는 기분에 설운 방게처럼 옆걸음질 치는데 명동성당 앞에는 엊그제 돌아가신 추기경님 추모 행렬이 끝도 없이 늘어서 있다 대통령 앞에서도 할 말 다했다는 추기경님도 이 땅에서는 임시직이셨나, 그나저나 취업이 되더라도 일이년은 기다려야 한다는데 그동안은 앳된 얼굴의 저 민들레처럼 저 제비꽃처럼 내일 따윈 안중에도 없이 팔락거려도 될까.

- 문성해, 「취업일기」, 『입술을 건너간 이름』, 창비, 2012.

요술할멈이 만들어준 궁전의 공주처럼 / 나는 잠이 달콤했는지도 몰라요 / 왕자님 같은 그대의 키스가 아름다웠는지도 몰라요 / 더 이상 사랑하는 그대 키스로 내 잠을 깨지는, / 깨지는 정말로 않겠습니다 / 요술할멈이 없어도 나는 마술을 부릴 수 잇고 / 그대 왕자님 없어도 나는 잠을 깰 수 있어요 / 나는 이제 궁전으로 다시는 / 가지 않겠습니다

- 김신영, 「나의 노래」, 『화려한 망사버섯의 정원』, 문학과지성사, 1994.

세 편의 시는 여성으로서의 한계와 상황을 노래하고 있다. 여성이기에 겪어야 하는 일은 중요하게 치부되지 않고 사회의 조력자로 살아가는 형상이 드러난다.

여성의 잘못이 아니다. 차별과 억압과 무시로 일관된 사회적 질시

때문이다. 영화 「82년생 김지영」은 그러한 미세한 지점을 잘 지적하고 있다. 여성 시인들은 이 지점을 시로 쓰기 위해 노력을 기울여야 한다. 먼 길을 가야 하겠지만 힘든 처지에 있는 여성들에게 조금이라도 힘이 되기를 기대해 본다.

여성이라는 옷을 입었을 뿐 동격의 사람이다. 그럼에도 불구하고 물리적 힘이라는 한 가지 잣대로만 평가되고, 남류(男流)의 권력이 적용되는 현실을 함께 스크럼을 짜듯이 헤쳐 나가야 할 것이다.

아직도 시를 배우지 못하였느냐?

# 시의 포착

## (1) 시의 포착

포착이란 사물을 포착할 때 레이더로 목표를 탐지하여 식별하는 과정을 뜻한다. 추적 레이더일 경우 무기를 효과적으로 사용할 수 있도록 표적을 레이더 빔 내에 잡는 과정이다. 그렇다면 시에서 말하는 포착이란 무엇일까? 어떤 사물을 볼 때 좀 더 명확하고 정확하게 식별하는 것이라 할 수 있다. 시는 어떤 대상을 시화하기 위해 사물을 좀 더 면밀하게 들여다보는 과정이 필요하다. 이 과정은 시간이 꽤 오래 걸릴 수 있다. 훈련이 필요하고 연습이 필요하다. 인생이라는 시간을 놓고 보아야 하는 경우도 많다. 깊은 시간을 통해 파악된 사물의 의미, 그것이 시가 사물을 포착하는 의미가 될 것이다.

## (2) 시의 사물 속으로

시가 될 수 있는 사물엔 어떤 것이 있을까. 정해진 것은 없다. 무엇이나 가능하다고 할 수 있다. 무엇이나 시적 대상이 될 수 있는 것과 마찬가지이다. 그러나 사람들은 저마다 경험과 개성이 다르다. 오직 그 사람만이 잘 포착할 수 있는 대상이 있다. 그것이 그 사람의 개성이며 그 사람이 잘 나타낼 수 있는 장점이 된다. 때문에 자신에게 장점이 될 수 있는 사물을 면밀하게 관찰하고 그 사물의 의미를 통찰하는 것이 중요하다. 그간 살아온 시간 안에 들어있는 자신이 풀지 못한 숙제 같은 의미나 사건이나 관계 속에서 우리는 시의 깊은 의미를 포착할 수 있다.

사물을 포착하는 것은 시인에게는 매우 중요한 일이다. 사건이나 관계보다 자연이 주는 의미가 훨씬 생명력이 길기 때문이다. 특히 시사나 정치에 관련된 것은 생명력이 짧다. 한 계절에만 소용되는 시도 있다. 지금까지 전해져 오는 명시들의 생명력은 최소 몇백 년이다. 그 시들은 앞으로도 살아 있을 것이다.


동짓달 기나긴 밤을 한 허리를 버혀 내여
춘풍 니불 아래 서리서리 너헛다가
어른 님 오신 날 밤이여든 굽이굽이 펴리라

- 황진이, 「동짓달 기나긴 밤을」


창(窓) 내고쟈 창을 내고쟈 이 내 가슴에 창 내고쟈
고모장지 셰살장지 들장지 열장지 암돌저귀 수돌저귀 배목걸새
크나큰 쟝도리 둑닥 바가 이 내 가슴에 창 내고쟈
잇다감 하 답답할 제면 여다져 볼가 하노라

- 작자 미상, 「창(窓) 내고쟈 창을 내고쟈」


아직도 시를 배우지 못하였느냐?

시 한 편에 삼만 원이면

너무 박하다 싶다가도

쌀이 두 말인데 생각하면

금방 마음이 따뜻한 밥이 되네.


시집 한 권에 삼천 원이면

든 공에 비해 헐하다 싶다가도

국밥이 한 그릇인데

내 시집이 국밥 한 그릇만큼

사람들 가슴을 따뜻하게 덮어줄 수 있을까

생각하면 아직 멀기만 하네.


시집이 한 권 팔리면

내게 삼백 원이 돌아온다.

박리다 싶다가도

굵은 소금이 한 됫박인데 생각하면

푸른 바다처럼 상할 마음 하나 없네.


- 함민복, 「긍정적인 밥」

옷을 집고 있지 않을 때

내 몸을 매달아본다

몸뚱이가 되어 허공을 입고

허공을 걷던 옷가지들

떨어지던 물방울의 시간

입아귀 근력이 떨어진

입 다무는 일이 일생인

나를 물고 있는 허공

물 수 없는

시간을 깨물다

철사 근육이 삭아 끊어지면

툭, 그 한마디 내지르고

흩어지고 말

온몸이 입인


- 함민복, 「빨래집게」

혼자 사는 게 안쓰럽다고

반찬이 강을 건너왔네
당신 마음이 그릇이 되어
햇살처럼 강을 건너왔네
김치보다 먼저 익은
당신 마음
한 상

- 함민복, 「마음이 마음을 먹는 저녁」


　황진이의 시는 동짓달의 기나긴 밤을, 사설시조는 답답한 마음의
창을, 함민복은 밥과 빨래집게, 반찬의 사물을 포착하여 표현하고
있다.

# 시의 미적 거리

## 1. 시의 미학과 미적 거리 / 기형도의 시를 만나다

미학이란 과목은 철학사의 한 궤적으로 흔히 시에서 다루는 학문이다. 이때 미학이란 인간의 전 감정을 망라한다. 희노애락미추까지 포함하는 것이다. 인간의 기쁨이나 분노, 사랑, 즐거움, 아름다움, 추함, 악함 등의 감정은 철학사에서 지속적으로 연구되고 있다. 그 중 미적 거리에 관한 것은 비교적 최근에 논의가 되기 시작한 분야이다.

사람을 보기에 가장 이상적인 각도와 거리가 있다. 그 거리에 서서 상대방을 바라보아야 아름다움을 발견할 수 있다. 너무 멀어도 미를 알기 힘들고 또한 너무 가까워도 알기 힘들다. 따라서 적당한 거리가 존재한다. 시에서도 마찬가지이다. 어떤 사물이나 사람을 표현할 때 적절한 거리가 필요하다. 너무 가까이 가서 본질을 흐리거나 너무 멀리 가서 형태를 파악하기 힘들게 해서는 안 되는 것이다. 적당한 거리의 포착은 사물을 나타내는 방법이 잘 표현되었을 때라고 말할 수 있다. 따라서 어떤 사물을 어떻게 보느냐와 어떤 거리에서 표현하느냐가 중요한 문제가 된다.

다음의 작품을 함께 읽어 보자. 김신영 시인의 「해저 구석에 쭈그

려 앉은 마음」라는 시다. 이 시에서는 측면의 존재의미에 대해 말하
고 있다.

머언 바다 끝에 다다라
푸른 물결 바다 속을 가만히 들여다보면
해저 구석에 쭈그려 앉은 마음이 보인다
두 손을 아래로 툭 떨어뜨리고
힘없이 돌 벽에 기대어 있는 사람이 보인다
오래 기다리지 못하고
먼저 가버린 시간이 그곳에 당도해
외로워하고 있는 것이 보인다

버릇없이 굴던 날이 빗물을 떨구면서
훌쩍거리는 측은한 소리, 서글픈 오후
바다 끝에다 버린 시간을
가만히 들여다보고 있으면
울컥한 울음을 쏟고 있는 오늘이 보인다

외롭고 격하고 못난 불온한 순간이
손을 잡아끌고 길고 깊은 해저를 가르친다
이제는 쭈글해진 손 주름과 악수를 하며
빗물보다 진한 바닷물 속에는
시간이 돌에 걸려 넘어지던 순간과 함께

짠물을 물고 울고 있다

바다 밑에 납덩이를 매달고 가라 앉아 있는 시간
수중선(水中船)을 띄워야 하나
건져 올려 번제(燔祭)를 드려야 하나
머리와 다리를 따로 놓고 각을 뜨기 위해

예리한 칼을 높이 든다
용서의 마음이 눈앞에 온다
피 한 방울 흘리지 않는 계절이
성큼 다가오고 있다

- 김신영, 「해저 구석에 쭈그려 앉은 마음」

위의 시 「해저 구석에 쭈그려 앉은 마음」에서는 뭍의 끝에 다다른 화자를 또 다른 시각을 가진 바다 쪽의 화자가 바라보고 있다. 마치 뭍과 바다가 몸과 마음의 대비인 것 같기도 하고 현실과 이상적 세계의 대비인 듯도 하다. 그리고 화자는 어떤 상황의 연유로 땅 끝까지 가서 자신을 비추고 있는 "해저 구석에 쭈그려 앉은" 마음을 보고 있는 것일까. 그 마음은 또 피상적으로 "두 손을 아래로 툭 떨어뜨리고 / 힘없이 돌 벽에 기대어 있는 사람"으로 보이는 자신의 실체를 보고 있다. 그 연유는 "오래 기다리지 못하고/먼저 가버린 시간" 때문인 듯도 하다. "버릇없이 굴던 날이 빗물을 떨구면서 / 훌쩍거리

아직도 시를 배우지 못하였느냐?

는 측은한 소리, 서글픈 오후 / 바다 끝에다 버린 시간"들이다. "울컥한 울음을 쏟고 있는 오늘", "외롭고 격하고 못난 불온한 순간"들이 "손을 잡아끌고 길고 깊은 해저를 가르치고" 있다. 알 수 없는 시간들, 깊고 깊은 늪 같은 미지의 시간들이 있다는 것을 말하고 있는 듯하다. 현상만을 보고 현실적으로 쉽게만 생각하지 말라고 해저의 구석에 있는 화자가 땅 끝에 있는 화자에게 가르치고 있는 것이다.

그리고 마침내는 "쭈글해진 손 주름과 악수를 하며" 새로 나아갈 방향을 모색한다. 그리고 "바다 밑에 납덩이를 매달고 가라앉아 있는 시간" 그 알 수 없는 시간을 위해 번제(燔祭)라도 올리려 한다. 번제는 기독교 구약 시대에 짐승을 통째로 제물로 바친 제사로 안식일이나 매달 초하루와 무교절, 속죄제에 지냈던 의식이다. 화자는 "용서의 마음이 눈앞에" 오는 것을 느낀다. 또한 "피 한 방울 흘리지 않는 계절이/성큼 다가오고 있"음을 본다. 자신의 개선의지가 없이는 세월이 지난다고 해도 그것이 해결되지 않는다는 것을 화자는 깨닫고 있는 듯하다. 김신영 시인의 「해저 구석에 쭈그려 앉은 마음」은 기독교적 세계관으로 깨달음의 경지에 도달하려는 시적 의지를 보인다.[16]

---

16  김광기, 「문학과사람」 (2019, 봄호) 「존재의 비유와 깨달음, 상처와 질박한 삶의 의미」

사랑을 잃고 나는 쓰네

잘 있거라, 짧았던 밤들아
창밖을 떠돌던 겨울안개들아
아무것도 모르던 촛불들아, 잘 있거라
공포를 기다리던 흰 종이들아
망설임을 대신하던 눈물들아
잘 있거라, 더 이상 내 것이 아닌 열망들아
장님처럼 나 이제 더듬거리며 문을 잠그네
가엾은 내 사랑 빈집에 갇혔네

- 기형도, 「빈 집」

사랑을 잃어버린 가슴은 허무로 차 있고 짧았던 밤은 이제 이별이다. 행복했던 순간에 대한 단상과 아름다운 사람의 부재로 '가엾은 내 사랑 빈 집'에 갇혀버렸다고 토로하는 시다. 적당한 미적 거리를 취하고 있다. 잃어버린 사랑이 아름답게만 느껴진다.

열무 삼십 단을 이고
시장에 간 우리 엄마
안 오시네, 해는 시든 지 오래
아무리 천천히 숙제를 해도

엄마 안 오시네. 배추잎 같은 발소리 타박타박

안 들리네, 어둡고 어두워

금간 창 틈으로 고요히 빗소리

빈방에 혼자 엎드려 훌쩍거리던


아주 먼 옛날

지금도 내 눈시울을 뜨겁게 하는

그 시절, 내 유년의 윗목


- 기형도, 「엄마 걱정」


아주 오랜 세월이 흐른 뒤에

힘없는 책갈피는 이 종이를 떨어뜨리리

그때 내 마음은 너무나 많은 공장을 세웠으니

어리석게도 그토록 기록할 것이 많았구나

구름 밑을 천천히 쏘다니는 개처럼

지칠 줄 모르고 공중에서 머뭇거렸구나

나 가진 것 탄식밖에 없어

저녁 거리마다 물끄러미 청춘을 세워두고

살아온 날들을 신기하게 세어보았으니

그 누구도 나를 두려워하지 않았으니

내 희망의 내용은 질투뿐이었구나

그리하여 나는 우선 여기에 짧은 글을 남겨둔다

나의 생은 미친 듯이 사랑을 찾아 헤매었으나
단 한 번도 스스로를 사랑하지 않았노라

- 기형도, 「질투는 나의 힘」

「엄마 걱정」에서는 시장에 가서 늦은 밤이 되어도 돌아오지 않는
엄마를 기다리는 화자가 천천히 숙제를 하는 모습에서 춥고 외로웠
던 유년시절이 그려진다. 「질투는 나의 힘」이란 시에서는 '그때 내
마음은 너무나 많은 공장을' 세웠다고 자신의 행동이 쓸데없는 일이
었음을 깨닫는 자각과 반성이 펼쳐진다.

햇빛은 분가루처럼 흩날리고
쉽사리 키가 변하는 그림자들은
한 장 열풍(熱風)에 말려 둥글게 휘어지는구나
아무 때나 손을 흔드는
미루나무 얕은 그늘 속을 첨벙이며
2시 반 시외버스도 떠난 지 오래인데
아까부터 서울집 툇마루에 앉은 여자
외상값처럼 밀려드는 대낮

- 기형도, 「봄날은 간다」 중에서

아직도 시를 배우지 못하였느냐?

택시 운전사는 어두운 창밖으로 고개를 내밀어

이따금 고함을 친다, 그때마다 새들이 날아간다

이곳은 처음 지나는 벌판과 황혼,

나는 한 번도 만난 적 없는 그를 생각한다


그 일이 터졌을 때 나는 먼 지방에 있었다

먼지의 방에서 책을 읽고 있었다

문을 열면 벌판에는 안개가 자욱했다

그 해 여름 땅바닥은 책과 검은 잎들을 질질 끌고 다녔다

접힌 옷가지를 펼칠 때마다 흰 연기가 튀어나왔다

침묵은 하인에게 어울린다고 그는 썼다

나는 그의 얼굴을 한 번 본 적이 있다

신문에서였는데 고개를 조금 숙이고 있었다

그리고 그 일이 터졌다, 얼마 후 그가 죽었다

…(중략)…

이곳은 처음 지나는 벌판과 황혼,

그 입 속에 악착같이 매달린 검은 잎이 나는 두렵다.

- 기형도, 「입 속의 검은 잎」


　　「봄날은 간다」에서 시대를 살아온 화자의 심중에 '햇빛은 분가루
처럼 흩날리는' 모습이 형상화되고 있다. 「입 속의 검은 잎」은 침묵
하고 있는 자신의 입 속에 검은 잎이 악착같이 매달려 있다고 말한다.

내가 살아온 것은 거의
기적적이었다
오랫동안 나는 곰팡이 피어
나는 어둡고 축축한 세계에서
아무도 들여다보지 않는 질서

속에서, 텅 빈 희망 속에서
어찌 스스로의 일생을 예언할 수 있겠는가
다른 사람들은 분주히
몇몇 안 되는 내용을 가지고 서로의 기능을
넘겨보며 서표(書標)를 꽂기도 한다
또 어떤 이는 너무 쉽게 살았다고
말한다, 좀더 두꺼운 추억이 필요하다는

사실, 완전을 위해서라면 두께가
문제겠는가? 나는 여러 번 장소를 옮기며 살았지만
죽음은 생각도 못했다, 나의 경력은
출생뿐이었으므로, 왜냐하면
두려움이 나의 속성이며
미래가 나의 과거이므로
나는 존재하는 것, 그러므로
용기란 얼마나 무책임한 것인가, 보라

아직도 시를 배우지 못하였느냐?

나를

한번이라도 본 사람은 모두

나를 떠나갔다, 나의 영혼은

검은 페이지가 대부분이다, 그러니 누가 나를

펼쳐 볼 것인가, 하지만 그 경우

그들은 거짓을 논할 자격이 없다

거짓과 참됨은 모두 하나의 목적을

꿈꾸어야 한다, 단

한 줄일 수도 있다


나는 기적을 믿지 않는다

- 기형도, 「오래된 서적」


　「오래된 서적」에서는 '아무도 들어와 보지 않는 질서'를 들여다보면서 희망을 삼는 책을 자신과 동일시하면서 절망을 표현하고 있다. 기형도의 시에서는 희망보다는 절망을 들추어 보고 밝음보다는 어둠의 세계를 펼쳐 보이고 있다. 그의 미적 거리는 다른 사람들이 멀리하는 것을 가까이하며 효과를 얻고 있다.

# 시의 장소성과 무장소성

가스통 바슐라르에 의하면 '한 공간을 물들이는 감성이 어떤 것이든, 슬픈 것이든 무거운 것이든, 그것이 시적 표현을 얻게 되자마자, 슬픔은 바래지고 무거움은 가벼워지며, 시적 공간은 그것이 표현되었기 때문에 팽창의 가치를 얻는 중요한 장소라고 하였다.[17]

시인에게 장소는 시창작의 배태가 되며 실존의 현장이 되는 중요한 곳이다.

시인에게 장소는 실존의 의미를 넘어서 새로운 의미를 첨가한다. 잊지 못할 장소에 대한 시인의 노래는 그 공간적 의미를 넘어 자아의식을 확장하며 미학적으로 새롭게 탄생한다. 시인이 경험한 공간은 자신의 근원적인 존재의미와 삶의 문제를 성찰하는 곳이다.

시에서 어떤 공간에 대한 애착이 창작으로 이어지는 경향이 있다. 이는 시창작과 장소애가 특별한 관계임을 설명한다. 시인들에게 실존적 토대가 되면서도 애착의 공간이 되는 곳은 의미의 재생산을 통해 확대되는 곳이다. 원형적 공간에 대한 장소애와 도시에서 사라져가는 장소애, 즉 무장소성을 중심으로 시 창작에 미친 영향을 살펴

---------------------

17  가스통 바슐라르, 곽광수 옮김, 『공간의 시학』, 동문선, 2003, 341쪽.

보고자 한다.


밧줄에 걸어 논

요에다 그린 지도는

간밤에 내 동생

오줌 싸서 그린 지도.


위에 큰 것은

꿈에 본 만주땅

그 아래

길고도 가는 건 우리 땅


- 윤동주, 「오줌싸개 지도」


눈이 많이 와서

산엣새가 벌로 나려 멕이고

눈구덩이에 토끼가 더러 빠지기도 하면

마을에는 그 무슨 반가운 것이 오는가보다.

한가한 애동들은 어둡도록 꿩 사냥을 하고

가난한 엄매는 밤중에 김치가재미로 가고

마을을 구수한 즐거움에 사서 은근하니 흥성흥성 들뜨게 하며

이것은 오는 것이다.

이것은 어늬 양지귀 혹은 능달쪽 외따른 산 옆 은댕이 예데가리
밭에서
하로밤 뽀오얀 흰김 속에 접시귀 소기름불이 뿌우현 부엌에
산멍에 같은 분틀을 타고 오는 것이다.
이것은 아득한 옛날 한가하고 즐겁든 세월로부터
실 같은 봄비 속을 타는 듯한 녀름 속을 지나서 들쿠레한 구시월
갈바람 속을 지나서
대대로 나며 죽으며 죽으며 나며 하는 이 마을 사람들의 으젓한
마음을 지나서 텁텁한 꿈을 지나서
지붕에 마당에 우물 둔덩에 함박눈이 푹푹 쌓이는 여늬 하로밤
아배 앞에 그 어린 아들 앞에 아배 앞에는 왕사발에 아들 앞에는
새끼사발에 그득히 사리워 오는 것이다.
이것은 그 곰의 잔등에 업혀서 길여났다는 먼 옛적 큰마니가
또 그 집등색이에 서서 자채기를 하면 산넘엣 마을까지 들렸다는
먼 옛적 큰아바지가 오는 것같이 오는 것이다.


아, 이 반가운 것은 무엇인가
이 희수무레하고 부드럽고 수수하고 슴슴한 것은 무엇인가
겨울밤 쩡하니 닉은 동티미국을 좋아하고 얼얼한 댕추가루를 좋
아하고 싱싱한 산꿩의 고기를 좋아하고
그리고 담배 내음새 탄수 내음새 또 수육을 삶는 육수국 내음새
자욱한 더북한 삿방 쩔쩔 끓는 아르굳을 좋아하는 이것은 무엇
인가

아직도 시를 배우지 못하였느냐?

이 조용한 마을과 이 마을의 으젓한 사람들과 살틀하니 친한 것
은 무엇인가
이 그지없이 고담(枯淡)하고 소박한 것은 무엇인가.


山턱 원두막은 뷔였나 불빛이 외롭다
헝겊심지에 아즈까리기름의 쪼는 소리가 들리는듯하다


잠자리조을든 문허진 城터
반딧불이 난다 파란 魂들 같다
어데서 말있는 듯이 크다란 山새 한 마리 어두운 곬작이로 난다


헐리다 남은 城門이
한울빛같이 훤하다
날이 밝으면 또 메기수염의 늙은이가 청배를 팔러 올 것이다.

- 백석, 「정주성(定州城)」[18]

도시에서 만나는 일상은 인격적인 대면이 아니라 사물과 사물로
서의 대면이다. 이에 고유한 인간이거나 고유한 장소라는 가치가 무
너지고 사람들은 장소를 상실한다. 시에 장소를 상실한 현상이 등장

------------------

18  최동호 외, 『백석 시 읽기의 즐거움』, 서정시학, 2006. 102면.

하고 있다. 도시화될수록 사람들은 장소를 잃는다. 우리가 만나는 것은 다 똑같은 무언가이며 우리가 거주하는 공간은 다 똑같은 형태를 가진 곳들이다. 어딜 가나 같은 것들이 있고 개인의 가치는 그 의미를 벗어나 대중이나 군중의 의미로 고독을 느끼는 존재가 되어 있다. 시인들은 이러한 현상을 표현하여 현대의 의미를 드러낸다.

장소의 진정성으로 꼽는 것은 고유성이다. 랠프는 어떤 장소가 탈맥락화되어 고유분위기를 잃고 주변경관과 단절된 채 웅장하고 이국적인(정확하게 말하면 국적불명의) 외양을 자랑하는 대규모 리조트파크를 장소상실의 대표적인 예로 꼽는다. 이는 획일화이며 인간과 인간에 대한 폐쇄적인 태도이다.[19]

시인들은 도시에서 거주하나 그들의 실존적인 공간에 대한 애착보다는 다른 공간을 지향하는 경향이 있다. 그 장소성으로 등장할수 있는 것은 블로흐가 말한 '이상향'적 요소에 가깝다. 실존이 아니라 하더라도 애착 공간은 시의 창작에 있어 가장 근원적인 모티브를 형성한다. 시에서 내재화된 공간은 백석 시인이 '정주'를 지향하는 것, 윤동주가 '만주'를 지향하는 것과 같은 맥락을 지닌다. 이는 시인들에게 지배적인 공간으로 표상화되어 시의 주제와 연관성을 지닌다.

---

19  에드워드 랠프, 김덕현, 김현주, 심승희 역, 『장소와 장소상실』, 논형, 2005, 179면.

토끼 굴에 빠져든 백 년 전의 앨리스와

돈에 쫓겨 반지하로 꺼져 든 앨리스들과 만났다


생의 반이 다 묻힌 반지하 인생의 나는

생의 반을 꽃피우는 이들을 만나 목련 차를 마셨다


서로 마음에 등불을 켜 갔다

- 신현림, 「반지하앨리스」, 부분[20]


　반지하는 장소에 대한 애착이 아니라 벗어나고 싶은 공간이다. 어쩔 수 없이 꺼져 버리고 만 인생이다. 그곳을 벗어나고자 시인은 사람들을 만나고 목련차를 마신다. 획일화된 도시공간에서 갈 곳은 그곳뿐이다. 목련차처럼 향토성과 향기로운 고향을 기억하는 시인은 목련차를 통해서 위로받고 싶은 것이다. 목련차를 마시는 공간이 화려하고 풍요로울지라도 그곳이 애착을 가질 수 있는 공간은 아니다. 도시는 그런 곳이 너무나 많고 많은 사람들이 관계없이 드나드는 곳이며 목련차를 공장에서 생산하듯이 만들어 내는 곳이다.


20　신현림, 「반지하앨리스」, 민음사, 2017.

곧 잊을 수 없는 저녁이 올 거야

죄와 악이란 말을 잊었듯이 그 저녁도 잊을 거야

잊혀진 사람과 사라진 동물을 적어봐

별을 삼키고 속죄의 시를 적어봐

…(중략)…

지금 나무를 심지 않으면

내일은 해가 뜨지 않을지도 몰라

유럽이 물바다고 한반도는 가뭄중이고

…(중략)…

막 낳은 달걀처럼 매일이 따뜻할 수만 있다면

성서나 베케트가 마약일 수 있다면

쓰러져가는 혼에 불을 지필 사람이 필요해

함께 죽어갈 사람이

- 신현림, 「세기말 블루스」[21]


시멘트로든 나무로든 집을 짓지 않고,

어젯밤 나를 찾아온 꿈을

오늘 아침에 지우듯,

흔적없이 사라지리라

커튼을 내리고 호텔 방에서

--------------------

21  신현림, 『세기말 블루스』 창작과 비평사, 1994

아직도 시를 배우지 못하였느냐?

길가에서 최후를 맞이하기를

…(중략)…


- 최영미 , 「아파트를 꿈꾸며」, 부분[22]


　신현림과 최영미의 시에서 나타나는 특이한 지점은 함께 살아가는 것이 아닌 함께 죽어갈 대상을 그리워한다는 점이다. 신현림은 매일 따뜻하기를 소망하면서 자신의 쓰러져 가는 혼에 불을 지필 사람, 또 함께 죽어 갈 사람이 있는 공간을 그린다. 최영미는 시멘트로 지은 호텔 방에서 자신의 최후를 그린다. 현실은 아름답지 않다. 혼란스럽고 우아하지 않은 곳이 이 세상이다. 그러므로 가장 따뜻하고 아늑한 공간인 호텔을 지향하는 것이다.

　아름다운 공간에 대한 상상(지향)은 현실의 부정적인 공간에 대한 반향이다. 쾌적하게 시를 짓고 싶은 시인은 더 좋은 공간을 지향하고 있다.


-------------------

22　최영미, 『아직 도착하지 않은 삶』, 문학동네, 2009, 20~21면.

# 발상의 전환

등단하려는 시, 특히 신춘문예를 통해 등단하려는 시는 무엇보다 발상의 전환이 두드러진다고 하겠다. 발상의 전환은 기존의 것을 그대로 표현하는 것이 아니라 기존의 표현을 뛰어넘어 기발한 아이디어와 재치를 표현하는 것을 말한다. 그것은 여러 가지 문학적 기법으로 나타난다. 그중에서도 '역설'은 지금껏 알고 있던 통념을 깨뜨리는 데 아주 효과적인 기법이라고 할 수 있다. 이러한 역설은 통념을 깨트리는 표현으로 나타나는 경우가 대부분이다. 또한 시의 첫 행과 마지막 행이 중요하다.

> 보이지 않는 것의 소중함
> 저녁의 뒤꿈치가 나무보다 질겼네…
> 저녁이 일을 하러 마을로 내려올 것이다.
> 저녁은 저녁밥을 먹고 왔을까
> 저녁은 무엇을 할까
>
> - 「저녁에 대한 상상」, 마경덕의 말 중에서

아직도 시를 배우지 못하였느냐?

일상에서 사물들과 대화를 해 보는 것도 발상의 전환에 도움이 된다. 시의 마지막 반전은 큰 의미를 던져 준다.

묵은 신발을 한 무더기 내다 버렸다
일기를 쓰다 문득, 내가 신발을 버린 것이 아니라 신발이 나를 버렸다는 생각을 한다 학교와 병원으로 은행과 시장으로 화장실로, 신발은 맘먹은 대로 나를 끌고 다녔다 어디 한 번이라도 막막한 세상을 맨발로 건넌 적이 있었던가 어쩌면 나를 신고 파도를 넘어 온 한 척의 배 과적(過積)으로 선체가 기울어버린, 선주(船主)인 나는 짐이었으므로,

일기장에 다시 쓴다

짐을 부려놓고 먼 바다로 배들이 떠나갔다

- 마경덕, 「신발論」 (2003 세계일보 당선작)

얼굴 한번 본 적 없는 이의 자서전을 쓰는 일은 그리 어렵지 않았
지만 익숙한 문장들이 손목을 잡고 내 일기로 데려가는 것은 어
쩌지 못했다

'찬비는 자란 물이끼를 더 자라게 하고 얻어 입은 외투의 색을 흰
속옷에 묻히기도 했다'라고 그 사람의 자서전에 쓰고 나서 '아픈
내가 당신의 이름을 지어다가 며칠은 먹었다'는 문장을 내 일기
장에 이어 적었다

- 박준, 「당신의 이름을 지어다가 며칠은 먹었다」 중에서


여기서부터는 아무도 동행할 수 없다
보던 책 덮어놓고 안경도 전화도
신용카드도 종이 한 장 들고 갈 수 없는
수십 억 광년의 멀고먼 여정
무거운 몸으로는 갈 수 없어
마음 하나 가볍게 몸은 두고 떠나야 한다
천체의 별, 별 중의 가장 작은 별을 향해
나르며 돌아보며 아득히 두고 온
옛집의 감나무 가지 끝에
무시로 맴도는 바람이 되고
눈마다 움트는 이른 봄 새순이 되어
그리운 것들의 가슴 적시고

아직도 시를 배우지 못하였느냐?

그 창에 비치는 별이 되기를

- 홍윤숙, 「여기서부터는」[23]


공감의 히트를 친 작품들을 살펴보면 발견이 있는 시들이 많다. 이를 발상의 전환이라고 한다. 통념적 사고를 뒤집는 것으로 발상의 전환을 시작한다. 일상에 익숙해져 있는 사람들은 이 방법을 터득하기가 쉽지 않다. 그러한 작품을 보고 연습해 보아야 한다.

23  홍윤숙, 「쓸쓸함을 위하여」, 문학동네, 2010

# 주관의 객관화와 시의 거리

엘리엇은 '詩란 사상(思想)의 정서적(情緖的) 표현이며, 사상을 장미의 향기처럼 느끼게 해 주는 것'이라고 말한 바 있다. 사상이 시에서 드러나야 하는데 오히려 감정만이 과잉 노출되어 거리조정에 실패하게 되면, 시는 초점이 흐려지고 뜻이 호도되며, 정확하게 전달되지 못하는 우를 범하게 된다. 이는 시인의 감정이 주관의 객관화에서 멀어진 것이라 하겠다.

감탄이 남발되면 감정 과잉으로 신파조로 흐르게 된다. 이는 편협할 뿐더러 넘쳐나는 감정으로 객관적인 평가를 받을 수가 없다. 아직도 신파조의 영화를 좋아하는 사람도 있지만 그것은 지나간 시대의 산물이다. 신파조는 이제 추억으로 남겨 두어야 한다. 추억으로 영화를 볼 수는 있어도 이제 그것으로 작품을 지을 수는 없다. 시대가 변한 것이다. 더구나 신파조는 좋은 작품이라 할 수 없다. 그러나 시단에서는 아직도 신파조를 읊으면서 시라고 항변하는 경우를 자주 본다.

시적인 감정의 덩어리(포에지)가 곧 시(포엠)는 아니다. 감정에 끌려 시를 쓰는 것이 아니라 감정을 조절하고 다스려야 좋은 시가 탄생한다. 그러나 문단에는 그저 감정의 덩어리인채로 쓰인 시들이 넘쳐나고 있다. 때문에 평론가나 시인들은 이를 외면하고 사상이 담긴 주관이 들어있으면서도 객관화된 시를 평가하려 한다.

감정의 덩어리가 미적 여과를 거칠 새 없이 쏟아져 나왔을 때 시는 지극히 주관적 형태에 머물러 있는 경우가 많다. 이러한 형태의 시를 두고 미숙하다고 평가를 한다. 다시 말해서 생각의 덩어리가 사상이라고 할 수 없는 것과 같은 이치이다. 감정을 미적 여과장치를 거쳐서 전달할 때 비로소 시의 옷을 입고 아름다운 보석으로 새롭게 탄생하는 것이다.

## 주관적 안전거리의 확보

자동차를 운전할 때 안전거리가 필요하듯이 시에서도 안전한 미적 거리가 필요하다. 시에서 말하는 주관적 거리란, 시가 독자와 만나는 지점에서 충돌을 일으키지 않는 거리를 말한다. 가장 안전하면서 아름답게 보이는 거리다. 시는 어떤 때에 안전한가? 쉽게 이해되는 1차적인 일반 언어를 사용하여 시를 쓰게 되면 시는 독자의 내면에 생각할 시간을 주지 않고 충돌을 일으킨다. 충분한 거리가 확보되도록 문학적 언어인 2차 언어를 써서 충돌을 피해야 한다.

1차 언어의 형태로는 흔히 감탄사를 남발하는 것과 음성상징어의 나열, 한문투의 나열이 있다. 감탄사는 신파조로 흐를 가능성을 갖고 있으며 최근의 현대시에서는 잘 사용하지 않는다. 또한 음성상징어인 의성어와 의태어는 너무 잘 알려진 표현을 쓰는 경향이 있어 주의가 요구된다. 자신의 감정을 강조하기 위해 동어 반복을 하고 비유가 아닌 일반의 언어로 시를 표현한다면 그것은 시의 미적 거리

조정에 실패한 시라고 하겠다. 이때 시는 안전하다고 할 수 없다. 흔히 예로 드는 박영희의 「월광으로 짠 병실」을 살피면서 논의를 전개하고자 한다.


　　밤은 깊이도 모르는 어둠 속으로
　　끊임없이 구르고 또 빠져서 갈 때
　　어둠 속에 낯을 가린 미풍(微風)의 한숨은
　　갈 바를 몰라서 애꿎은 사람의 마음만
　　부질없이도 미치게 흔들어 놓도다.


　　가장 아름답던 달님의 마음이
　　이 때이면 남몰래 앓고 서 있다.


　　근심스럽게도 한발 한발 걸어 오르는 달님의
　　정맥혈(靜脈血)로 짠 면사(面絲) 속으로 나오는
　　병(病)든 얼굴에 말 못하는 근심의 빛이 흐를 때,
　　갈 바를 모르는 나의 헤매는 마음은
　　부질없이도 그를 사모(思慕)하도다.


　　가장 아름답던 나의 쓸쓸한 마음은
　　이때로부터 병들기 비롯한 때이다.


　　　　　　　　　　　아직도 시를 배우지 못하였느냐?

달빛이 가장 거리낌 없이 흐르는

넓은 바닷가 모래 위에다

나는 내 아픈 마음을 쉬게 하려고

조그만 병실(病室)을 만들려 하여

달빛으로 쉬지 않고 쌓고 있도다.


가장 어린애같이 빈 나의 마음은

이때에 처음으로 무서움을 알았다.


한숨과 눈물과 후회와 분노로

앓는 내 마음의 임종(臨終)이 끝나려 할 때

내 병실로는 어여쁜 세 처녀가 들어오면서

당신의 앓는 가슴 위에 우리의 손을 대라고 달님이

우리를 보냈나이다.

(이하 생략)

- 『백조』 3호(1923년 9월), 「월광으로 짠 병실」 중에서


　박영희는 이 시에서 신파조의 감정과잉 상태를 드러낸다. 감탄이 남발되고 있으며, 동어반복과 감정이 넘쳐흐르는 자신의 심정을 여과없이 드러낸다. 시인이 지금 대단히 슬픈 상태라는 것을 너스레를 떨면서 사방에 알리고 있는 상황이다. 또한 병적으로 낭만적인 실상을 보여 주는 작품이다. 이 시에 드러난 것은 감상적인 낭만과 현실 도피의 영탄이다. 이는 갈 바를 모르고 헤매는 지식인으로서 일제강

점기의 비참한 마음을 어린아이처럼 드러내는 저급한 수준으로 평가받는다.

즉 현실을 떨쳐 버리고 환상과 몽환의 비현실적 세계를 택하였으나 시대정신조차도 제대로 승화시키지 못한 병적인 작품, 퇴폐적이며 세기말적인 감상주의로 치닫고 있다. 자신의 공허한 마음에 안식처를 찾기 위하여 달빛으로 병실을 짜기 시작하였으나, 현실은 지극히 공포스럽다. 그리하여 시인은 병실에서 한숨과 눈물과 후회와 분노로 죽게 되고, 달님이 보냈다는 세 처녀가 나타나자 자신의 사랑이 순수한 것이 아니라 상처투성이인 것을 발견하게 된다.

박영희의 상처의 자각은 그것이 영영 고치지 못할 병이라는 것에 망연자실하고 결국 병적 낭만주의로 귀결되고야 만다.


반면 객관적인 거리 조정이 지나친 시는 자신의 주관적인 관념 속에 매몰되어 있는 경우가 많다. 또한 감정을 극도로 제한하여 추상화와 같은 현상이 나타난다고 할 수가 있다. 추상화는 정확한 형체를 알 수 없는 그림이 대부분이다. 비틀어지고 꼬이며 정면이 아니다. 최근에는 이를 예술에 많이 활용하여 쓰고 있으나 시에서는 시적 거리를 너무 멀리 잡게 되면 시가 어려워지고 이해하기 힘들어 독자를 잃게 되는 단점이 있다.

1930년대 이상의 시가 여기에 속한다고 할 수 있다. 이상은 절제된 감정과 이성적 논리에 기조한 시를 발표하여 그 난해성으로 독자에게 큰 항의를 받은 바 있다.

시 제1호

## 13人의아해(兒孩)가도로(道路)로질주(疾走)하오.
(길은막다른골목길이적당(適當)하오.)


제(第)1의아해(兒孩)가무섭다고그리오.

제(第)2의아해(兒孩)도무섭다고그리오.

제(第)3의아해(兒孩)도무섭다고그리오.

제(第)4의아해(兒孩)도무섭다고그리오.

제(第)5의아해(兒孩)도무섭다고그리오.

제(第)6의아해(兒孩)도무섭다고그리오.

제(第)7의아해(兒孩)도무섭다고그리오.

제(第)8의아해(兒孩)도무섭다고그리오.

제(第)9의아해(兒孩)도무섭다고그리오.

제(第)10의아해(兒孩)도무섭다고그리오.


제(第)11의아해(兒孩)가무섭다고그리오.

제(第)12의아해(兒孩)도무섭다고그리오.

제(第)13의아해(兒孩)도무섭다고그리오.

13인의아해(兒孩)는무서운아해(兒孩)와무서워하는아해(兒孩)와

그렇게뿐이모였소.

(다른사정(事情)은없는것이차라리나았소.)

그중(中)에1인(人)의아해(兒孩)가무서운아해(兒孩)라도좋소.

그중(中)에2인人의아해(兒孩)가무서운아해(兒孩)라도좋소.

그중(中)에2인人의아해(兒孩)가무서워하는아해(兒孩)라도좋소.

그중(中)에1인人의아해(兒孩)가무서워하는아해(兒孩)라도좋소.


(길은뚫린골목이라도적당(適當)하오.)

13人의아해(兒孩)가도로(道路)로질주(疾走)하지아니하여도좋소.


## 시 제2호


나의아버지가나의곁에서조을적에나는나의아버지가되고또나는
나의아버지의아버지가되고그런데도나의아버지는나의아버지대
로나의아버지인데어쩌자고나는자꾸나의아버지의아버지의아버
지의…… 아버지가되느냐나는왜나의아버지를껑충뛰어넘어야하
는지나는왜드디어나와나의아버지와나의아버지의아버지와나의아
버지의아버지의아버지노릇을한꺼번에하면서살아야하는것이냐


- 이상, 「오감도(烏瞰圖)」


이상의 시집 『오감도(烏瞰圖)』에 나오는 「시 제1호」와 「시 제2호」
는 그 난해성으로 인하여 아직도 여러 논란이 있으며, 시적으로는
진일보한 시로 평가받고 있다. 이상의 시는 미적 거리가 너무나 멀

어서 그 형태와 의미가 모호하다. 갈등과 충동, 자학과 불안을 표현하기 위한 장치로 평가받았으나 독자와의 거리가 너무나 멀어지고 말았다. 아직도 그 난해성으로 인하여 제대로 된 해석이 나오지 못하기도 하였다. 이를 식민지 지식인의 좌절과 근대화되어가는 상황 속에서 비인간화와 인간성 상실을 노래한 것으로 평가받아 문학사의 한 페이지를 장식하고 있다.

그렇다면 시의 미적 거리의 조정에 성공한 시는 어떤 것일까? 그것은 안전거리를 확보한 시라고 할 수 있다. 자신의 감정을 드러내면서도 감정이 적정선을 유지하는 상태. 슬픔에 차 있지만 그 슬픔에 빠지지 않는 상태라고 말할 수 있다. 또한 자신의 주관적인 상황을 객관적인 상태로 이끌어 공감을 얻는 시의 방식을 들 수가 있다.

비가 쏟아지던 그믐밤
개 짖는 먼 소리 따라
더듬더듬 길을 찾았다

내딛는 발걸음의 무게가
세상을 지탱하려 애써도
가름하기 너무 힘들었다

기어코 가야할 목표대로
미끄러지고 넘어졌지만

마음 접지 않고 달렸다

밤을 새워 걷던 새벽 녘
희미한 빛이 구름을 열듯
손 내민 꿈의 빛을 찾았다.

- 송병훈, 「꿈의 빛」

「꿈의 빛」이란 시의 전문이다. 송병훈 시인은 '그믐 밤'이라는 아주 어두운 시간에도 꿈을 향하여 달리는 상황을 표현하였다. 어둠 속에서 개 짖는 소리만이 들리고 앞은 보이지 않아 더듬거리며 나아가고 있는 상황을 담담한 필치로 그려내고 있다.

작품을 살펴보면, 시의 화자는 현재 자신이 처한 상황 속에서 미끄러지고 넘어진다. 그래도 화자는 마음을 접지 않고 침착한 자세로 한결같이 달려간다. 밤을 새워 걷던 새벽녘에 희미한 빛을 보듯이 목표를 향하여 굽히지 않는 정신을 표현하여 너무 가깝지도 멀지도 않은 미적 거리를 확보한 상태가 나타나고 있다.

필자의 「별시래기」는 시래기를 대상화하여 쓴 시이다. 자신의 감정을 시래기에 담아 얘기하고 있다. 시래기에 자신의 마음이 들어가 있으나 그것은 시래기의 상황이다. 특정한 사물에 자신의 감정을 이입해서 객관화를 획득하고 있다. 자기 자신과 일정한 거리를 유지하고 있는 셈이다.

아직도 시를 배우지 못하였느냐?

객관적인 필치로 시래기가 겪고 있는 현실이 나타난다. 시래기는 하얀 별을 만나고 하얀 눈을 만나며 별을 품고 살아가는 아름다운 존재로 형상화된다. 그는 매달려 있어서 가벼운 존재이나 그도 무게가 있음을 인식할 수 있다. 그의 가벼운 무게는 빨랫줄에 얼어붙었던 만큼 인고의 세월이며 바람에 흔들리며 날아간 만큼의 고난의 세월을 간직한 가난한 무게임을 인지한다. 그 시래기로 화자는 맛있는 고등어 시래깃국을 끓인다. 그러자 신기하게도 시래기가 품었던 별빛이 올라오고 그가 맞았던 바람소리가 들린다. 시와 독자의 거리가 적당하게 객관화되어 있다.


시래기가 품은
하얀 별이 바스락거린다
시래기가 맞은 눈이
젖은 채 뽀드득거린다
별을 품고 살아온 만큼이나
시래기는 서걱서걱


시래기도 무게를 단다
빨랫줄에 걸려 얼어붙었던 만큼
바람에 흔들리며 날아가 버린 만큼
가난한 무게가 달린다
바람을 치우다가

별을 품어버린 시래기를

맑은 물에 담가 큼직하게 무를 썰고

고등어를 넣어


그가 안고 있는 바람을 끓인다

하얀 뭇별이 함께 올라오고

시래기는 바람소리를 낸다

살랑 부는 바람이 한 쪽 볼에

뜨겁게 긴장을 불러온다

입 안에서 별이 벙글거린다


- 김신영, 「별시래기」

아직도 시를 배우지 못하였느냐?

기형도는 주관의 객관화에 성공한 표현 기법으로 독자들의 많은 공감을 사고 있다. 그의 시적인 언어는 다정다감하다. 「엄마 걱정」은 특히 독자들과 가까운 거리로 유명한 작품이다. '열무 삼십 단'으로 시골에서 농사지은 열무를 팔러 간 엄마의 형상을 시각화하였다. 열무를 다 팔아야 집에 오실 어머니가 밤이 깊어도 오지 않는다는 것을 아름다운 풍경으로 그려내고 있는 것이다. '해는 시든 지 오래'라는 표현은 극대화된 화자의 서글픔을 드러내지만 해가 시들었다는 표현 속에서 독자들은 화자의 감정과 상황이 절묘하게 맞아떨어지는 것을 경험한다. 시의 미적 거리가 확보되면 이렇게 멋진 상황이 연출되는 것이다.

열무 삼십 단을 이고
시장에 간 우리 엄마
안 오시네, 해는 시든 지 오래
아무리 천천히 숙제를 해도

엄마 안 오시네. 배춧잎 같은 발소리 타박타박
안 들리네, 어둡고 어두워
금간 창틈으로 고요히 빗소리
빈방에 혼자 엎드려 훌쩍거리던

아주 먼 옛날
지금도 내 눈시울을 뜨겁게 하는

## 그 시절, 내 유년의 윗목

### - 기형도, 「엄마 걱정」

이제는 자신의 감정을 추억하면서 되짚어 보고 있는 「엄마 걱정」은 눈시울이 뜨거워질 만큼 그때에 대한 감정이 격하나 '내 유년의 윗목'이라는 은유를 써서 그 기억이 극한으로 가난하였던 시절임을 상기한다.

그 시절은 아프고 힘들었지만 힘들다는 말을 넘치게 하지 않는다. 비유와 상징, 또는 품위 있는 언어로 견디고 승화시키는 모습이 나타난다. 어머니가 밤늦도록 돌아오지 않는 시간에 짜증이 나거나 화가 나거나 조바심을 내지 않는 것이다. 오히려 아이답지 않고 성숙하게 아주 천천히 숙제를 하고 있는 모습이 표현된다. 이는 미적 거리가 안정적인 상태임을 의미하는 것이다.

시에 기쁘고 슬프고 아프고 그리워하는 것들이 직접적으로 드러나지 않고 은유의 방법과 조탁된 선별적 언어로 쓰이고 있다. 이처럼 훌륭한 시는 이러한 안정적인 시의 객관화를 확보하여 자신의 감정을 넘치거나 부족하지 않게 거리를 조정하여 감정이 안전한 상태를 표현한다.

시에서 주관의 객관화는 대단히 중요한 요소이다. 시를 쓸 때는 나 자신과의 객관적인 거리가 확보되어야 한다. 너무 멀어도, 너무 가까워도 안 된다. 적정 거리가 필요하다. 자신의 감정을 넘치게 써도 안 되고, 너무 멀어도 독자들에게 다가갈 수가 없다. 시는 시인

혼자만의 것이 아니다. 시는 독자를 눈에 넣고 창작에 임하여야 한다. 독자를 배려하는 객관적이면서도 안전하고 적절한 거리는 좋은 시를 쓰는 지름길이다.

# 존재와 시간

   존재하는 모든 것들은 시간과 공간에 기대어 살아간다. 삶에서 시간과 공간을 빼놓고는 우리의 존재의미를 설명하기도 곤란하다. 특히 시를 쓰는 사람들에게 있어서 '시간과 공간'은 존재의 의미에 대한 깊은 고찰을 제공하기에 그 의미가 더욱 남다르다고 할 것이다.

   마르틴 하이데거(Martin Heidegger, 1889~1976)의 필생의 역작 『존재와 시간』이 발표된 것은 1927년이다. 제1차 세계대전이라는 사상계의 격동을 배경으로 탄생하였다. 전쟁이 가져온 혼란은 정신세계를 격동적으로 몰고 갔다. 전쟁이라는 것을 통해 깊은 통찰과 사고를 하면서 존재에 대한 의문을 철학과 현상학으로 정리하고자 하였다. 산업사회의 시작과 전쟁 전후기의 시간과 공간에서 실존주의 창시자이며 『죽음에 이르는 병』을 저술한 키에르케고르(Søren (Aabye) Kierkegaard , 1813~1855)는 그리스도교가 희망철학으로서 자유의지를 전제로 존립하는 것임을 보여 주고자 한다. 그는 불확실성이 실존적인 인간에게는 최고의 진리임을 주장했다.

   또한 니체(Friedrich Wilhelm Nietzsche, 1844~1900)는 '망치를 든 철학자'로 불린다. 니체는 서구 기독교 전통을 부수고 그곳에 새로운 가치를 세우려고 혼신의 노력을 기울였지만 여성을 폄하하던 이

아직도 시를 배우지 못하였느냐?

중성의 착란자는 『차라투스트라는 이렇게 말했다』에서 '신은 죽었다'고 외치기도 하였다.

이러한 사상의 소용돌이 속에서 전쟁은 실존에 커다란 반향을 일으켰다. 이에 하이데거의 『존재와 시간』은 인간 존재의 '실존'의 모습을 획기적이면서도 신선한 모습으로 비춰 낸 20세기 철학계의 금자탑이 된 저작이었다. 인간의 현존재를 본질적인 실존론의 구조로 해명한 그의 저작은 '존재의 의미에 대한 물음'을 재고찰하려고 한 '존재론'적인 야심에서 의도한 것이었다. 실증과학적인 면에서 볼 때 자연과 역사는 '존재자'의 다양한 사실이 구체적으로 부여된 것으로 간주하고 조사하여 그 현실적 모습을 파악하려고 한다. 물론 이때 실증과학 그 자체는 이들 '존재자'가 '존재한다'는 의미를 당연히 분명한 것으로 여기고 이를 캐물으려 하지 않는다. 이것을 잘 생각해 보면, 이 '존재자'의 '존재한다'는 의미가 명백하게 고찰되지 않을 경우, 이를 다루는 과학의 근본 개념도 올바르게 확립될 수 없다는 것을 알게 된다.

하이데거는 우리 인간이라는 존재자를 '현존재(現存在, Da-sein)'라고 부르고 있다. 현존재란 세계 속에 '현재' 존재하고 생활하며, 자기 자신 이외의 존재자와 맺은 관계 속에서 특히 자기 자신의 '존재'의 모습을 어떠한 형태로든 스스로 결정하면서 살아가야만 하는 존재자라는 의미이다. '현존재'란 '그 존재에서 현재의 자신의 존재에 관련되어 있는 존재자'인 것이다. 그리고 하이데거는 이러한 현존재가 그와 같이 관련되어 있는 현재의 자기 자신의 '존재'를 '실존'이라고 불렀다. 따라서 '기초존재론'은 '현존재의 실존론적인 분석론'이라는 형태로 전개된다.

　'실존론적'이라는 의미는, 실존의 본질적인 구조를 추출해 낸다는 뜻이다. 곧, 모든 사람이 실제로 실존할 때의 구체적이고 개별적인 내용은 각 개인 자신의 '실존적' 문제이며, 실존적인 분석론이 관여되는 것은 아니다. 『존재와 시간』이 시도한 것은 현존재의 본질적인 실존론 구조의 해명인 것이다.

　이 책의 가장 문제적인 의미는 바로 '존재의 의미'에 대한 물음이다. 종교를 가진 사람들이 보기에 이 질문은 어쩌면 매우 간단한 의미로 해석될 것이다. 이는 존재에 대한 의미에 대해서 축소하고 시공간에 살고 있는 현재적 모색의 문제를 드러낸다. 따라서 우리는 존재와 시간에 대한 근원적 물음을 하면서 살아가야 할 것이다. 사실 존재에 대한 물음은 인간의 인식이 시작되면서부터 비롯되었다고 할 수 있다. 또한 존재라는 것은 죽음에 대한 인식이 있어야 하므로 죽음을 전제로 한다.

　현존재는 이유를 알 수 없이 세상 속에 던져진 '피투성(被投性, Geworfenheit)'²⁴을 스스로 등에 진 채 현재 존재하고 있는 자신의 '사실성'을 받아들이며 살아가는 수밖에 없다. 이 같은 사태는 '현존재인 자신의 존재 가능성을 '이해'하고, 이를 장래를 향해 '기투(企投,

----

24　인간이 자신의 의지와 상관없이 이 세상에 던져진 상태.

Entwurf)'[25]하며 살아가게끔 만든다. 이와 같은 존재의 구조 전체는 첫째로 '자신에게 앞서서' 자신의 존재 가능성을 장래를 향해 '기투'한다는 '실존성'을 포함하고, 둘째로 '이미 세계 속에 존재한다'고 하는 '피투적'인 '사실성'을 지고 있으며, 셋째로 그와 같은 상태인 동시에 '세계 내부적으로 만나게 되는 존재자들 사이에서 존재한다'는, 곧 도구와 타인에 대해 배려하거나 고려하면서 존재한다는 세 가지 계기로 이루어진 통일적 전체 구조를 의미하며, 그 전체 구조는 다름아니라 바로 '관심'인 것이다. 그런데 하이데거에 의하면, '당장 대부분'의 '평균적 일상성'에서 현존재는 특히 제3의 계기인 도구와 타인에 대해 배려하고 고려한다는 이른바 '함께하는 존재'에 깊이 몰입되어 있는 모습으로 살아간다고 한다. 하이데거는 이를 '퇴락(頹落)'[26]이라고 불렀다.

하이데거에 의하면, 현존재는 본래의 자기 자신의 적나라한 세계 안의 존재로 되돌아가게 되면 자신의 피투성과 기투로 인하여 이를 감당하지 못하고 실제로는 퇴락한 존재 양태 속으로 도피해 살고 있다는 것이다. 본래의 세계 안의 존재는 어쩐지 불안하고 마음 편하지 않으므로 현존재는 퇴락으로 도피해 세상 속으로 숨어 들어가 대개 무책임하고 안락한 삶의 방식을 선택하고 있다는 의미이다. 하이

---

25  현재를 초월하여 미래로 자기를 내던지는 실존의 존재 방식. 하이데거나 사르트르의 실존주의의 기본 개념이다.

26  건물 따위가 한창 성하던 시기를 지나 쇠퇴하여 허물어짐 또는 지위나 수준 따위가 뒤떨어짐

데거는 이 같은 퇴락한 존재 양태를 '비본래성'이라고 부르고 있으며, 그것에서 벗어나 자신으로 되돌아가는 것에서 비로소 '본래성'이 성립한다고 했다.

그렇다면 본래성은 어떻게 하여 가능하게 되는 것인가. 사람들은 누구나 죽는다는 이 '죽음'의 인식이야말로 모든 사람의 실존에 가장 깊이 관련된다는 것을 지적한다. 인간은 시간적으로 따져 보면 '죽음을 향한 존재'이다. 죽음이란 자신의 실존이 더 이상 존재할 수 없게 될 가능성에 대해 '선구(先驅)²⁷' 함으로써 현존재의 '본래적 존재의 가능성'을 의식하게 한다. 그러나 사람들은 자신을 '죽음을 향한 존재'로 받아들이기를 꺼리며 이로부터 눈을 돌리고자 한다. 이러한 비본래적 도피를 타파하고 자신의 '본래적인 전체 존재의 가능성'을 받아들이도록 촉구하는 것이 바로 '양심(良心)²⁸'의 목소리이다.

양심의 목소리는 무언의 말로 퇴락한 비본래적인 존재 모습에서 현존재를 박탈해 본래적인 존재의 모습이 되도록 만들고 있다. 이러한 양심의 목소리에 따를 때 본래적인 자기 자신이 되고자 하는 '결의(決意)성'은 결실을 맺게 된다. 결의성이란 앞에서의 '선구'와 연결될 때 비로소 근본으로 돌아간 모습으로 나타나게 된다. 이러한 '선구적 결의성'이 바로 현존재가 추구해 온 '본래적인 전체 존재의 가능성'이 실존으로 나타나는 본래의 모습이다.

--------------------

27  다른 사람보다 앞서 어떤 일의 중요성을 인식하여 실행한 사람.

28  어떤 행위에 대하여 옳고 그름, 선과 악을 구별하는 도덕적 의식이나 마음

아직도 시를 배우지 못하였느냐?

여기서 '시간성'이란, 시계로 측정되는 시간이 아닌 '근원적 시간성'이다. 이러한 시간성이 '시간의 성숙(時熟)'에 의해, 현존재의 본래적이며 비본래적인 실존의 모든 양상이 모두 가능하게 되는 점을 더욱 구체적으로 하이데거는 해명하고 있다. 또한, 비본래적 실존을 가능하게 하는 시간성이 시간의 성숙에 의해 마침내 시계로도 측정 가능한 통속적 시간 개념이 파생되는 과정까지 보여 주고 있다. 이렇게 하여 '시간성'의 시간의 성숙이라는 구조 속에서 현존재의 세계 내 존재 전체가 그 존재에 대해 가능하게 되는 것을 해명하면서 나아가 존재 일반이 그러한 의미에서 시간이라는 점을 규명하고자 하는 대목에서 이 저서는 끝이 나므로 미완이라는 아쉬움을 갖는다. 『존재와 시간』은 하이데거의 연구 생활에 관한 전반부를 대표하는 저술이다. 앞에서 살펴본 바와 같이 우리 인간이라는 '현존재'의 '존재'를 해명하면서, 그 같은 '존재'를 가능하게 하는 '의미'를 '시간성'을 통해 밝히며 또 그에 기초해 존재 일반의 의미를 '시간'으로 규명하고자 했지만, 이는 결국 미완성으로 끝났다.

하이데거에 의하면, 그 어떤 심오한 것이 우리 인간에게 시간을 보내 주고 있지만, 그러나 시간은 우리 인간이 존재에게 다가가게 하기도 하고 멀어져 가게 하기도 한다. 시간은 이미 있는 것은 물론, 앞으로 도래할 것도 포함하고 있어 모든 것을 현재에만 제공해 주지 않기 때문이다. 또 시간에는 거부하거나 이룩되지 않도록 하는 성격이 있기 때문이기도 하다. 시간에 기초해 우리에게 존재를 보내 주는 심오한 것을 하이데거는 '에라이그니스(Ereignis) [29]'라고 불렀다.

존재이해에 대해서 말하려 할 때 가장 방해를 받는 요소는 우리의 일상적 세계에 대한 인식이라고 할 수 있다. 일상적 세계에서 인간은 퇴락한 모습으로 적나라한 자신을 세워두고 있기에 이를 존재한다는 말로 표현하기조차 곤란하다. 그저 생존한다는 말이 맞을 것이다. 아니면 먹기 위해 산다는 치졸한 모습에 이르게 된다. 다시 말해서 '존재'를 말하기조차 부끄러운 것이다.

존재하기조차 부끄러운 인간이 아니라 존재한다는 인식이 있는 인간으로서의 삶을 살아갈 수 있을까? 그 지점에 대해서 깊이 생각해 볼 일이다. 이른바 문학과 예술을 하는 시공간에서 하이데거를 통해 깊은 사색을 해 보는 것은 인간의 삶은 세상 사람들 속에 매몰되어 있어서는 각성이 어렵다는 것을 깨닫게 해 주기 때문이다. 따라서 아름다운 날에 존재와 시간의 의미를 살피면서 깊은 사색으로 나아가야 한다. 연초록의 새싹의 의미와 그 가치를 생각하면서, 또는 떨어지는 형형색색의 이파리를 주워들고 일상을 벗어나 사색의 오솔길을 걸어가 존재의 의미를 되새겨야 한다.

--------------------

29 에라이그니스(Ereignis): 보통은 '일어난 일'을 의미하지만, 하이데거의 경우는 이와 달리 모든 존재자의 존재를 시간 속에서 인간이 있는 곳으로, 본래 고유한 그 모습으로 보내 주는 '본유화(本有化)' 작용을 뜻한다.

아직도 시를 배우지 못하였느냐?

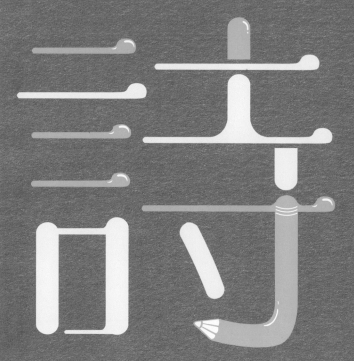

# 16부

# 등단 활동에 대하여

간결함이란 말해야 할 것을 적게 말하는 것이 아니라
말해야 할 것 이상을 말하지 않는 것이다.

- 마르쿠스 파비우스 퀸틸리아누스

# 시낭송과 문학

## (1) 낭송시

낭송시와 시는 문학이라는 범주와 시라는 범주로 함께 묶일 수는 있으나 엄밀하게 말해서 서로 다른 영역에 있다고 할 수 있다. 현대 시는 낭송시에서 요구하는 형식과는 다른 모습으로 진화를 하고 있는 중이기 때문이다. 낭송시는 낭송하기 좋은 시여야 하는데 현대시는 의미를 강조하는 주지(主知)와 사유(思惟)의 성격을 강하게 띠고 있어 낭송하기에는 어려움을 갖는 것이다. 이에 낭송가들은 낭송에 적합한 시를 주로 선택하여 낭송한다.

## (2) 시를 '읽다'와 '낭송(朗誦)하다'와 '읊다'

시를 '읽는다'와 '낭송(朗誦) 한다'와 '읊는다'는 각기 의미하는 바가 다르다. 시를 읽는 낭독은 낭송에서 느껴지는 감동을 느끼기가 어렵다. 낭송은 정확한 발음과 들을 때의 정확한 소리로 시를 외워서 들려주는 것이다. 여기에는 음성학의 발성법과 배경음악이 동원되어 우리의 감성을 자극한다.

읊는 것은 시를 음미하는 것을 말한다. 시가 가진 의미를 한 글자 한 글자 짚어 가면서 시를 외우거나 천천히 읽는 것이 읊는 것이다.

음식을 먹을 때 배가 고프면 허겁지겁 먹지만, 시간이 있을 때는 음미하면서 먹을 수가 있다. 따라서 시를 읊을 때는 시간이 좀 더 필요하다. 시의 내용과 더불어 의미를 파악하며 읽어야 하고 시에 어떤 미학이 있는지 살펴보면서 충분히 의미와 감정을 살려 읽어야 한다.

현대는 시집을 읽는 시대라 할 수 있다. 물론 읽으면서 음미를 할 수 있다. 그러나 시대가 속도를 내서 흘러가고 있으니 자연 우리의 삶도 속도를 내서 흘러간다. 어떤 것을 해도 천천히 해도 되는가 물음을 던지면서 할 수밖에 없다. 시집을 읽는 시대에 속도를 내면서 읽는 것은 빠르게 감상하는 태도가 될 것이다.

다양하게 시를 감상하는 방법에 대하여 살펴보았다. 이 일을 천천히 할 것인가? 이 시를 천천히 음미하면서 읊을 것인가? 외워서 감정과 의미를 살려 가며 낭송할 것인가? 아니면 그저 빠른 속도로 읽을 것인가는 시간과 공간에 따라서 결정해야 할 일이다.

지금은 낭송시에 의미를 갖는 시대다. 낭송시단 또한 많이 형성되어 있다. 각종 축제에서 몇몇 낭송가가 등장해 시낭송을 하는 의례적인 행사가 생기기도 했다. 가요나 연주만 하다가 시낭송을 곁들이면 자신을 돌아보게 하고 흥분된 감정을 추스리게 하여 안정적이며 품위 있는 행사를 만들어 품격을 높일 수가 있다. 낭송시로 자주 선택한 시는 바로 이기철의 시다.

아직도 시를 배우지 못하였느냐?

나무 같은 사람 만나면 나도 나무가 되어

그의 곁에 서고 싶다

그가 푸른 이파리로 흔들리면 나도 그의 이파리에 잠시 맺는

이슬이 되고 싶다


그 둥치 땅위에 세우고

그 잎새 하늘에 피워 놓고도

제 모습 땅 속에 감추고 있는 뿌리 같은 사람 만나면

그의 안 보이는 마음속에

돌 같은 방 한 칸 지어

그와 하룻밤 자고 싶다


- 이기철, 「나무 같은 사람」 중에서

잎 넓은 저녁으로 가기 위해서는
이웃들이 더 따뜻해져야 한다
초승달을 데리고 온 밤이 우체부처럼
대문을 두드리는 소리를 듣기 위해서는
채소처럼 푸른 손으로 하루를 씻어 놓아야 한다

이 세상에 살고 싶어서 별을 쳐다보고
이 세상에 살고 싶어서 별 같은 약속도 한다
이슬 속으로 어둠이 걸어 들어갈 때
하루는 또 한 번의 작별이 된다
꽃송이가 뚝뚝 떨어지며 완성하는 이별
그런 이별은 숭고하다

                    - 이기철, 「내가 만난 사람은 모두 아름다웠다」 중에서

어떤 노래를 부르면 내 한 번도 바라보지 못한 짐승들이 즐거워
질까
어떤 노래를 부르면 내 아직 만나지 못한 사람들도, 까치도 즐거
워질까
급히 달려와 내 등뒤에 연좌(連座)한 시간들과
노동으로 부은 소의 발등을 위해
이 세상 가장 청정한 언어를 빌어 살아 있는 모든 것들의 날을 노

　　　　　　　　　　　　아직도 시를 배우지 못하였느냐?

래하고 싶다

나이 먹기 전에 늙어버린 단풍잎들은 내 가슴팍을 한 번 때리고

곧 땅속으로 묻힌다

죽기 전에 나무둥치를 감고 타오르는 저녁놀은

地上의 죽음이 저렇게 아름답다는 것을 가르치는 걸까

살이 연한 능금과 배들은 태어나 첫 번째 베어무는

어린 아이의 갓 돋은 치아의 기쁨을 위해 제 살을 바치고

군집(群集)으로 몰려오는 어둠은 제 깊은 속에다 아직 밤길에 서

툰 새끼 짐승을 위해

군데군데 별들을 박아 놓았다

우리가 아무리 높이 올라도

검은 새가 나는 하늘을 밟을 수는 없고

우리가 아무리 정밀을 향해 손짓해도

정적으로 날아간 흰 나비의 길을 걸을 수는 없다

햇빛을 몰아내는 밤은 늘 기슭에서부터 몰려와

대지의 중심을 덮고

고갈되기 전에 바다에 닿아야 하는 물들은

쉬지 않고 하류로 내려간다

병(病)들도 친숙해지면 우리의 외로움 덮어주는 이불이 된다

…(중략)…

- 이기철, 「지상에서 부르고 싶은 노래1」 중에서

시 낭송가는 선녀처럼 아름다운 옷으로 멋을 한껏 내고 낭송을 한다. 이를 보면서 시 낭송이 무엇인가를 거듭 생각하였다. 각설하고 이기철의 시를 살펴보면 상당히 감성적이라는 것을 알 수 있다. 시에 나타난 이런 사람을 실제로 본다면 그것을 '미치'거나 정신력이 '저급'한 사람 정도로 취급하지 않을까?

이기철 시인은 '다다르지 못함'과 '이루지 못함'을 주로 노래하고 있다. '내 노래가 달콤하지 않아도 된다'고 말하는 역설은 읽거나 듣는 사람을 한없는 사색의 나락으로 빠트린다. 그래서 낭송가들로부터 사랑을 받는 것이 아닐까.

아직도 시를 배우지 못하였느냐?

# 문단의 현주소

## 한국의 시적 현실

시인, 시조시인, 낭송가 등으로 한국의 시단은 크게 나누어 볼 수 있다. 시인이 3만 명 정도로 추산되며 시조시인은 3천 명, 낭송가는 1만 여명 정도로 추산된다. 낭송가는 엄밀하게 시인이라고 할 수는 없으나 어떻든 대개 등단이라는 절차를 거친 경우가 많아 범주에 포함시켰다.

시인공화국인 대한민국, 한국에는 왜 이렇게 많은 시인들이 존재하는 것일까? 언제부터 이렇게 시인이 많아졌을까? 소설가는 그렇게 많지 않은데 왜 시인만 많은 것일까? 여러 사항으로 미루어 보건대 그것은 아마도 한국 사람들의 시 사랑이 각별하기 때문이리라. 시를 사랑하는 것을 넘어 창작하는 일에 뛰어들 만큼 시에 대하여 남다른 애정을 갖고 있다는 증거다. 그만큼 우리나라 사람들이 시를 즐긴다는 것이다.

시의 품위와 시의 위치와 시의 우아함에 이끌리는 사람들. 돈이 되지 않는데도 시인이 되겠다고 줄을 선다. 접근성이 좋고, 시의 양식 자체가 짧아서 쓰기에 좋다. 잘 쓰든 못 쓰든 간에 말이다. 시 창작이 자신의 격을 높이기에 좋기 때문일 것이다. 그만큼 시라는 양식을 통해 하고자 하는 이야기가 많은 것이다.

또한 2000년을 전후로 하여 문예지의 폭발적 등장이 시인을 양산하는 주요인일 것이다. 최근의 특이한 동향은 지역 문학지의 성장을 들 수 있다. 다수의 지역 문학지가 지역의 성격을 띠고 있으나 등단 문인을 배출하고 있다. 그간 공전의 히트를 친 작품을 보면서 작금의 시단을 들여다본다.


해일처럼 굽이치는 백색의 산들

제설차 한 대 올리 없는

깊은 백색의 골짜기를 메우며

굵은 눈발은 휘몰아치고,

…(중략)…

은하수가 펑펑 쏟아져 날아오듯 덤벼드는 눈,

다투어 몰려오는 힘찬 눈보라의 군단,

눈보라가 내리는 백색의 계엄령.

- 최승호, 「대설주의보」 중에서


물론 나는 알고 있다

내가 운동보다도 운동가를

술보다도 술 마시는 분위기를 더 좋아했다는 걸

그리고 외로울 땐 동지여!로 시작하는 투쟁가가 아니라

아직도 시를 배우지 못하였느냐?

낮은 목소리로 사랑노래를 즐겼다는 걸

그러나 대체 무슨 상관이란 말인가


잔치는 끝났다

술 떨어지고, 사람들은 하나 둘 지갑을 챙기고 마침내 그도 갔지만

마지막 셈을 마치고 제각기 신발을 찾아 신고 떠났지만

- 최영미, 「서른, 잔치는 끝났다」 중에서


동쪽 바다 가는 길 도화 만발했길래 과수원에 들어 색(色)을 탐했네

온 마음 모아 색을 쓰는 도화 어여쁘니 요절을 꿈꾸던 내 청춘이

갔음을 아네

가담하지 않아도 무거워지는 죄가 있다는 것은 얼마나 온당한가

이 봄에도 이 별엔 분분한 포화, 바람에 실려 송화처럼 진창을 떠

다니고

나는 바다로 가는 길을 물으며 길을 잃고 싶었으나

절정을 향한 꽃들의 노동, 이토록 무욕한 꽃의 투쟁이

안으로 닫아건 내 상처를 짓무르게 하였네 전 생애를 걸고 끝끝내

아름다움을 욕망한 늙은 복숭아나무 기어이 피워낸 몇 날 도

화 아래

묘혈을 파고 눕네 사모하던 이의 말씀을 단 한 번 대면하기 위해

일생토록 나무 없는 사막에 물 뿌린 이도 있었으니

- 김선우, 「도화 아래 잠들다」 중에서

바람부는 날이면, 압구정동에 가야 한다 사과맛 버찌맛

온갖 야리꾸리한 맛, 무쓰 스프레이 휄라폼 향기 흩날리는 거리

웬디스의 소녀들, 부띠끄의 여인들, 까페 상류사회의 문을 나서는

구찌 핸드백을 든 다찌들 오예, 바람불면 전면적으로 드러나는

저 흐벅진 허벅지들이여 시들지 않는 번뇌의 꽃들이여

하얀 다리들의 숲을 지나며 나는, 끝없이 이어진 내 번뇌의 구름
다리를

출렁출렁 바라본다 이 거추장스러운 관능의 육신과 마음에 연결된

동아줄 같은 다리를 끊는 한 소식 얻기 위하여, 바람부는 날이면

한양쇼핑센타 현대백화점 네거리에 떡하니 결가부좌 틀고 앉아

온갖 심혜진 최진실 강수지 같은 황홀한 종아리를 뚫어져라 바라
보며

                    - 유하, 「바람 부는 날은 압구정동에 가야 한다」 중에서


옛날에 나는 금이나 꿈에 대하여 명상했다

아주 단단하거나 투명한 무엇들에 대하여

그러나 나는 이제 물렁물렁한 것들에 대하여도 명상하련다


오늘 내가 해보일 명상은 햄버거를 만드는 일이다

아무나 손쉽게, 많은 재료를 들이지 않고 간단히 만들수 있는 명상

그러면서도 맛이 좋고 영양이 듬뿍 든 명상

아직도 시를 배우지 못하였느냐?

어쩌자고 우리가 〈햄버거를 만들어 먹는 족속〉 가운데서

빠질 수 있겠는가?

자, 나와 함께 햄버거에 대한 명상을 행하자

먼저 필요한 재료를 가르쳐 주겠다. 준비물은


햄버거 빵 2 /버터 1$\frac{1}{2}$ 큰술 /쇠고기 150g

돼지고기 100g /양파 1$\frac{1}{2}$ /달걀 2 /빵가루 2컵

소금 2 작은술 /상치 4잎 /오이 1

마요네즈소스 약간 /브라운소스 $\frac{1}{4}$ 컵


위의 재료들은 힘들이지 않고 당신이 살고 있는 동네의

믿을만한 슈퍼에서 구입할 수 있을 것이다. -슈퍼에 가면

모든 것이 위생비닐 속에 안전히 담겨 있다. 슈퍼를 이용하라-

…(중략)…

당신 머릿속에는 햄버거를 만들기 위한 명상이 가득 차 있어야

한다.

머리의 외피가 아니라 머리 중심에, 가득히!

…(중략)…

이 명상이 머릿속에서만 이루고 마는 것이 아니라

명상도 하나의 훌륭한 노동임을 보여준다.

…(중략)…

이 얼마나 유익한 명상인가?

까다롭고 주의사항이 많은 명상 끝에

맛이 좋고 영양 많은 미국식 간식이 만들어졌다.

-장정일, 「햄버거에 관한 명상-가정 요리서로 쓸 수 있게 만들어진 시」 중에서

위에 열거한 작품들은 발표시기가 좀 오래된 작품들이다. 그럼에도 여전히 그 진가를 인정받고 있다. 이 작품을 천천히 음미하면서 던져 주는 의미가 무엇인지 살펴야 한다. 그 가치를 재고하면서 말이다.

아직도 시를 배우지 못하였느냐?

# 등단을 위한 활동

## (1) 등단지 선택

어디로 등단할 것인지를 가장 먼저 고려해야 한다. 자신의 나이나 시의 스타일 등을 고려하여 등단지를 선택하는 것이 현명하다. 특히 최근에는 고령화 사회 영향인지 모르나 나이 드신 분들도 등단을 고려하는 것을 많이 보게 된다. 초보자라 잘 모를 때에는 주변에 아는 사람이나 선생님을 찾아 묻는 것이 좋다. 물론 인터넷을 검색하여 알아보는 것도 좋은 방법이지만 너무 많아서 알기 어려운 점이 있다.

## (2) 시창작반 수강

잘 가르치는 선생님을 선별하여 시를 배우는 것이 중요하다. 먼저 시 창작 이론을 수강할 수 있는 곳이어야 한다. 이론수업 없이 말로만 하는 강의는 체계적이지 않고 남는 것이 없는 경우가 많다. 이론을 가르쳐 주기는 하는데 되도록이면 예로 드는 시가 주로 20년 전후의 것이어야 한다.

즉 최근의 시로 배워야 한다는 말이다. 예전의 시로 가르친다면 그것 또한 너무 낡은 것이라 어려움이 많다. 예전의 시 중에서 시대를 넘어선 명시인 것들은 지금 배워도 좋다. 아무튼 배울 때 좋은 재료로 배워야 한다는 의미가 된다. 세계가 엄청난 속도로 발전하듯이 시도 발전에 발전을 거듭하고 있다. 더구나 시인들이 많아지면서 경쟁도 첨예화되었다. 배울 때 확실하고 정확하게 배우는 것이 중요하다. 되도록 젊게 가르치는 곳에서 배우는 것을 권한다.

또한 시 창작은 특히 첨삭지도가 중요한데 첨삭을 바로바로 받을 수 있어야 한다. 자신의 시에 대해 무엇이 잘되었는지 문제가 있는지 첨삭을 받지 못하면 시가 발전하지 않는다. 계속 제자리에 머물러 있을 것이므로 반드시 첨삭을 받아야 한다. 그래야 발전가능성이 효과를 발휘할 것이다. 10년을 배우고도 별반 다르지 않고 그대로라면 재고해야 한다.

## (3) 등단시 고르기

등단시는 자신이 평소에 쓰던 시보다 출중한 작품이라야 한다. 보통 다른 계간지나 신춘문예의 경우도 출중한 작품이 선정된다. 마치 입시에서 훨씬 뛰어난 기량을 발휘하듯이 등단의 경우도 마찬가지다. 훌륭한 작품으로 선별하여 제출해야 등단 가능성이 높아진다.

아직도 시를 배우지 못하였느냐?

# 표절 시비

　최근 신춘문예에서 잇달아 표절 문제로 당선을 취소하는 등 창작자의 윤리의식이 지적받고 있다. 2019년 세계일보사가 당선자를 냈다가 표절로 밝혀져 취소하였으며, 2020년에는 전북일보가 논의 끝에 당선을 취소하였다. 이에 등단하고자 하는 시인들은 반드시 환골탈태의 과정을 거쳐야 함을 명심하여야 한다. 어떤 시나 시구가 마음에 들더라도 이전의 작품과는 몰라볼 정도로 승화시키고 변화시켜서 자신만의 작품으로 탄생시켜야 하는 것이다.

　"문인으로서 자격 박탈, 표절은 있어서도 안 되고 있을 수도 없는 일. 표절은 절도 행위다."라고 심사위원들은 강력하게 말한다.　남이 쓴 어떤 작품을, 문장과 구성과 모티프상에서 명백히 표절해 놓고도 그 작품을 본 기억이 전혀 없다고 부인하는 것은 자신의 문학세계와 작가로서의 존재를 부정하는 것이다. 작가는 오직 자신의 창작물을 갖고 존재 증명을 하는 것인데, 타인으로부터 가져온 것으로 자신의 허술함을 덮는다면 양심을 속이는 것이다. 이승하 문학평론집 『욕망의 이데아』 중에서. 베스트셀러 작가 신경숙의 「우국(미시마 유키오 作)」 표절 사태로 대표되는 문학계 내 표절 문제는 해묵은 이슈다. 특히 신경숙 사건의 경우 창작과비평이 나서서 작가를 옹호하는 등 문단 권력 문제로 대두되며 다양한 논란을 빚어 왔다. 이후 박민규 작가는 「삼미 슈퍼스타즈의 마지막 팬클럽」과 「낮잠」이라는 작품에서 각각 인터넷 게시판 글과 일본 만화를 표절한 사실을 인정했으며 2019년 세계일보 신춘문예에 시 부문 응모작 「역대 가장 작은 별이 발견되다」의 경우 별도의 주석이나 출처 없이 특정 블로그의 문장을 다수 인용해 당선이 취소됐다. 각 표절 사건마다 사안의 차이는 있으나 전체적으로 문학계 내 저작권과 표절에 관한 인식 미비가 문제점으로 꼽힌다고 할 수 있다. 올해도 전북일보 신춘문예 시 부문 표절 논란이 벌어졌다. 2020년 전북일보 신춘문예에 응모한 김은숙 씨의 「골목의 번식」이 네이버 카페 '은행나무 문학쉼터'에 올라온 김난(본명 김향숙) 씨의 「비닐봉지의 원죄」라는 작품을 표절했다는 이의가 제기된 것이다. 해당 사실은 전북일보 측에 전달된 이후 심사위원 및 심의위원회의 논의 결과 최종 '당선 취소'로 결정되었다.

출처 : 뉴스페이퍼(http://www.news-paper.co.kr)

　아직도 시를 배우지 못하였느냐?

# 문단 활동

등단을 하면 등단자들끼리의 모임인 문단활동을 해야 한다. 많은 시인들과의 교류 속에서 자신의 위치를 확인하면서 문단의 동향도 들을 수 있는 곳이 좋은 모임이다. 특히 최근에는 지역문학이 활성화되고 있어 꼭 서울에 오지 않아도 연고지에서 활발한 활동을 할 수 있다. 문단에서 교류를 하면서 자신의 시를 나누면 자기 시에 대해 더욱 객관화된 평을 얻을 수 있어 좋은 작품을 쓸 수 있다.

한국의 문단실태를 살펴보면 등단자를 중심으로 한국의 문단을 3분하여 볼 수 있다. 먼저 주요 일간 신문을 통해 등단한 신춘문예 출신, 두 번째로는 주요 계간지나 월간지를 통해 등단한 시인, 세 번째로 그 외의 각종 매체와 계간지로 등단한 시인이 있다. 또한 요즈음의 새로운 경향으로는 각종 문학상으로 등단한 시인들을 들 수 있다.

또 다른 분류는 시집 출간을 중심으로 시인을 나누기도 한다. 먼저 창작과 비평사와 문학과지성사, 그리고 민음사 출신이다. 이들은 문단의 메이저 출판사를 통하여 시집을 내고 활동을 한다. 두 번째, 앞서 언급한 출판사가 아닌 또 다른 유수의 출판사에서 시집을 출간한 시인들로 문단의 대부분을 구성한다. 이들 중 베스트셀러 반열에 오르거나 문단에서 반향을 일으키면 유명세를 얻어 성장한다. 최근의 출판 경향은 대부분 자비출판이라 할 수 있다. 여러 형편에 의해서 가장 선호하는 것이 자비출판이다.

자비출판은 일정 정도의 책값을 지불하고 출판을 하는 경우인데 대부분 이 방식을 선택하고 있다. 물론 자비출판이라 해도 치열한 경쟁을 거쳐서 해당 출판사 시인선에 들 수 있는 경우가 많다.

문단활동을 어떻게 할까? 많은 문제점이 내재하고 있음에도 실력이 있는 시인은 자생하게 되어 있다. 그러므로 실력을 키우는 것만이 가장 공정하고 바른 방법임은 말할 것도 없다. 오직 실력이 시인의 힘이다. 실력이란 좋은 작품을 발표하는 것이다. 좋은 작품을 쓰도록 노력하는 것은 시인의 사명이라 할 것이다.

어머니
아무래도 제가 지옥에 한번 다녀오겠습니다
아무리 멀어도
아침에 출근하듯이 갔다가
저녁에 퇴근하듯이 다녀오겠습니다
…(중략)…
너무 염려하지는 마세요
지옥도 사람 사는 곳이겠지요
지금이라도 밥값을 하러 지옥에 가면
비로소 제가 인간이 될 수 있을 겁니다

- 정호승, 「밥값」 중에서

아직도 시를 배우지 못하였느냐?

나는 무용수의 세워진 발끝보다

십자가 앞에서 기도할 때의

여자의 무릎이 빚는 둥근 각이 더 아름답다고 생각한다


무릎부터 시작된 기도의 자세,

여자의 무릎은 점점 더 둥그렇게 휘며

정신은 수직에 가까워진다


예배당 열린 창의 커튼이 휘날리는데도

방석과 여자의 무릎 사이는 점점 깊어진다


…(중략)…여자의 무릎 기도,

꽃이 되고 꽃눈나비가 되고 하나님이 되어

어제 쓴 참회록을 들여다보고 있을 듯하다


그때 나는 기도에 집중된 여자의 무릎이

세상에서 가장 아름답고 둥근 각을 가지고 있다고 생각한다


- 이병일, 「무릎이 빚은 둥근 각」 중에서

붙어서 우는 것이 아니다

단단히 나무의 멱살을 잡고 우는 것이다

숨어서 우는 것이 아니다

반드시 들키려고 우는 것이다


배짱 한번 두둑하다

아예 울음으로 동네 하나 통째 걸어 잠근다

저 생명을 능가할 것은 이 여름에 없다

도무지 없다


붙어서 읽는 것이 아니다

단단히 나무의 멱살을 잡고 읽는 것이다

칠 년 만에 받은 목숨

매미는 그 목을 걸고 읽는 것이다


누가 이보다 더 뜨겁게 읽을 수 있으랴

매미가 울면 그 나무는 절판된다

말리지 마라

불씨 하나 나무에 떨어졌다


- 박지웅, 「매미가 울면 나무는 절판된다」 중에서


아직도 시를 배우지 못하였느냐?

시신의 입에 불린 쌀을 넣듯

깨끗한 헝겊에 찹쌀을 싸서 담는다 버드나무 숟가락 대신

굵은 손으로 청주 한잔에 황기 인삼까지 모신다

생전 듣도 보도 못한 것들이다 이제 목이 달아났으니

소름으로 느껴 볼 수밖에 없다

뱃속에 넣은 반함이라니?


새벽을 열어젖히던 목청과

닭이 먼저냐 알이 먼저냐 생각 많던 머리도 버리고

가부좌 틀고 누웠다 에고나 뜨거워라

벌떡 일어나 앉으면 사리 그득한 부처의 환생이구나 싶겠지만

스스로 다리 포갠 것 아니라 대추 밤 마늘 쏟아지지 마라

지펴 채운 전대 끈이었구나 화탕지옥 와불 같다만

…(중략)…

사라진 미주알 가리려 애쓰는 동안

허공의 품은 넓고도 아름다워 안개도 풀어 놓는다

선학표 쟁반 송학 위에

삼계[30]의 매듭을 풀어 놓는다


- 이정록, 「삼계탕」 중에서


---

30  불교의 세계관에서 중생이 생사유전한다는 욕계, 색계, 무색계의 미망 세계

발상의 전환과 반전이 들어 있는 시를 열거하였다. 풍자와 해학과 더불어 깊은 통찰과 통렬한 반성이 들어 있다.

아직도 시를 배우지 못하였느냐?

아직도 시를 배우지 못하였느냐?

하루 5분, 나를 바꾸는 긍정훈련

# 행복에너지

**'긍정훈련' 당신의 삶을
행복으로 인도할
최고의, 최후의 '멘토'**

'행복에너지
권선복 대표이사'가 전하는
행복과 긍정의 에너지,
그 삶의 이야기!

**인터파크**
자기계발 분야 주간
**베스트 1위**

**권선복** 지음 | 15,000원

### 권선복

도서출판 행복에너지 대표
영상고등학교 운영위원장
대통령직속 지역발전위원회
문화복지 전문위원
새마을문고 서울시 강서구 회장
전) 팔팔컴퓨터 전산학원장
전) 강서구의회(도시건설위원장)
아주대학교 공공정책대학원 졸업
충남 논산 출생

책 『하루 5분, 나를 바꾸는 긍정훈련 - 행복에너지』는 '긍정훈련' 과정을 통해 삶을 업
그레이드하고 행복을 찾아 나설 것을 독자에게 독려한다.
긍정훈련 과정은 [예행연습] [워밍업] [실전] [강화] [숨고르기] [마무리] 등 총
6단계로 나뉘어 각 단계별 사례를 바탕으로 독자 스스로가 느끼고 배운 것을 직접
실천할 수 있게 하는 데 그 목적을 두고 있다.
그동안 우리가 숱하게 '긍정하는 방법'에 대해 배워왔으면서도 정작 삶에 적용시키
지 못했던 것은, 머리로만 이해하고 실천으로는 옮기지 않았기 때문이다. 이제
삶을 행복하고 아름답게 가꿀 긍정과의 여정, 그 시작을 책과 함께해 보자.

### 『하루 5분, 나를 바꾸는 긍정훈련 - 행복에너지』